有爱的青春陪伴者

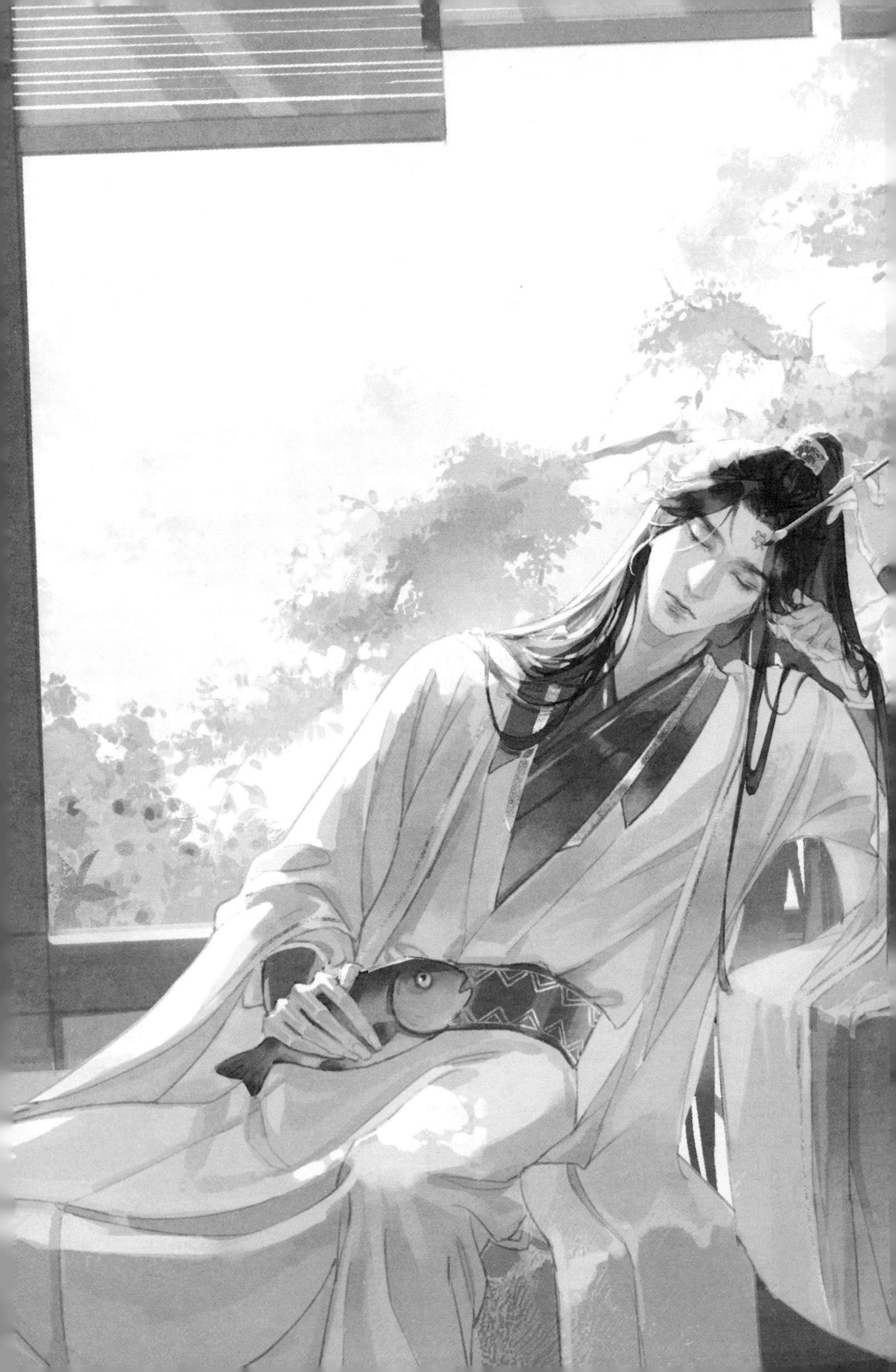

当咸鱼当卷

桂嫒 著

贵州出版集团
贵州人民出版社

图书在版编目（CIP）数据

当咸鱼卷卷 / 桂媛著. -- 贵阳：贵州人民出版社，2022.11
 ISBN 978-7-221-17297-6

Ⅰ. ①当… Ⅱ. ①桂… Ⅲ. ①长篇小说－中国－当代 Ⅳ. ①I247.5

中国版本图书馆CIP数据核字(2022)第182065号

当咸鱼卷卷
DANGXIANYUJUANJUAN

桂媛/著

出版统筹：陈继光
选题策划：大鱼文化
责任编辑：陈珊珊
特约编辑：廖　妍　文佳慧
装帧设计：刘　艳　姜　苗
封面绘制：胸大有墨
出版发行：贵州人民出版社（贵阳市观山湖区会展东路SOHO办公区A座邮编：550081）
印　　刷：长沙鸿发印务实业有限公司
开　　本：880×1230毫米　1/32
字　　数：242千字
印　　张：9.25
版　　次：2022年11月第1版
印　　次：2022年11月第1次印刷
书　　号：ISBN 978-7-221-17297-6
定　　价：42.80元

贵州人民出版社微信

版权所有　盗版必究。举报电话：策划部0851-86828640
本书如有印装问题，请与印刷厂联系调换。联系电话：0731-82755298

目录

第一章 咸鱼师父 / 001
全能选手卫子辰，什么都好，除了武功不好。

第二章 分道扬镳 / 025
到头来，他的心里居然只顾着他自己，根本没把她的努力放在眼里。

第三章 重振谢家 / 038
她也曾为了卫颜派的壮大苦苦支撑，不肯轻言放弃。

第四章 师父驾到 / 056
莫非是因为她在，所以卫子辰才不肯努力吗？

第五章 争风吃醋 / 072
第一次，卫子辰有些不自信，他真的了解她吗？

第六章 针锋相对 / 090
我和她之间的事，轮不到你一个外人来评判。

第七章 互相误会 / 110
这丫头莫非在吃秦犟的醋？她不会真的对谢慕容有兴趣吧？

第八章 各怀心思 / 132
八年时光，生死相依，到头来却觉得陌生，这小丫头让他看不懂了。

第九章 陷入危局　　/ 152
那颗飘飘荡荡的心终于落定，终于等到了她回心转意。

第十章 身世之谜　　/ 170
过往是假的，记忆是假的，卫子辰也是假的。

第十一章 此间无极　　/ 188
可恶，是谁想要害我这个与世无争的美少女？

第十二章 她的未来　　/ 205
午夜梦回的时候，她又回到了霁月镇，在桃花树下练剑，不远处站着的白色身影正拈着一枝桃花对她微笑。

第十三章 怦然心动　　/ 222
"月翎。"卫子辰的声音沙哑，将她拥入怀中，"我想照顾你一辈子。"

第十四章 从中作梗　　/ 240
他们最大的问题，是彼此都会为对方考虑。误会这件事一旦产生，想要解除就不那么简单。

第十五章 师父抢亲　　/ 258
我所有的东西都可以给她，包括这条命。

第十六章 仗剑江湖　　/ 272
我不在乎做不做武林第一，只要在你心里是第一就行了。

目录

第一章 咸鱼师父

全能选手卫子辰,什么都好,除了武功不好。

颜月翎人生最大的梦想就是和卫子辰解除师徒关系。

实在不是她做徒弟的大逆不道，而是全武林再也找不到第二个和卫子辰一样的师父。

卫子辰，武林帅哥榜上的榜首，全武林女侠们的梦中情人，长着一张绝世倾城的脸，可令山河变色，日月增辉。

然而对于他们"卫颜派"而言，这不算是什么优势，毕竟在武林一切以实力说话。

"师父，咱们这次又是倒数第一啊。"颜月翎捏着刚拿到手的红色榜单，眼睛红红的，"这已经是第二次了，再有一次咱们门派就没了啊。"

根据新任武林盟主王仁的规定，武林连续三年倒数第一的门派就要自动解散。

"没事，江湖排名而已，不必在意。"卫子辰懒懒地靠在椅子上，揽镜自顾。他长眉入鬓，白衣斜垂，如墨长发松散地披在身后，一副惊世绝艳的模样，可令无数少女惊声尖叫。

可颜月翎却仿若没有看见，将榜单塞到他面前，再次强调："咱们门派要是没了怎么办？"

"那有什么关系？只要你和我在，有没有门派有什么区别？卫颜派要是没了，我们可以重新注册个新的，什么卫甜派、卫酸派、卫苦派什么的，有人的地方就有江湖，有师父的地方你还愁没派？"卫子辰抬起修长的手指在她的头上摸了摸，"你头发都乱了，我给你梳下。"

颜月翎苦着一张脸："师父，现在是梳头的时候吗？"

卫子辰抬头看天，天色刚明，晨光熹微。

"正好是起床洗漱的时候，你赶紧洗脸吧，熬夜都熬成小花猫了。"

说着他不由分说地将颜月翎拉到自己面前坐下，替她解开头发重新梳理。

卫子辰武功不高明，但对梳洗打扮却很精通，修长的手指在颜月翎墨黑的头发里上下翻飞，不一会儿就梳出了个可爱的双丫髻，插上了新摘的桃花，他满意地点点头："还是这样可爱。"

颜月翎默默摘下头上的桃花："师父，你有什么打算吗？"

"一会儿给你洗个脸，再给你做个面膜。你看看你天天练功，皮肤都晒黑了，女孩子家家的，要好好保养才是。"卫子辰说着就拿起面前的瓶瓶罐罐调起了面膜。

颜月翎翻了个白眼，抓住卫子辰的手："师父，我说的是下次武林大会，咱们怎么办？"

卫子辰的目光掠过她的手，小小软软的手，刚好比他的手小一圈。他嘴角微微上扬，再次摸摸她的脑袋："有师父在，你放心。"

她才不放心呢！

前两次她也是信了他的话，才会每次眼睁睁看着卫颜派名落孙山，连挽回的余地都没有。

颜月翎不置一词地起身往外走，卫子辰眉头微蹙，语气微冷："你又要去哪里？成天到处乱跑，不在家好好待着。"

颜月翎掏出一沓攒了许久的优惠券数了数："今天武林书局要发布新的武功秘籍，我去看看。"

卫子辰很嫌弃地说："武林书局能有什么好的武功秘籍？都是哄人的。"

"那你弄个不哄人的？"颜月翎鼓起了红扑扑的小脸。

之前她买过无数本秘籍，什么《五年比武三年练习》《从菜鸟到大师，剑法快速入门》等等。

卫子辰对每一本都嗤之以鼻，还说都是骗人的，不让她练习，美其名曰要她学习卫颜派的独家武功。

然而八年来，他教得漫不经心，她连一招都没学会。

卫子辰扶额叹气："月翎，要不我们不谈武功，谈点别的。"

"护肤？美食？还是美妆？"颜月翎掰着手指算，这些都是卫子辰极度精通的领域，"但是比武时用不着啊！哪天搞江湖护肤赛的时候，你再教我不迟。"

说完，颜月翎摆摆手就要出门，卫子辰拉住她的衣袖："你等会儿，我和你一起去。"

颜月翎如临大敌，连忙摆手："可千万别，我可不想被周围的邻居投诉！"

五年前，桃花盛开的时刻，他们来到了雾月镇。

恰是四月，雾月镇千株桃花盛开，粉光霞云笼罩着镇上，花香十里，如若仙境。

颜月翎一眼便爱上了这里，对卫子辰说："师父，我不想走了，想留在这里。"

卫子辰低头看她，风一吹，粉色的花瓣在她的身边飞舞，她的眼睛里映着整个春天。

他伸手接住了一片花瓣，点头微笑："好。"

于是他们就留在了这里。

从那之后他们很少出门，不是因为他有任何不便利，纯属是为了守护雾月镇的和谐安宁。

每一次他出门，都会引发雾月镇"交通堵塞"，整个镇子里的女性都会出来看他。

乌泱泱的人群每次都会将颜月翎挤得老远，每次卫子辰都要费好大力气才能挤到她身旁。

有一回围观的人数过多，人群发生了混乱。慌乱之中，颜月翎被大打出手的人群卷了进去，出来的时候，头发歪了，衣服被撕开了两个角，脸上抹了几把灰,胳膊上还划了两道口子。

卫子辰一言不发拽着颜月翎回去,替她重整发髻,洗干净了脸,包扎了伤口,然后对她淡淡道:"以后你一个人出去吧,我不出去了。"

颜月翎闻言转怒为喜,她早就觉得两人同时出去效率低,忙说:"太好了。"

从此,卫子辰几乎足不出户。

他们住的小院子并不大,只有两个房间和一个小院落。

每天颜月翎都会出去,卫子辰一人留在院子里溜达,闲得无聊,他便在院子里面种了许多棵桃树。

等到春暖花开之时,颜月翎一推窗便可看到窗外粉色的花枝,那是她最快乐的时候,也是她出门最少的时节。

卫子辰每次看她坐在花下赏花时,嘴角都会上扬,口中却揶揄道:"今天不出门了?"

颜月翎盯着桃花枝,两只眼睛亮晶晶的:"不出去了,镇口的桃花还没我们家的好看呢。师父,你是怎么种出来的?"

卫子辰扬起头,将修剪枝条磨破的双手背到身后,轻描淡写地说:"雕虫小技,不值一提。"

全能选手卫子辰,什么都好,除了武功不好。

卫子辰替颜月翎梳完头发,打算再说服她不要操心。

颜月翎却提起精神,决定出门再挽救下,万一这次能提高一点点排名,进入倒数第二也行啊!

卫子辰见她去意已决,叮嘱道:"我的面膜没了,记得给为师带瓶面膜啊!"

颜月翎懒得理他,他们本就不富裕,日常只能混个肚儿圆。

不知从某天开始,卫子辰突然变了,变得特别注意形象,原本一个好端端的糙汉,瞬间成为护肤达人,精通各种美容养颜术,成为武林流行风尚。

他肉眼可见地变得帅气，一天天地迅速成为武林女侠眼中的"白月光"。唯有颜月翎，对他的变化丝毫没有反应。

卫子辰无数次在她面前摆出酷帅的造型，她统统视而不见。

卫子辰一度怀疑颜月翎是不是审美有问题，这么大的帅哥在她面前，她怎么就是看不见呢？

颜月翎刚踏入武林书局，老板就不由得一阵心颤，捂着心口准备开溜。

颜月翎眼尖，纵身跃到老板面前，笑嘻嘻地说："王老板，我来买书了。"

王老板努力在嘴角挤出了一丝笑意："颜姑娘，你买什么书？"

"今天不是江湖著名刀法大师李一刀的新刀谱发售的日子吗？"颜月翎说着从袖子里面拿出了一沓厚厚的优惠券。

老板眼前一黑，还是躲不掉吗？

颜月翎是全镇老板的梦魇，没有一个人像她一样每天坚持做店铺发售的任务，攒满所有店铺发的优惠券，以最低价购买商品。

果然，她一张张数出了优惠券，喜滋滋地问老板："这么算下来，这套书是不是只要一文钱？"

老板的嘴唇哆嗦了一下："一文钱？"

"对啊。"颜月翎非常有信心，虽然习武不行，但是优惠券的使用和计算，她非常精通。

老板拨了半天算盘珠子，滴下了一滴汗，果然真的只要一文钱！

颜月翎笑眯眯地拿出了一文钱。

老板哭丧着脸看着她怀揣着厚厚一本《刀法秘籍》离开了武林书局。

买完秘籍后，颜月翎一脚拐进了隔壁的"包治百病"包子铺，又掏出了一沓优惠券，买了一个肉包和一个菜包。

"包治百病"卖的肉包异常鲜美，即使用了优惠券，肉包也要两文一个，菜包一文一个。

颜月翎接过包子深深吸了一口气，肉包鲜美香甜的气息立即充满了她的鼻腔，真的好香啊！

她将肉包小心包好收起来，然后开始啃起了菜包。菜包的味道也不错，青菜清甜甘美，只是远远不及肉包好吃。

她也喜欢肉包，但是卫子辰太挑嘴，根本不吃菜包，而两个肉包要四文钱，超预算了。

攒钱不容易，她得把每一文钱都花在刀刃上。

颜月翎哼着小曲满载而归，刚进屋就看到一个令无数少女脸红心跳的画面。

卫子辰穿着月白色的袍子正端坐在镜子前捯饬他那张脸。

清晨的阳光透过薄云落在他的身上，衣袍松松垮垮，修长的手指撩起如墨的长发，嘴唇上衔着一根玉色的发带，仿佛画一样。

见到颜月翎回来，冷峻的面孔顿时露出了笑意："你回来了，买面膜了吗？"

颜月翎对此等香艳画面早已免疫，只将包子放在桌子上："面膜没买，我们没钱了。喏，这是早饭。"

卫子辰嫌弃地瞥了一眼包子："为师跟你说过多少次，包子是碳水和蛋白质的完美结合，最胖人了，不要吃。"

卫子辰十指作梳，将长发聚在发顶，以玉色发带系紧，对着镜子左看右看："师门不幸啊。"

颜月翎见自己省下来的包子居然被卫子辰嫌弃，小脸皱成了一团，一言不发地拿过包子。

卫子辰见她脸色不悦，忙问道："你要干什么？"

"既然你不吃，我拿去扔掉。"颜月翎闷声说道。

"好好的包子，干吗扔掉？"卫子辰身子偏转，拦住了她的去路，夺下她手里的包子，"要是老板知道自己辛苦做的包子被你就这么扔掉，该有多伤心。"

颜月翎翻了白眼说："老板做包子就是为了卖钱，他才不管扔掉还是吃掉呢。"

卫子辰见她生气，咬了一口包子，连声称赞："这个包子多汁鲜美，难怪人人都说'包'治百病。"

"你不是说碳水最胖人吗？"颜月翎扁了扁嘴。

"那也要看是谁买的碳水。"卫子辰歪着头又咬了一口，"这个包子嘛……"

卫子辰话未说完，门外传来了敲门声。

一名黑衣壮汉站在门口，敲开门后非常礼貌地问道："请问这里是'卫颜派'吗？"

颜月翎从来没见过这号人物："你找谁？"

壮汉拿出了藏在背后的刀，腼腆地一笑："不好意思，我来刷下数据。"

江湖规矩，门派之间可以互相切磋。

新的江湖榜单排榜时，考虑综合实力中有一项就是日常积分。

壮汉很礼貌地拿出了一个小本子，让颜月翎画了个签名："签字省事，省得一会儿打坏了东西还得花钱买，多不划算。"

江湖规矩，实力过于悬殊的对手，通常签字画押表明战败，省去了实在的麻烦和危险，皆大欢喜。

颜月翎拔出了破了几个豁口的剑，摆出一个白鹤亮翅的姿势："我们还不一定谁赢谁输呢。"

壮汉手里的长刀亮得刺眼："我倒是很久没试过了。"

卫子辰不动声色地挡在了壮汉身前："不劳您动手，我这就签。"

壮汉眼睛一亮，略有些结巴："你就是卫子辰？"

"正是在下。"卫子辰的嘴角微微上扬到恰好的弧度,长眉入鬓,双手抱拳,身上白袍飘飘,一个标准武林少侠模样。

壮汉原本笑得慈祥和睦,当即变成怒目圆瞪,长刀毫不犹豫砍向了卫子辰。

若是在戏台上,颜月翎都要为他鼓掌叫好。

但此时,她只心痛院子里的桌椅板凳:"慢着,动手可以,能不能别砸东西?"

壮汉双眼通红,指着卫子辰撕心裂肺地喊道:"什么桌椅板凳?要不是他,我的翠花怎么会离开我!我要杀了他!"说完一刀劈开了面前的椅子。

卫子辰心都凉了半截:"我们是不是有什么误会啊?我不认识什么翠花啊。"

"她自从看到你的画像后,就茶不思饭不想,整天想着你,再也不理我了!"壮汉一想起翠花便气得发抖,一刀又劈向了卫子辰,"我要杀了你,替天行道!"

卫子辰很明白,嫉妒令男人丧失理智,这种时候和他讲道理没用,还是三十六计走为上计。

他的武功虽然不济,但有一招"飘若惊鸿"练得极精妙。

此功专为逃跑所用,使用的时候,动作飘逸灵动,令人沉醉,可以迷惑敌人,然后趁机跑路。

卫子辰一扭身,袍角随着他的动作飘飞,仿若谪仙临世,回望了一眼壮汉,原本喊打喊杀的人,此时双目失焦,黑炭般的脸上浮起了两朵可疑的红晕。

卫子辰双足轻轻一踮,飞身出了屋外,只留下一个飘逸灵动的身影。

壮汉失神许久,猛然转头看向颜月翎。

颜月翎也看向他。

四目相对,刀锋雪亮。

颜月翎拔脚开溜，她也会"飘若惊鸿"，但是练得不如卫子辰，扭动得也远远不及他好看，眼看壮汉又来砍她，功夫使了一半，便连滚带爬地跑了出去。

卫子辰见颜月翎被追，又扭身回来。

壮汉没想到卫子辰会回头，不禁一愣，大喊道："这次你别想逃！"

然而卫子辰再次对他一笑，又使出了那招"飘若惊鸿"。

壮汉再次失神，等他回过神来，两人都已经无影无踪了。

壮汉顿时羞愤不已，他居然两次被卫子辰魅惑了！

传出去的话，他以后就不要在江湖上混了！

卫子辰！我和你势不两立！

约莫一个时辰后，颜月翎才探头探脑地溜了回来。

屋子里面一片狼藉，壮汉发泄了一通怒气后，将她今天刚买的刀谱和包子都一并卷走了。

"走了？"卫子辰溜溜达达地从远处走了进来，依然保持着他绝美优雅的姿势。

"我的东西都没了！"颜月翎捶胸顿足，"连包子都抢走了，他还是人吗？"

卫子辰从怀里掏出了半个包子："包子在这儿，我带走了。"

颜月翎眼睛一亮，旋即更加郁闷："你拿了包子，为什么不把我的刀谱带走？"

"包子能吃，刀谱又不能吃。"卫子辰振振有词道。

颜月翎感到一阵绝望，想不到师父不仅武功差，脑子也不好使，包子和刀谱孰轻孰重都分不清。想到她要挽救卫颜派，越发觉得艰难。

"就一套刀谱而已，重新买好了。"卫子辰拍着胸口说道。

"这套刀谱很贵！我为了买它，前前后后做了好多任务，攒了三个月优惠券才买到的。"颜月翎伤心欲绝，越想越伤心，两只眼睛红红的，扁着嘴不说话。

她素来要强,很少露出这么落寞的神情。

卫子辰叹了口气,捡了一只精巧的竹编篮子递给她:"走吧,去买刀谱。"

"干吗?"颜月翎很疑惑,买刀谱带篮子干吗?

"装东西。"卫子辰撩起衣袍对着镜子略略整理一番,望向了门外。

颜月翎一惊:"莫非你要出门?"

卫子辰负手而立,薄唇轻启:"也是时候该出门了。"

阳光明媚,初春的天气略有些凉,正是练功好时候。

霁月镇上的江湖儿女们正在奋起直追,勤学苦练,走在路上都不忘记练两招。

可是卫子辰顶着那张祸国殃民的脸在街上出现时,一切都变了。

所有勤奋努力、为门派崛起而努力奋斗的大小女侠们一律忘记了自己的伟大理想和招数,统统看向了他。

卫子辰像给她们点了穴一样,令得她们保持着动作半晌呆站在原地,忘记了呼吸。

卫子辰微微勾起嘴角,向她们露出浅浅一笑,算是打了个招呼。

沿街的江湖女侠们仿佛堕入梦中一样,齐声尖叫:"啊,他看我了!他冲我笑了!"

从练功的女侠到卖菜的婆婆,每个人都像着了魔一样纷纷挤到他身边。

卫子辰看了一眼她们手中的东西,以魅惑的声音问道:"这是送给我的吗?"

"是是是!"也不管手里拿的是什么,纷纷都塞给了他。

卫子辰来者不拒,面带微笑地接过东西递给身后的颜月翎,并向塞给他东西的女人道谢:"这棵白菜好新鲜,一定是刚从地里拔的吧?只有像你这么美的女人才能种出这么好的白菜。"

塞白菜的大婶如吃了蜜一般甜到了心里。

卫子辰唇角上扬,诚挚地感谢:"我一定会好好享用的。"

大婶幸福得晕了过去。

"这柄剑剑锋如此锋利,果然是一把好剑,谢谢女侠割爱,以后我每次看到这柄剑的时候,一定会想起你的。"

"啊?这双您穿过的袜子就算了吧,您的好意我心领了,如果您因为我没有袜子穿而受到风寒,我会过意不去的。"

"这朵花像你一样美,谢谢小仙女。"

"这是……流星锤?你还是留着防身吧……"

……

卫子辰人靓嘴甜还厚颜无耻,但凡是能用上的一个不落。不一会儿工夫,颜月翎的篮子里面就塞满了蔬菜、水果、鲜花、糕饼、绢帕,篮子四周还插着好几柄剑。

卫子辰向四周拱手再三道谢:"感谢诸位美人的盛情,你们的心意我都会记在心上的。"

一众女子脸红心跳,啊,如果能让卫子辰记住,再给多少东西都愿意!

卫子辰瞄了一眼沉甸甸的篮子,悄声问:"这些够买刀谱了吗?"

颜月翎心算了一遍东西的价值,摇了摇头:"早着呢。"

"什么刀谱这么贵?"卫子辰蹙眉,"这里的东西加一起最少超过二十文了。"

"那可是武林第一刀神李一刀的刀谱啊,二十文怎么可能买得到?要一两银子!"颜月翎很郁闷。

"一两银子?"卫子辰眯起了眼睛,面色微沉,"你哪里来的一两银子?"

"我那是攒优惠券攒的,而且仅限我那一次使用。"颜月翎想起那么多用掉的优惠券,心都在滴血,为了这些券她风吹日晒忙前忙后,为了完成限时任务,她差点摔破头。

"走,我们去书局。"卫子辰决定和书局老板好好聊聊。

颜月翎却停下了脚步,站在点心铺门口,两只眼睛巴巴地望着里面的糕饼。

卫子辰看了看点心铺里的东西,不由得皱眉:"糖油混合物少吃点好,容易长胖。"

颜月翎压根儿没理会他,目光热切地望着柜台里面的糕点,口中还挨个碎碎念着这些糕饼的名字:"桃酥、萝卜糕、蝴蝶酥、桂花糕、枣泥糕……"

卫子辰听着都觉得自己长胖了三斤。

颜月翎却丝毫不觉得,挨个将那些点心名字念完了,然后深深吸了口气,陶醉地说道:"好香啊!"

看她的神情,仿佛这是世界上最美味的食物。

卫子辰一瞬间像被什么击中了,心中充满了愧疚感。

天哪,她明明那么想吃,居然只是闻了闻香味?

一定是他们太穷的缘故,才让她这么节省,哪家十五六岁的小姑娘不买这些点心吃呢?

而她却只能忍着!

卫颜派到底给她带来了什么?

卫子辰掏出了自己珍藏的小荷包,掂了掂,这是他好不容易攒下来的钱,大约有二十五枚铜钱,将那小荷包扔给了颜月翎:"拿着吧,这是为师赏你的。"

颜月翎莫名其妙地看了他一眼,接过了钱,却也没有买点心,而是掏出了一个小本子递给了掌柜:"今日任务签到,帮我盖章。"

掌柜接过她的小本子,在上面盖了个章,嫌弃地说:"都像你这么积极,我们的生意还怎么做啊!"

颜月翎笑眯眯地说:"自己参加的活动,跪着也要坚持!"

卫子辰莫名其妙地问道："什么任务？什么活动？你们在说什么？为师一句都没听懂。"

颜月翎不理他，径直跑到隔壁家的铺子。

这家铺子卖的是蔬菜瓜果，颜月翎在门口东张西望了一阵，又拿起一捆大葱向四周展示说道："哇，这个大葱真的好好啊！买回家蘸酱吃最好了！"

"大葱蘸酱？"卫子辰的眉头都快拧成了绳子，用极其怀疑的目光看着身边忙碌的小少女，"你几时好上了这口？"

颜月翎将大葱放下，侧过脸来，小声说道："我不吃啊。"

"那你在说什么？"卫子辰深深觉得疑惑。

颜月翎照样掏出了小本子递给了掌柜，掌柜娴熟地盖章又递给了她。

卫子辰更加迷惑："你到底要买什么？"

"我什么都不买啊。"颜月翎收回了小本子。

"那你在干吗？"卫子辰看着她忙忙碌碌地站在各家店铺门口，有时候还对外面喊两声，"春笋鸡汤面，你的春季之选！"

"我在做任务啊。"颜月翎熟练地将不同颜色的小本子掏出来交给不同的掌柜，让他们盖章，"这是每天日常的任务，给每家店铺增加人气。连续做十天就可以拿到一张武林刮刮乐的抽奖券了。"

卫子辰震惊到嗤笑："那都是骗人的，你听过谁中过奖了？而且你那运气，你觉得你能中得了吗？"

此时，颜月翎的脸大概算是全霁月镇最黑的了。

但凡要靠运气的事，她从来没赢过。

上回镇子上大酬宾，发了一百张抽奖卡，九十九个人都中了奖，她是唯一那个没中奖的。

诸如此类的事常有发生，买东西经常买到品质最差的那都是家常便饭了。

"哼，只要我抽的次数够多，那东西迟早都是我的。"颜月翎很自信地掏出了厚厚一沓刮刮乐。

"不会全镇子的刮刮乐奖券都被你拿了吧?"卫子辰看着她手里那沓厚厚的刮刮乐颇感震惊,这丫头有时候一根筋,做起事情来相当惊人。

"没错,这半年来我每天坚持做日常打卡任务,攒下了所有的抽奖券,我就不信一张都没有。"颜月翎捧着刮刮乐,像捧着一堆宝藏,两眼放光,"今天就是开奖的日子,等我做完这几个任务就去开奖。"

卫子辰看着她信心满满的样子,还是觉得自己不要去看她失望比较好:"我先回去了,再这么下去,估计有麻烦了。"

卫子辰指了指身后乌泱泱的人群,队伍还在不断扩大,已经快把街面挤满了。

就在这时,街对面"万红堂"的马掌柜从人群里面挤了进来:"哎呀,什么风把卫大侠吹来了?正好我们万红堂刚出了一款最新的红花珍珠玉颜膏,选用顶级的东海拇指大的珍珠研磨成粉,添加来自西域一两黄金一两花的顶级红花精华,以及天山雪莲,用在脸上啊,马上就能让肌肤变得像刚剥壳的鸡蛋一样滑嫩哦!"

卫子辰心中一动,面上却不动声色,只懒懒地问:"真有这么好?"

"来,您试试,这东西别人我还舍不得给他用,只有卫大侠的脸才配得上这个。"马掌柜不由分说拉着他进了自己的店里,从柜子后面拿出了一只黄金匣子,献宝似的,取出了一只玉色瓷瓶,"您闻闻这味道,和别的护肤品是不是不一样?"

卫子辰拿到鼻端,轻嗅了一番,淡淡道:"还行,这个香气不甜,也不那么腻,带着一点雪后森林的味道。"

马掌柜竖起了大拇指:"不愧是卫大侠,太懂行了,它就是为您量身打造的。"他拿出一只小银勺刮了一点点膏体抹在卫子辰的手背上,"您试试看。"

卫子辰看着手背上小米粒那么大的一团膏体,又看看马掌柜。

马掌柜的脸有点抽搐,说:"这个东西虽然少,但每一滴都是精华……"

卫子辰笑而不语,马掌柜咬咬牙又用银勺舀了一滴给他:"多了就稠了,反而不好吸收。"

卫子辰这才推开膏体,感受肌肤和膏体的融合。

马掌柜在旁边不停地说:"有没有感受到来自东海海底的暖流?那是一个生长了千年的老蚌,它在海底等候了千年,吸收日月精华,才孕育了这样一颗光滑圆润的珍珠。抹在您手背上的,那不是普通的玉颜膏,那可是上千年的日月精华!"

马掌柜的情绪有点激动,嗓子破了音:"对不起,刚才有点情绪失控,我继续再来……"

"别来了。"颜月翎打断两人,"你说破天去,它也就是个擦脸的。"

马掌柜很震惊,他上下打量了一番颜月翎,好好一个眉清目秀的小姑娘,怎么能这么不讲究呢?一身杏红的衣裳,如墨长发上只插着一根树枝,一件钗环珠宝都没有,肌肤倒是清透雪白,只是看着像个粗使丫鬟。

"你怎么能说出这种混账话呢?"马掌柜撩起衣袖,举着兰花指教训起她,"这怎么能叫擦脸的?这是玉颜膏!你知道不知道什么是玉颜膏?"

"知道啊。"颜月翎答道。

"你知道?"马掌柜一愣。

"对啊,擦脸的嘛。"颜月翎指着柜上摆着的一排瓶瓶罐罐,"都是擦脸的,全是骗钱的。"

马掌柜差点一口血喷了出来,气得兰花指发抖:"你,你……"

"马掌柜,这个玉颜膏多少钱?"卫子辰及时阻止了马掌柜晕倒。

马掌柜听到询价,面色立即恢复如春色满园,果然金钱就是医学奇迹啊:"一两黄金。"

卫子辰的手轻轻一颤,面色一沉,墨黑的眸子瞥向了马掌柜,仿若未曾听清。

颜月翎嘴巴都合不拢，山寨里面的土匪也要给马掌柜下跪啊，这可比他们狠多了。

马掌柜连忙说道："如果是卫大侠您买的话，可以打点折扣。"他拿出算盘噼里啪啦一通算。

"二百九十两白银。"马掌柜眼含热泪，"这也就是您买，其他人根本不可能有这个价格。"

卫子辰默默转身就走，马掌柜连忙拉住他的衣袖："卫大侠，您再看看？这可是千金难买的限量款啊，现在还是促销价呢！"

卫子辰站在万红堂门口，众人发出一阵尖叫。

"哇，他连忧郁的样子都这么帅！"

"太好看了吧！简直比笑的时候还好看！"

"不对，笑的时候也好看，完全不一样的感觉！"

"唉，人家都说一见卫子辰误终身，今天总算是明白了，他皱眉就好像皱在我的心上，我好想替他抚平皱纹！"

门口的人越来越多，还有不少正从四面八方赶来，街面上、房顶上，连树上都挤得满满当当，实在是寸步难行。

不远处，一辆华贵红木雕花马车出现在了街头，车子周身挂着绢纱帐缦，马车顶上镶嵌着亮闪闪的大宝珠，四角之上挂着四块翡翠，风一吹丁零当啷都是钱的声音。

处处彰显着主人尊贵身份的豪华马车正要穿过这条街，却被这满街的人挡住了，没人在意马车，人人都望着卫子辰。

"老天爷真是太偏心了！"被人群挤进来的男人也暗自叹气，"给他那么一张脸，给我这么一张脸，太不公平了。"

此时，卫子辰正托腮犯愁，一两黄金到底长什么样子？

颜月翎也很犯愁，这么多人堵在这儿，太耽误时间了，她什么时候才能回去练功呀？

"他身边那个小丫头长得真丑，怎么配和他在一起！"不知从哪里传来一个声音。

卫子辰眸光微冷，收起愁容，目光落向了颜月翎："说你吗？"

颜月翎后知后觉："大概是吧？"

卫子辰眯起眼睛望向声音传来的方向，冷冷问道："是谁在说我的爱徒？"

顾盼之间，熠熠生辉。

众人纷纷丧失理智，出卖了那个说出她们心声的人。

卫子辰看向了那名女子，年约十八九岁，穿着一身黄色衣裳，长得颇有几分姿色，他冷声问道："是你对我的爱徒出言不逊？"

女子听到卫子辰的问话，睁大了眼睛捂住嘴巴，惊喜万分地喊道："卫子辰和我说话了！他居然和我说话了！今天果然是我的幸运日！"

狂喜之下，她兴奋得满场乱跑，挤得人群骚动起来。

"啊，好羡慕，我也想和卫子辰说话！"

"是不是骂他身边那个人就可以和他说话了？"

"卫子辰，她不配你！我才配！"

也不知是谁被热情冲昏头脑，大喊了一声。

沉寂片刻之后，有人喊道："我呸，也不看看你长什么样子？给卫子辰提鞋都不配！"

"你个满脸痘子的女人也好意思骂我丑？看剑！"

江湖儿女，刀光剑影是常事。

大家都很有默契地向四周散去，给她们让出一块空地，两个女人刀剑相向，使出浑身气力要让对方在卫子辰面前丢脸。

两人越打越快，越跑越偏，直到跑到街头，一脚踩在了马腿上。

受惊的马匹嘶叫一声，扬起了前蹄，在空中定下了个漂亮的姿态。

一众人等都被这画面惊呆，纷纷赞美："这马长得真标致！"

马车上的人却不这么想，受惊的马匹抬腿之后，车厢向后倾倒，那顶又重又豪华的八角马车顶随着车身倾倒,滑落到地上,发出重重的响声。

"咦?谁家屋檐掉下来了?"

众人抬头看向各自附近的房屋,屋顶都安好。

众人疑惑之时,从马车车窗内探出了一只纤白如玉的手,手里还攥着一个金灿灿镶嵌着宝石的长方匣子,匣子朝着四周晃了晃,对准了不远处的树木,纤长的手指按住了匣子上的红宝石。

几道黑影从匣子里面进出,朝着树木飞去。

"不好,是暗器!快闪!"

都是武林中人,众人纷纷施展武功,躲开了暗器。

暗器钉在了树上,菱形修长,在阳光下闪着耀眼的光芒。

"这飞镖不会是黄金做的吧?"距离最近的人凑近了那枚暗器吃惊地喊道。

"真的是黄金!"众人都瞪大了眼睛。

霁月镇不算穷,但也不算特别富裕,女侠们平日里都比勤俭节约,连根素银簪子也不多见,第一次见到这样的暗器。

苍天不公啊!有的人还在用木头簪子,有的人却已经用上了黄金做的暗器!

还不是刀或剑,这就意味每发出一个暗器都是在撒钱啊!

而且撒的还是黄金!

这就是人间的参差吗?

她们感到愤愤不平,一定要拿到一个黄金暗器批判它!

原本还围在卫子辰身边的女人们,纷纷丢下卫子辰,摩拳擦掌地上前抢飞镖去了。

卫子辰还未来得及感慨黄金的力量时,就已经被身边几个忙着抢飞镖的人挤了出去。

黄金面前无真爱。

前一秒还围在他身边作害羞状的小女人们,下一秒就嫌弃他挡了路。

很快颜月翎和他被抢黄金的人群冲开了。

颜月翎的武功本就不高明，女侠们为了抢夺黄金杀红了眼，出手都是杀招，她被稀里糊涂地裹在里面越打越远。

"月翎！"卫子辰心里一沉，他本想使出"飘若惊鸿"，可只刚稳住了身子，就被身后两个打得厉害的人击中。

两人同时向他击出一掌，他来不及闪躲，身子一顿飞向了马车。

缺了车顶的马车里，一名衣着华贵的女子正握着暗器对着车窗外面乱发射。

她每发射一次，都会引起更大的骚动。

就在她纠结该往哪里发射的时候，一个人影自空中落下，准确地砸进了马车里。

女子心中一沉——不好！难道她们要从天上偷袭？可此时想要下马车已经来不及了，她只得往马车内壁旁靠。

女子原本想要给这个天降之人致命一击，却突然看到了他的脸，当即心跳如擂鼓，愣住了。

卫子辰落地之前，使出了"飘若惊鸿"，稳稳地落在了马车里。风鼓起纱帘，他扬起了头，墨发飞扬，为他的帅气更添了一种脆弱和唯美感。

女子忘了要攻击他的事，只是愣愣地看着他。当四目相对时，她的脸上浮起了红晕，直勾勾地盯着他的脸。

这种眼神卫子辰很熟悉，百分百是痴迷的眼神。

通常有这种眼神的人都不会伤害他。卫子辰打量了她一眼，这个女人约莫十七八岁的模样，长着富贵的银盆脸，眉长入鬓，眼睛大而圆，长得颇有几分英气。穿着打扮极其华贵，绛紫色金银丝牡丹纹长袍，头上插满了金钗步摇，满身的璎珞玉石都透着"有钱"两个字。

卫子辰瞧不出对方的来历，缓缓起身退了半步。马车内空间略微狭窄，他想要出去，便对女子道："麻烦让让。"

女子如梦方醒，这才让出了半个身子，两只眼睛不舍得挪开："我一定是在做梦。"

她换了个姿势，那只黄金暗器盒对准了卫子辰。

卫子辰倒吸了一口凉气，蹙紧眉头："这个……"

女子微微一愣："你说这个？"

卫子辰缓缓点头，刚想让她拿得远些，不要对着他，她却将暗器盒塞到他怀中："送给你！"

卫子辰觉得上天还是公平的，有钱人的想法似乎有点问题，谁动不动就送人暗器？

他将一捧飞镖还给她，向她施了一礼："在下卫子辰，感谢姑娘方才……"

"你就是那个武林倒数第一门派卫颜派的掌门，武林帅哥排行榜第一名的卫子辰？"女子尖叫了一声，仿佛不敢相信自己的眼睛。

卫子辰颔首："正是在下。"

女子久久地望着卫子辰，目光闪烁不定，似乎陷入了极大的痛苦中："你怎么会是卫子辰？"

卫子辰诧异："我为什么不能是卫子辰？"

女子目光舍不得从卫子辰的脸上挪开，小声地碎碎念："天哪，江湖一直传说卫子辰在榜首是因为有人在背后操作，可是他长得这么帅，根本不需要金主吧！我也想给他投票啊！真的好帅啊！为什么是他！可恶，我真是要坚持不住了！可这样的话，我不就成了叛徒了吗？可他真的好帅啊！"

卫子辰见惯了为他痴迷的女人，却没见过这么奇怪的，一边含情脉脉地看着他，一边纠结得恨不得分裂。

"姑娘，你没事吧？"卫子辰语气有些迟疑。

"啊，他居然还关心我！"女子露出了幸福的神色，仿佛要晕过去了。

"那我先下车了。"卫子辰觉得还是先跑为妙。

021

"等一下！"女子拉住了他，"你让我再纠结下！"

卫子辰动作一滞，心疼地看着自己的衣袖，他就这么一身见人的衣裳，万一撕坏了可怎么办？

颜月翎那丫头肯定不会再让他买衣服了。

女子似乎下定了决心，对他说道："我是郗夜莲，无极宗掌门郗无极的女儿。"

"哦。"卫子辰仔细拂去身上的灰尘，刚才那帮人下手也太狠了，衣服上面沾了不少灰。

郗夜莲见他毫无反应，不由得感到惊奇："你听说过无极宗吗？"

"听说过啊，不就是武林第一吗？"卫子辰看着衣襟上那一点油污，一向爱干净的他连杀人的心都有了，这怎么洗得干净啊！

郗夜莲听他语气平淡，不由得一愣，所有人只要听到无极宗的名字，无不露出谄媚巴结、钦佩震惊的神情，唯有他如此平静，仿佛无极宗就是个路边小店而已。

她的内心受到了极大的冲击，之前给他黄金，他也不收，想不到他居然是个如此蔑视权贵名利之人！

郗夜莲心中愧疚："我喜欢的是苏凉。"

"哦。"卫子辰听过苏凉的名字，武林帅哥排行榜第二名，在他之下，"那你来这里做什么？"

郗夜莲难以开口："我……"

"看来你是来找碴儿的。"卫子辰顿时了然，江湖帅哥榜虽然不是个什么重要的榜单，但依然让无数武林少侠打得头破血流，为此不少人使出了各种手段，买榜、制造黑幕、往对手身上泼脏水，手段五花八门。

卫子辰也没少被人泼过脏水，只是从来没有动摇过他榜首的地位。

郗夜莲用钦佩的眼光看着他："可我不知道你居然这么帅、这么温柔体贴，还这么高贵，视金钱为粪土，视权贵为泥沼！"

"命中注定让我们相识！"郗夜莲的脸上飞起一朵红云，"我决定了，

从现在开始脱离苏凉，加入你的团队！"

卫子辰听到她要加入自己的团队，瞬间有了反应，眉心微蹙，疑惑地看着她。

反正多她一个不多，少她一个也不少。

"师父！"自马车外传来了颜月翎的声音。

听到徒弟的声音，卫子辰瞬间嘴角上扬："徒儿，我在这儿！"

颜月翎打开了马车门，见郁夜莲坐在地上拉着卫子辰的衣袖，脸上还有泪花，立即幻想了一出男人抛弃女友的大戏，当即颇有些狐疑地看向卫子辰。

"停！"卫子辰立即明白了颜月翎的想法，阻止颜月翎幻想，"我和她真的刚认识！"

"哦。"颜月翎瞄了瞄郁夜莲点点头，一看他就不会认识这么有钱的女朋友，否则他们也不至于穷成这样。

"她是什么人？"郁夜莲虎视眈眈地盯着颜月翎，这小丫头的打扮看上去破破烂烂的，但是长得却很好看，尤其是一双杏眼，明媚闪耀，里面像藏着星星一样。

"我徒弟。"卫子辰强调，"我的爱徒颜月翎。"

郁夜莲立即换了副面孔："原来是卫哥哥的徒弟啊，难怪也长得这么好看。初次见面，小小礼物不成敬意。"说着她从头上拔下一根金簪递给她。

颜月翎没有接，只瞄了一眼卫子辰："我先回去了。"

卫子辰忙不迭地跳下马车，跟在她后面一起走了。

郁夜莲望着两人离去，露出了更加感动的神情，果然是他的徒弟，也是这般高贵，见了黄金都不动心。

相比之下，自己真是太粗鄙了！

颜月翎瞄了瞄卫子辰身上被扯破的衣裳，歪着脑袋问道："你这么着急干吗？不和那个姑娘多聊聊？"

"有什么好聊的？那个怪人非要送她的飞镖给我。"卫子辰整理好衣冠负手而行。

颜月翎猛然停下脚步："等等，你说她送你黄金飞镖，你没收？"

卫子辰点头："我要黄金飞镖干吗？我又不会使。"

颜月翎捂住心口："那她刚才要送我的簪子莫非也是黄金的？"

卫子辰想了想，点点头："应该是。"

颜月翎心痛得不能呼吸："曾经有一根金色的簪子摆在我面前我没有珍惜！"

卫子辰也反应过来，他可以用那个飞镖换红花珍珠玉颜膏的！

两人后悔得连连跺脚，果然是穷命，人家送黄金都不接。

第二章 分道扬镳

到头来，他的心里居然只顾着他自己，根本没把她的努力放在眼里。

两人带着沮丧的心情，拎着一篮子东西回到了卫颜派。

卫子辰看着那一篮满满当当的东西，心情又愉悦了起来，将篮子里面的黄瓜、番茄、鸡蛋、萝卜糕全都拿了出来，献宝似的，放在颜月翎面前。

随即，他抬了抬下巴，换上一副倨傲的表情，面含微笑看向颜月翎。

然而他没有等到期待中惊喜的赞美声，颜月翎对此视而不见，只是从柜子里面翻出了一个蓝色碎花布包，里面包着的都是她攒了很久的抽奖券。

卫子辰看着那小山一样高的抽奖券，都惊呆了："你几时攒了这么多？"

"如果运气不行的话，那就靠数量。如果天赋平庸，那就靠勤奋。"颜月翎平淡地说完这句话，瞄了一眼卫子辰。

卫子辰假装没听懂颜月翎话里激励他的意思，继续感慨抽奖券："骗人的成本也不低啊，印刷这么多没用的抽奖券……"

颜月翎狠狠白了他一眼："哼，我要是中了大奖，你可别想分。"

卫子辰笑眯眯地问道："大奖是多少啊？"

"一两黄金！"颜月翎的眼睛都变得亮晶晶的。

"你要是中奖了准备用来干什么？"卫子辰不抱希望地问道。

"我要把武林书局里面最贵最全的一套武功心法买来！"颜月翎眼馋那套武林秘籍可不是一天两天了，奈何囊中羞涩，每次只能去那里看看书皮。

因为书特别珍贵，掌柜不允许打开，她也没办法偷看到其中的内容。

卫子辰长叹一口气："你怎么老想着买这些东西？"

"那应该买什么？"颜月翎很疑惑。

"那自然是要提高我们生活品质的东西才值得买啊。咱们这房子挺破旧的，可以换新的；这些桌椅板凳都可以换了，提高我们的生活品位和质量。"卫子辰振振有词，"生活才是我们自己的啊。"

"我们武林排名倒数第一了，还有什么品质可言！"颜月翎对卫子辰深感绝望。

"倒数第一有什么关系？那都是虚名。"卫子辰说道，"你看为师排在美男榜第一名也没什么用啊，年轻人，别把这些看得太重了。"

"被除名怎么办？"颜月翎问道。

"除名就除名呗！"卫子辰丝毫不在乎，"我不是说过，只要我们在一起，有没有这个门派名都无所谓，你要是喜欢，我们换个名字成立个新门派。"

"这是个注册的事吗？"颜月翎气极，"难道你没有一个作为武林人的尊严吗？"

卫子辰无所谓地挑了下眉："我只知道，只要你和我过得好就行了，其他东西都不重要。"

颜月翎明明很气，但一时又找不到反驳的理由。

卫子辰叹气："我觉得以前的日子更美好。"

从前的江湖是另外一个样子。

武林各门派之间彼此争斗不休，为夺得江湖之名，时常血流成河。

彼时的卫子辰带着年幼的颜月翎在江湖上讨生活，为了养活她，他们到处闯荡。日子过得不容易。

即便两人穷困潦倒时，卫子辰依然使出浑身解数也没让她挨过一次饿。

后来厌恶了打打杀杀的江湖人，终放下了打打杀杀的习惯，彼此之间和睦友好，到处都散发着善意。

师徒二人的日子陡然好过了起来，他们再也不必东躲西藏，结束了颠沛流离的生活。

日子过得惬意又自在，卫子辰甚至计划带着她去所有门派走一遍。

美其名曰学习，实际是为了蹭饭。

"就是因为我们过去过得太快活了，今天才会这么悲惨。"颜月翎板着小脸，宛如私塾里的夫子，握紧拳头，"我们一定要奋起直追才行。"

卫子辰托腮做深思状："活着的意义是什么？是为了练功？还是为了江湖排名？人生的终极意义又是什么？"

"是什么？"颜月翎疑惑地望着他。

卫子辰从篮子里面掏出了一朵红玫瑰，点点头："玫瑰茶才是人生的终极奥义。"

"你上回不是说是烧鹅吗？"颜月翎忍不住吐槽他。

"烧鹅也是，玫瑰也是。"卫子辰将玫瑰花放入茶壶，冲了一杯玫瑰茶，"美白养颜，你来一杯吗？"

颜月翎懒得和他继续啰唆，扛起她的抽奖券，兑奖去了！

武林刮刮乐售卖店的老板和小二脸色都不太好看。

他们从来没见过这么多抽奖券同时堆在面前。

颜月翎很虔诚地洗完手，双手合十祈祷一番后问老板："可以开奖了吗？"

老板看着眼前少女无辜热切的眼神，硬着头皮点点头："开奖吧！"

小二应声拿过了所有奖券，开始核对上面的数字。

颜月翎双手合十，不敢看小二，竖着耳朵听他念数字。

小二念得口干舌燥，一百九十二张抽奖券，居然连一个安慰奖都没有。

老板喜上眉梢，心中暗自感谢上苍。

老天真是眷顾他，幸亏这么多奖券都被颜月翎拿到了，不然他今天赔大了。

还剩最后一张奖券，老板和颜月翎的目光都盯着小二的手。

小二深吸一口气，一个字一个字地念出了号码："江湖、重现、猫咪、大黄、高手。"

随着他每念一个字，颜月翎和老板的脸色都发生了变化。

颜月翎的脸色越来越好看，老板的脸色越来越难看。

她居然中奖了！

而且是最大的奖！

上天果然不会辜负勤劳的人！

老板面如死灰，那可是一两黄金啊！

虽然心里极不情愿，但良好的职业素养还是让他瞬间恢复了神色，笑眯眯地对颜月翎说："恭喜女侠获得我们刮刮乐大奖第一名！"

颜月翎仿佛置身梦中："我真的中了一等奖吗？"

老板牙关都要咬碎了，转过身又挤出一个笑脸，向四周高声喊道："武林刮刮乐开出一等奖了！"

刹那间，无数人争先恐后地挤到店铺门口。

"啊？怎么会是她中奖？这肯定是托儿！"

"就是就是，她连个糖果都没中过，怎么可能中一等奖？"

"我怀疑老板暗箱操作，是不是最近刮刮乐卖不出去了？"

聚拢的人群很快就散了。

颜月翎拍拍他的肩膀安慰道："我准备了获奖感言。"

在老板泫然欲泣地注视下，颜月翎对着满大街羡慕嫉妒的大侠们发表了获奖感言："感谢老板，感谢霁月镇所有提供抽奖券的店铺，如果没有你们,我不可能获得今天的大奖。我是个运气特别差的人,所有人都知道我从来中不了奖,可是我不相信命运,我相信勤奋一定会出奇迹,我相信只要我够勤劳拿到所有的奖券,大奖就一定是我的!这股信念支撑着我,让我度过无数个不眠不休的夜晚,为了攒奖券,我连续半年做完了所有店铺的任务,拿下了所有的奖券!正是因为这份努力,我才有机会获得这份大奖!我相信勤奋的力量,我以后会更加勤奋!争取包揽以后所有的奖金!"

热血沸腾的获奖感言发表完毕后,老板的嘴角微微抽搐,半晌后才鼓掌叫好:"说得挺好,就是下次别说了……"

颜月翎开心到破音:"我可以再念一遍!"

"别了,别了!"老板连忙阻止她说出更多人神共愤的话,影响店里面刮刮乐的销售。

"我的奖金呢?"颜月翎笑嘻嘻地伸出手。

老板一闭眼,吩咐小二:"给她!"声音里带着哭腔。

颜月翎接过黄金,只有小拇指大小,有点不敢相信:"这么小?"

"一两黄金就这么大。"小二很笃定。

"怎么这么小,我还以为很大呢。"颜月翎有点失望,感觉成就感有点不足。

"一两黄金三斤银,东西不大可是值钱啊。"老板很心痛,"要不然我给你换成白银?"

"不用了。"颜月翎将黄金小心收好,喜滋滋地回去了。

"你真的中奖了?"卫子辰差点咽下玫瑰花,"不可能吧!"

"哼,我就说勤奋有用吧!"颜月翎很得意地取出黄金,"看看!"

卫子辰见她手心里那一小块黄金深表怀疑:"这是一两黄金?"

"我骗你干吗!我还特意去验了,确实是官家的金锭,正好一两,一钱都没少。"颜月翎看着黄金越看越开心,脸上笑开了花。

"既然中奖了,我们晚上喝一壶吧!"卫子辰提议道,"庆祝庆祝!"

"不行,我的金子要留着买秘籍的,没钱喝酒。"颜月翎断然拒绝了卫子辰的提议。

卫子辰啧啧叹道:"你这财迷,这么大的喜事居然不喝酒,多没意思!这样吧,我请你喝酒,不花你一文钱,行不行?"

颜月翎欣然接受:"当然可以。"

卫子辰从荷包里掏了半天又想起来,故作大方地挥挥手:"我的钱都在你那里,你自己看着买。"

"一共就二十五文钱,说得好像很多钱似的。"颜月翎不屑道。

"你要是看不上,把我的钱还给我。"卫子辰摊开手心。

"不行,既是请我喝酒,那肯定得花。"颜月翎从荷包里掏出铜钱算了算,"买酒十文就够了,还有十五文用来买下酒菜吧。"

卫子辰嘴角微微抽搐,说:"买什么下酒菜啊?油荤对皮肤身材都不好。"

"你也太抠了吧!"颜月翎嫌弃道。

"行吧……"卫子辰很心痛,他攒了这么久的钱,上次的面膜还没买呢。

"放心吧,我一定会花得一文钱都不剩!"颜月翎高高兴兴出了门。

颜月翎去了酒馆打了三角酒,又去了隔壁卤菜摊买了一堆卤猪蹄、烧鸭、卤牛肉之类的卤菜回家了。

香气四溢的卤菜摆了一桌,卫子辰扫了一眼,拿起筷子要夹菜,就被颜月翎拦住了:"师父,这个你可不能吃!"

"为何?"卫子辰举着筷子望着她。

"你不是说吃这些对皮肤身材都不好吗?"颜月翎将一碟凉拌海带丝推到他面前,笑眯眯地说,"师父,徒儿这可是为了你着想啊,这些对颜值有损的东西还是徒儿替你来承受吧。"

"你什么时候这么孝顺了?"卫子辰握紧了筷子。

"那当然了,要不然怎么能保卫师父的颜值呢?"颜月翎夹起一块卤猪蹄送入口中,"啊,这让人长胖的罪恶之源!让我来消灭它吧!"

卫子辰伸手夹牛肉,颜月翎再次拦住了他的手:"师父,你这么好看的人怎么能吃这个呢?和你的形象也太不般配了!这种东西自然是要徒儿替师父吃的!"

卫子辰放下筷子:"月翎,你几时学了这么说话?"

颜月翎一边啃猪蹄一边吃牛肉:"师父,你每天在家中保养肌肤,怎么会知道外面的世界多精彩呢?徒儿为了在各家商铺完成任务,学了不少新词呢。"

卫子辰颇为幽怨地看了颜月翎一眼,她倒是一点都没察觉当初他是为了谁才足不出户的!

颜月翎终于良心发现地将烧鸭拿到了他面前:"李记的。"

他最喜欢李记烧鸭,鸭肉肥而不腻,香气浓郁,算这丫头还有点良心。

卫子辰故作矜持地冷哼了一声,还是没抵抗得住烧鸭的诱惑,夹了一块鸭肉送入口中:"还不错。"

颜月翎吃得满手是油,卫子辰拿了块帕子给她擦手,语气中透露了一丝连自己都未察觉的宠溺:"都多大的人了,还和小时候一样。"

小时候颜月翎不大会用筷子,每次吃饭弄得满手的油汤,卫子辰都会替她擦手。长大后,颜月翎再也不需要卫子辰替她擦手了。

然而此时此刻,她却眼睁睁地看着他握住了她的手,用帕子擦去手心里的油,又替她擦拭一根根手指。

颜月翎的心跳陡然加快,耳朵也一下红了。她一把夺过帕子,自己擦拭:"师父,以后我自己来。"

卫子辰觉得颜月翎有些古怪,但也说不出来到底哪里古怪。

他给她倒了一杯酒:"预祝你早日练成神功,做武林第一女侠!"

颜月翎不胜酒力,脸色微微泛起了粉色:"我不想做第一,我只想让卫颜派不再垫底。"

卫子辰沉默了片刻问道:"卫颜派这个名字有那么重要吗?换个名字不行吗?"

"当然重要了,'卫'是你,'颜'是我,这个名字就代表你和我啊!"喝了酒,她的眼睛也变得更加明亮,"这可是你自己说的,你怎么忘记了?"

卫子辰一时无言,思绪也飘荡回了八年前。

八年前,大雪纷飞。

八岁的颜月翎像个小雪人一样蜷缩在屋檐下,那时她家破人亡,没有去处。

卫子辰带着她去了破庙,点了一团火,温暖的火苗照亮了两人年轻的面庞。

卫子辰拿出一个冷硬的馒头在火上烤热,分了一半给她:"我叫卫子辰,你叫颜月翎,那我们组个'卫颜派'吧!"

颜月翎呆了呆:"胃炎派?"

卫子辰点头:"卫子辰的卫,颜月翎的颜,我们两个人组成一个门派,以后我们仗剑江湖,浪迹天涯,做天下第一!"

那时候颜月翎坚信眼前的少年,可以带着她一起走向美好的生活。

八年过去了,卫颜派在卫子辰毫无作为的努力下,丝毫也没有发展。

"我就知道你忘记了!"颜月翎愤愤不平,"当初你还说带我闯荡江湖,结果我们就在这镇子上待了五年!"

"这镇子不好吗?"卫子辰很疑惑,"这里吃喝不贵,房租便宜,交通便利,环境幽美,简直就是最宜居家之地啊!"

"你的江湖呢?"颜月翎问道。

"江湖?有人的地方就有江湖,我们现在难道不在江湖之中吗?"卫子辰优哉游哉地夹了一块牛肉,"你我在一起,这不就是江湖吗?"

颜月翎摇头:"不对。"

"哪里不对？"卫子辰振振有词，"我们的生活就是江湖。"

颜月翎的脸上泛着红色，仿佛涂了层薄薄的胭脂，正欲和卫子辰继续辩解，却见他以奇怪的目光盯着她的脸。她问："我的脸怎么了？"

"月翎，你……"卫子辰嗓子莫名有些发干，忙转过脸，端起桌上的酒杯掩饰性地喝了一口，随即放下杯子，若无其事地说道，"你脸上皮肤太干了。"

他收回了目光，娴熟地切了一盘黄瓜片递给她："给你补补水。"

颜月翎学着他的动作往脸上贴了一片，卫子辰摇头："你闭上眼睛，我来给你贴。"

她依言闭紧双眸，仰着头朝向卫子辰。

他的徒弟如今长大了，小脸娇俏可人，胜雪的肌肤上浮出一抹浅浅的胭脂色，连唇都红得仿若窗外的桃花。

卫子辰感到自己的心跳陡然加快了几分。

他连忙将黄瓜贴了她满脸，这才松了口气。

"好了，你别睁眼，过一会儿再取下来。"卫子辰赶紧转头，暗自抚住心跳。

颜月翎老实地抬着头："要等多久啊？"

"我叫你取的时候你再取。"卫子辰又转头看向满脸黄瓜的颜月翎，明明隔着一层厚厚的黄瓜片，他看不清她的五官，但刚刚那一瞬间莫名的心动仿佛仍存在着，久未消弭。

"师父。"颜月翎轻轻地喊了他一声。

卫子辰"嗯"了一声："怎么了？"

"等我再中了奖，就给你买那个玉颜膏吧。"颜月翎说。

卫子辰勾起嘴角："看来明天的太阳要从西边升起来了。"

颜月翎伸出手指牵着他的衣袖轻轻了摇，小脸粉嘟嘟的，眼睛亮得像星星："师父，我知道你其实人挺好的。"

卫子辰看着牵着他衣袖的手指，心又软了几分，看着她粉嘟嘟的脸说："你记不记得五年前我们来霁月镇的时候，你是怎么说的？"

颜月翎托着粉腮歪着脑袋想了半天："我说过那么多话，你指的是哪句？"

"真没记性。"卫子辰轻轻敲了下她的脑袋，"你说这里民风淳朴，花开得也好看，月亮也比别处大些，想要一辈子留在这里看花看月亮。"

颜月翎有些恍惚："我说过这种话？"

卫子辰目光温柔："要不然我们怎么会留在这里啊？你说在江湖流浪累了，这里可以做你的桃花源。年纪不大，记性倒很差，这几年就忘记了初心。"

"师父，你要是不说话，喜欢你的人会更多。"颜月翎撇撇嘴。

"你嫌弃我话多？"卫子辰一抬手点了她的穴位，"行啊，颜月翎，今天晚上师父让你领教领教什么叫真正的话多！"

卫子辰拿了一本制作香料的《香谱》开始念："香最多品类出交广、崖州以及海南诸国……"

颜月翎被点了穴，动弹不得，嘴上只好骂道："卫子辰，你卑鄙！"

"哼哼，看你还敢嫌弃我话多不？"卫子辰邪魅一笑。

颜月翎很绝望："求求你给我念念《剑法入门》吧！

"想得美。"卫子辰抚摸着面前小山似的书，露出不怀好意的笑容，"你不是喜欢书吗？慢慢听吧，我这里书多着呢！"

天快亮的时候，卫子辰已经念完了《香谱》《手工制作胭脂水粉谱》《四季皮肤保养法》等与养颜护肤美容相关的书籍。

颜月翎被卫子辰和尚念经般地念了一晚上，困得眼睛都睁不开，倒在酒桌旁睡着了。

她做了个美梦，梦里她买到了武林秘籍大全，勤学苦练之后参加了武林大会。在武林大会上，她大杀四方，打败了所有人，成了名副其实的武林第一。

颜月翎在梦里笑出了声。

都是第一名，顺数第一和倒数第一的感觉完全不同。

一个是万人敬仰，一个是众人唾弃。

天上地下，中间夹着一个卫子辰。

颜月翎猛然惊醒，她身上的穴道早就解开了，桌子上也收拾得很干净，一切都很完美。

完美得不对劲。

她很快就知道哪里不对劲了，卫子辰居然起得比她还要早！

他一袭黑袍，独自坐在廊边的躺椅上，面前摆着一只小竹桌，上面摆满了瓶瓶罐罐，也不知道他在捣鼓什么。

颜月翎疑惑地走了过去："师父，你在干什么？"

卫子辰满脸喜悦地抬头看她："你看我的脸。"

"你的脸怎么了？"颜月翎很疑惑，他的脸和平时一模一样。

"是不是没有任何变化？"卫子辰问道。

颜月翎点头："这也值得高兴？"

"当然了！昨天晚上我熬夜那么久，又喝了那么多酒，脸上本来应该会变得浮肿，还会有黑眼圈的，可是现在什么都没有。"卫子辰对着镜子仔细观察，"黄金珍珠玉颜膏果然是名不虚传，实在太好用了。"

颜月翎的心如同堕入冰窖，她急忙打开荷包，果然那一两黄金不见了。

"卫子辰！"颜月翎大吼一声，"你是不是拿我的黄金了？"

她吼得很大声，整个房屋都抖了抖。

卫子辰被她吼得愣了一瞬，随即板着脸不悦道："徒儿，你怎么跟为师说话的？"

"你是不是拿了黄金买了你那个破面霜？"颜月翎浑身发抖。

"什么叫破面霜？这可是红花珍珠玉颜膏。"卫子辰颇有些珍惜地捧起玉颜霜，指着上面的名字给她看。

颜月翎一把夺过玉颜霜重重地朝着地上一扔，玉颜霜当即被摔得四分五裂。

卫子辰错愕不已，眸色变得暗沉，指间关节发白，许久后问道："月翎，你在做什么？"

颜月翎仰着小脸看他，这张看了无数遍的脸突然变得陌生，他近在咫尺，却远在天涯。

她以为她懂卫子辰。

可到头来，他的心里居然只顾着他自己，根本没把她的努力放在眼里。

颜月翎看着他十分生气的模样，忽然觉得失望透顶："卫子辰，咱们散伙吧。"

卫子辰气在当头，冷冷地说道："从今以后你不再是卫颜派的人！"

颜月翎冷笑一声："你不说我也会走，你根本不在乎卫颜派，你只在乎你那张脸。"

说完话，颜月翎转身就迈出大门。

屋外乌云密布，大风鼓荡，山雨欲来。

卫子辰瞧了一眼天空，咬咬牙说道："你要是现在道歉，我就原谅你，让你回来。"

只有一阵风吹进来，没有人回答他。

卫子辰绷不住了，拿起伞往门外奔去。

大雨如白练，将天地连成了一片，卫子辰怔怔地望着门口，那熟悉的小小身影再也没出现。

第三章 重振谢家

她也曾为了卫颜派的壮大苦苦支撑,不肯轻言放弃。

颜月翎奋力支撑起一根树枝，树枝上面搭着一片破布，勉强能挡住雨水。

谁能想象这场雨居然足足下了七天呢？从她一怒之下离开霁月镇开始，雨水就跟着她跑，她到哪里，雨就下到哪里。

颜月翎心里寻思，若是能去个缺水的地方，说不定会被人当雨神供起来，那样就吃喝不愁啦！

她情不自禁地想了下自己被当成雨神的样子，嗯，一定要搞点好吃的！红烧肉、辣子鸡、羊肉汤……

颜月翎擦擦口水，朝着前方的万舟镇走去。

万舟镇也是个雨水丰沛的地方，一年三季雨，雨水形成了河流，河流边有码头，码头边有无数小舟路过停泊。

万舟镇比霁月镇大，这里的人多，店铺也更多。

有店铺自然就会有活干，颜月翎精神振奋，因为赌气跑得急，身上没有带一文钱，她这几天只能靠想象力填饱肚子。

一进镇子，包子的气味立即扑面而来，颜月翎两眼放光，不由自主地跟着香气走了过去。

蒸笼里白白胖胖的包子仿佛正在向她招手："快来啊，快来吃我啊！"

颜月翎立即接受了它们的建议，伸手去拿，却被老板的无影手挡住了："肉包两文，菜包一文，你要哪个？"

颜月翎收回了手，堆起了满脸笑容："老板，你这有没有什么活要做的？"

老板坚决地挥手："没有！"

"那能不能用别的东西换？"颜月翎咬咬牙举起了自己的破剑。

老板很嫌弃："除了钱，我什么都不收。"

颜月翎试图继续和他沟通，但老板完全没有兴致，只顾着卖包子给其他人。

颜月翎很挫败地蹲在一旁努力闻着包子的香味，幻想白白胖胖的包子掉在她的怀里……

仿佛听到了她的心声似的，一个包子从天而降落入了她的怀中，颜月翎顿时两眼放光，莫非这就是吸引力法则？

她就知道，包子果然就是想要被她吃掉的！

绝不能辜负包子的心意，颜月翎立即张嘴咬了大半个下去，然后仿佛听到了心碎裂的声音。

颜月翎疑惑地抬头，只见面前站着一个清瘦的少年，穿着一身绣金线锦绣长袍，手里拿着一个空空的纸袋，呆呆地看着她。

颜月翎顿时领悟过来："包子是你的？"

少年偷偷咽下口水，潇洒地打开了随身的折扇款款摆动，冲她微微一笑："这个包子给你吃的，你一定饿了很久吧？"

少年的声音温和，如三月春风，涤荡了连续数日的雨水，连太阳都很配合地露了脸，透过层层浓云落在他的锦绣华服上。

颜月翎呆呆地看着他，嘴里的包子都忘了咽下去，只顾盯着他手里的扇子。

少年见她眼神古怪，不由得低头看向手中的扇子，扇面上的小破洞已经被他补好了，虽然补得不怎么样，但是远看依然是一把精致的泥金竹扇。

莫非她看出来了？他心里嘀咕，忙换了个练习了无数遍的潇洒姿势将扇子收好，动作行云流水，一气呵成，仿若翩翩贵公子。

颜月翎看呆了，不得不承认这个人是她见过收扇子最好看的人。

"看姑娘身上的佩剑，应该也是武林人士吧？在下谢慕容。"少年再次向她拱手，"敢问姑娘尊姓大名？"

颜月翎起身回礼："在下颜月翎，多谢公子的包子。"

"不客气，一个包子而已，对我们谢家来说都是小事。"谢慕容微微一笑，再次偷偷咽下口水。

"你们谢家有没有什么活要干的？我会做很多事。"颜月翎从小就懂得投桃报李，不能随便吃人家的包子。

谢慕容一愣，慌忙拒绝："不必了，区区一个包子而已，用不着。"

"不行，我不能白吃你一个包子。"颜月翎三两下将包子吞了下去，意犹未尽地感慨，"真香啊……咦，你的嘴边怎么有水？"

谢慕容眼睛湿润："现在的人都不会感激别人为自己做了什么，都觉得别人对自己的好是应该的，尤其是某些女孩子，而你居然想着不能白吃，你真是个好姑娘。"

颜月翎被夸得不好意思："没什么了，这不是挺正常的吗？"

"不不，像你这样的好姑娘，绝无仅有。"谢慕容再次夸赞，一张嘴全是成语。

从来没人这么夸过自己，颜月翎顿时心花怒放，言语虽然谦逊，心却已经飘飘然飞上了天。她感觉谢慕容更好看了。

谢慕容也算得上是一个相貌周正的美男子，尤其是他清瘦的身躯，为他增添了几分忧郁，更显气质脱俗。

颜月翎天天看着卫子辰那张好看精致的脸，有点审美疲劳了，猛然看到谢慕容这款的帅哥，尤其他还一直在夸她，顿时有种不一样的感觉。

谢慕容夸了颜月翎半天，打算和她告别，没想到颜月翎却铁了心一定要去谢家干点活，偿还包子情。

谢慕容艰难地说："我，我还有事……"

"没事，我等你。"颜月翎笑眯眯地说。

谢慕容眼皮跳了跳，挤出两个字："好吧。"

一个下午，谢慕容都在努力甩掉颜月翎，奈何他武功也不高明，而颜月翎的追踪能力见鬼的好，不管他试图躲到哪里，都会被颜月翎准确找到。而且他已经饿了一天，实在跑不动了。

索性破罐子破摔，带着哭腔对追上来的颜月翎说："回去吧。"

"你怎么哭了？"颜月翎好奇地问道。

"……我是感动的。"谢慕容努力控制脸上的肌肉,防止自己泪崩。

他太难了!

怎么会有人非得要报恩的?就不能放过他吗?

颜月翎抬头看着眼前破旧的房屋,比她之前在霁月镇的房子还不如,简直可以称为断壁残垣,四面墙倒了两面,大门有一半倾倒,另外一半斜靠在门边。

门上倒是挂着一块匾额,上面写着偌大的两个字:谢府。

谢慕容偷偷瞄了一眼颜月翎,赶紧解释道:"这是我们谢家老宅,八年前出了点意外,我一直住在这里。"

颜月翎向门里扫了一眼,里面杂草丛生,梁柱表面的油漆剥落,非常破旧,她心里盘算了一阵对谢慕容说:"大概要三天。"

谢慕容一愣:"什么?"

"三天就可以把这里修好。"颜月翎用手指比出了个"三","也许要三天半。"

"啊?"谢慕容不禁一怔,"颜姑娘,你会修房子?"

"我都说了,我什么都会。"颜月翎挽起衣袖,搬起门板,"搞点工具来就可以了。"

谢慕容赶紧上前帮忙,两人抬起大门的时候,都清晰地听到了谢慕容肚子里传来的叫声。

"……"

谢慕容赶紧打了个嗝,掩饰道:"那个,我今天吃多了……"话没说完,肚子又叫了一声。

谢慕容笑容僵硬,颜月翎假装没听见,抬起大门重新安装。

颜月翎手脚利落地装好大门,跟着谢慕容进了谢家。

谢慕容的心情略有些复杂,他一向藏得很好,从来不敢带人来自己家,生怕被人看到他的穷困,瞧不起他。

但颜月翎似乎并不在意,他望着这个面容姣好的女孩子,陷入了沉思。

"怎么了?"颜月翎觉得他的眼神古怪。

"没事。"谢慕容心事重重,似乎下定了决心,"我,我去换件衣服。"

谢慕容进了房间,过了一会儿穿着一身补丁叠补丁的粗布衣裳出来了,对颜月翎说:"你也看到了,我家就这样。"

颜月翎这才知道,他只有这样一身拿得出手外出时穿的衣服,心里越发确定他和自己一样贫穷:"包子……"

谢慕容心中叹了口气,当时他没有拿稳,包子掉到了颜月翎手里,想要回来也不可能了,如今只得硬着头皮撑下去。

他故作平淡地说:"那时我不饿,你吃正好。"

颜月翎心头一震,他明明和自己一样饿,却把包子让给了她!

"颜姑娘,你听过谢家吗?"谢慕容问道。

颜月翎迟疑了片刻:"好像听过。"

"我们谢家曾是连续多年进入过武林排行榜前三名,多次被评选为优秀武林之家,获得过'最有潜力武林之家'等荣誉称号。"谢慕容站在空荡荡的大厅里开始了演说,"现在这里虽看着不起眼,但却见证了我们谢家祖祖辈辈的荣光。"

他指着四周斑驳的墙壁说:"这些都是我的祖辈们在这里练功留下的痕迹!我从小就听过无数谢家祖先的荣耀,若没有那场意外,我们谢家的荣光会一直延续下来。现在这里虽然衰败了,但是我要一直守在这里,我能感受到他们的英灵还在这里守着我,给予我力量。我不能丢他们的脸,无论何时何地都要保持作为谢家人的自觉,延续谢家人的骄傲,总有一天我要重振谢家!"

随着演说,谢慕容不断调整姿势,摆出各种忧伤、骄傲的样子。

颜月翎感动得热泪盈眶:"你真是了不起!就是有个问题……"

"你说。"谢慕容说。

颜月翎指着大厅的墙壁疑惑地问道:"为什么你们家人会在大厅练功?一般不都是在院子里练功吗?"

谢慕容一口血差点喷出来:"这不重要……"

"也是。"颜月翎也觉得自己问得不合适,"他们愿意在哪里练功就在哪里练功,又没有规定不能在室内练功。"

谢慕容连连咳嗽:"……你说得对,他们喜欢在室内练功。"

颜月翎很欣喜,自己果然很聪明,一猜就对!

谢慕容干咳了一声,接着说:"重要的事情是,我想邀请你加入我们谢家。"

"什么?"颜月翎一愣。

谢慕容急忙解释:"是这样的,江湖规定,一个门派最少要有两个人才可以,我们谢家经历了大灾难之后,整个谢门只剩我一人,你也知道如今的江湖都是势利眼,哪有人肯帮助一个穷困潦倒的门派?我本来想慢慢寻找,可是没想到竟然遇见了你。颜姑娘,你是我遇见过最不势力,最美好的人了,所以我才冒昧地提出了这个请求,请问你愿意吗?"

颜月翎一愣,她只是想帮谢慕容做点事,但是并不想加入谢门。

虽然和卫子辰大吵了一架,说要脱离卫颜派,可那也她的门派。

如果加入了谢门,那卫颜派怎么办?

谢慕容见颜月翎半晌没说话,长长叹了口气:"是我唐突了,颜姑娘,像你这样优秀的人,应该有更好的选择,我们谢门配不上你。"

谢慕容黯然神伤,颜月翎顿感内疚起来,吞吞吐吐解释道:"因为我原来有个门派……"

"原来?"谢慕容敏锐地捕捉到这两个字,"那就是说现在没有了?"

颜月翎也不确定,现在还算不算是卫颜派的人呢?

"颜姑娘为何离开原来的门派?"谢慕容仔细观察颜月翎的神色变化。

颜月翎顿时攥紧了拳头,不提还好,一提她就想打人。

但她思来想去还是没有向谢慕容痛斥卫子辰，只是神情淡淡地说："没什么。"

谢慕容见她不肯说，柔声说道："做人最重要的是开心，加入门派也一样。你若是加入谢门，别的我不敢说，我一定会让你开心的。"

颜月翎摇头："也不是不开心。"

她的神色有些迷茫，这八年和卫子辰相依为命，有苦有甜，日子也算过得开心。

"那是为什么？"谢慕容很好奇。

"理念不同吧。"颜月翎仔细想想，"我想我的门派在江湖上有一席之地。"

谢慕容了然，颜月翎之前肯定在一个不思进取的小门派里，他想了想笑着说："想不到我居然这么幸运能遇见颜姑娘，我们的想法完全不谋而合。"

谢慕容负手而立："我的梦想便是重振谢家，虽然我现在一无所有，但我相信只要努力，终有一天可以令谢门发扬光大。颜姑娘，你若是能伸出援手，谢门永远都有你的位置。"

颜月翎心中震撼，她仿佛在他身上看到了自己。

她也曾为了卫颜派的壮大苦苦支撑，不肯轻言放弃。

一时间她有些冲动："我可以先帮你一段时间……"

谢慕容不等颜月翎说完，便向她深深地鞠了一躬，双眸若有星光流动："谢谢你，颜姑娘，你是我们谢家的恩人！"

颜月翎本想说暂时不加入，见到他如此郑重其事地鞠躬，后面半句话说不出口了。

颜月翎一整夜没睡，一是因为饿，二是因为兴奋。

她仔细罗列了一系列重振谢家的计划，天一亮就准备去敲谢慕容的房门。

起床的时候,她突然犹豫了,这样会不会有点不太矜持?

谢慕容不是卫子辰,就算她半夜提刀杀进卫子辰的房间,卫子辰也不会真生她的气。

但谢慕容的话,就感觉不太好了。

就在她纠结的时候,听到了屋外有动静。

颜月翎从门缝里往外一看,只见薄薄的晨光下,谢慕容一身薄衣正在练功,他身体纤瘦,那身衣服偏大,每当他踢腿抬手之时,衣服便随之舞动,颇有几分飘逸之气。

颜月翎当即在心中给谢慕容加了一百分,他居然也这么勤勉!

她飞身出门,向谢慕容打了个招呼:"早!"

谢慕容忙收了手上的功夫,向她拱手问候:"颜姑娘好早。"

"不如你早。"颜月翎说。

"我从小习惯了。"谢慕容不经意地说,"每天闻鸡起舞,风雪无阻。"

颜月翎钦佩不已:"真了不起。"

谢慕容淡淡一笑:"家中人人如此,也不觉得有什么了不得的。"

"像你这么努力,谢家肯定能重振昔日辉煌的。"颜月翎很笃定。

谢慕容很高兴:"谢谢你。"

颜月翎拿出昨天连夜做的计划表:"这是我昨天晚上想到的重振谢家的计划,你看看怎么样?"

谢慕容看着密密麻麻的字吃了一惊:"这么多?姑娘有心了。"

颜月翎害羞地摆手:"没什么了,简单地来说分成几个步骤而已,第一步是注册,第二步是扬名……"

谢慕容听得目瞪口呆,没想到颜月翎居然已经想了这么多这么远,他愣了半天没说话。

颜月翎将所有计划讲完后,发现谢慕容没吭声,问道:"有什么问题吗?"

"我就有一个问题。"谢慕容想了半天,"你来自何方?"

颜月翎一愣:"这个,不重要吧?"

谢慕容搓搓手:"没事,没事,你要是不想说也可以,每个人都有自己的过去,理解理解。"

颜月翎听这话觉得谢慕容怀疑她,急忙解释:"不是的,我原本是卫颜派的人,现在已经离开了。"

"原来是卫颜派的高手,失敬失敬。"谢慕容忙拱手习惯性地吹捧,"在下早就听闻过卫颜派,听说里面高手如云,在江湖上威名远播……"

"……我们卫颜派在江湖排行榜上倒数第一。"

"……"

"我们门派只有两个人……"

"……今天天气挺好的,不如我们去登记门派?"谢慕容打了个哈哈,忙转身进屋,"我去换衣服。"

为了提高江湖儿女创建门派的积极性,所有的镇子里都设有帮派注册点,只要符合条件,支付少许费用就可以注册成立新门派了。

两人兴冲冲去了万舟镇的注册点,回答了所有提问后,工作人员对他们说道:"好了,支付十文注册费后,你们的帮派就可以成立了。"

两人都僵住了,他们上哪里弄十文钱去?

还是谢慕容反应快:"我觉得我们门派的名字还需要再商量下,等我们考虑好了再来注册。"

对方看着他一身华衣,不疑有他:"等你们想好了再说。"

离开注册点后,颜月翎挽起衣袖,系紧鞋带,朝着路边的饭庄走去。

谢慕容紧张地拉住她:"我们没钱……"

"我知道啊。"颜月翎点头。

"那你去那儿干吗?"谢慕容疑惑地问道。

"去挣钱啊。"颜月翎答道,"不然怎么付注册费?而且后面我们要参加武林大赛,那个报名费更贵,得先赚点钱。"

她怕谢慕容不明白,给他解释道:"其实每个店铺都能找到任务赚钱，这个我熟。"

谢慕容却很纠结："还是算了吧。"他娴熟地展开扇子轻轻晃动，声情并茂地说，"我们谢家也算是武林大家，我若是去做这些事情，只怕列祖列宗都会觉得辱没了他们的脸面，以后我该如何面对他们？"

这时，一名乞丐从他们面前路过，对谢慕容作揖："谢公子万福！"

谢慕容从怀中掏出两枚铜钱潇洒地丢在他的手中，乞丐眉开眼笑："多谢谢公子！"

颜月翎呆若木鸡，他们两人从昨天就一直饿得只能喝水，谢慕容明明身上有钱却不买食物。她问："为什么？"

谢慕容大义凛然地说道："这是我专门留给乞丐的钱。"

颜月翎极度震惊，他们都快饿死了，他居然专门留钱给乞丐！

谢慕容接着说："我们谢家的传统，救济贫苦，帮扶弱小，我饿死事小，但是不能丢了我们家的传统，有损谢家的威名。"

颜月翎被他的话感动："你真是太好了，你们谢家也太善良了！我一定要帮你们谢家攒齐注册费和报名费！你一定可以在武林大会上一鸣惊人，重振你们谢家雄风的！"

谢慕容也很感动："你现在也算我们谢家的人了，你我一言一行关乎谢家未来，勿以善小而不为，勿以恶小而为之。"

颜月翎看了看饭庄，又看了看谢慕容。

谢慕容轻轻摇了摇头："有损威望。"

空气里飘来饭庄里饭菜的香味，两人的肚子很有默契地叫了一声。

谢慕容虽然有点尴尬，却扬起头，摆出高傲的姿态，大义凛然说："为了谢家的荣誉。"

颜月翎捂着鼻子，含泪跟着他一起离开了。

谢慕容拿着给乞丐预留的钱，买了一个馒头，递给颜月翎："给你。"

颜月翎看了看他，将馒头掰成两半，塞了一半给他。

两人就着冷水吞了半个馒头，开始思考有什么能让他们既可以挣到钱又不会损害谢家威名的事。

谢慕容说:"我前两天路过镖局的时候,看到他们有趟镖要送,需要两个人,这个活我们可以接。"

颜月翎眼睛一亮,又有些没底:"我没送过镖。"

"没事,有我呢。"谢慕容拍起胸脯说道,"肯定没问题。"

两人去镖局接了活,押着镖车出门了。

这趟镖不远,翻过万舟镇后面的玉铃山就到了。

玉铃山上风景宜人,早春时节,山中草木浮着一层薄薄的青色,星星点点的花散落在山林之间。

谢慕容一路欣赏风景:"这花开得真好看。"

颜月翎不为所动:"这花算不得什么,你要是见过霁月镇的桃花……"

她猛然停了下来,已经离开霁月镇八天了,也不知道卫子辰怎么样了?

"霁月镇的桃花怎么了?"谢慕容好奇地问道。

"没什么。"颜月翎摇摇头,她已经决定不再去想那里。

谢慕容随手摘下一根柳枝,编成一个环,又摘了些山花插在上面,递给颜月翎:"给你。"

颜月翎又惊又喜:"给我的?"

谢慕容目光灼灼:"阳光有点大,给你挡挡。"

颜月翎欢欢喜喜地将花环戴在头上,一路欢喜,连攀爬山路也不再是苦差事。

谢慕容力气不够,额角青筋暴出,强行推车,险些推不动,又不好意思让颜月翎帮忙,只得硬着头皮往前推。

只推了数步,镖车歪了下,眼见要倾斜,颜月翎忙上前扶住。

两人推车时,谢慕容微凉的指尖轻轻掠过颜月翎的手心,慌忙收回手:"抱歉,我不是有意的。"

他的神色慌张，显得清纯又认真，仿佛这是件极大的事。

颜月翎却满不在乎："江湖儿女，不拘小节。"

这有什么了不得的？从前她和卫子辰在一起的时候，肢体接触的事常有。

谢慕容却显得很纠结："颜姑娘，我不想让你觉得我是个登徒子，我还没和姑娘这么亲密接触过……"

颜月翎惊愕地看着谢慕容，不知道他这番话是什么意思。

就在她琢磨谢慕容的用意时，突然前方跳出了几个膀大腰圆的汉子。

几个人捋起衣袖狞笑一声，说道："此地是我开，此树是我栽，要想从此过，留下买路财。"

谢慕容吓了一跳，万万没想到真的会遇见劫匪，当即想丢下镖车逃走，但是瞄了一眼身旁的颜月翎，只得硬着头皮站着。

颜月翎第一次见到劫匪，很是好奇："我有几个问题一直想问，你们能回答我吗？"

劫匪们没见过这样胆大的人，见是一个貌美如花的小姑娘，不由多了几分耐心："什么问题？"

"你们说这条路是你们开的，有什么证明？这些树上也没有刻你们的名字，如何证明是你们种的呢？如果这些都不是你们弄的，那为什么要收过路费呢？"颜月翎竹筒倒豆子般发出了自己的疑问。

"……"

"你是不是故意来找碴儿的！"几个劫匪的脸都气成了猪肝色。

"没有啊，我就是和你们在讨论这个事嘛。你看这里的路已经有最少几百年了，肯定不是你们开的；还有那些树，最少也有几十年了，除非你们从几十年前就在这里种树了，但是我听说这里几年前都没有人，所以你们的话压根儿不成立！我们不用向你们交过路费。"颜月翎掰着手指说道，"除非你们给我们一个合理的解释。"

劫匪们面面相觑，少女的每个动作都透着天真可爱，让人不由自主地跟着问道："打劫也要合理的解释？"

"那当然了。如今的社会，做什么事情都得有合适的理由，不然你就会被许多人骂。"颜月翎一派天真，"我也是为了你们山寨好，如果落下个坏名声，将来可怎么在江湖上混？"

几个劫匪顿时被说服了："对啊，咱们山寨的名声可不能坏，可是打劫要什么理由呢？"

劫匪们放下了手中的武器，坐在一起开始商议，颜月翎也加入其中，一派其乐融融的景象。

"我帮你们想想。"颜月翎歪着头认真思考，"比如家中有人生病，急需用钱？"

"这个理由晦气。"劫匪甲否定了她的想法。

"为了山寨的未来和明天？"颜月翎又说。

"这个理由不错！"劫匪乙眼睛一亮，"姑娘你真聪明，这个理由合情合理，说出去肯定没有人有意见了吧？"

众人一致通过，齐齐拿起了武器，对着意欲逃跑的谢慕容和颜月翎："为了我们山寨的发展，你们留下钱财吧。"

"你们山寨又不是我的，为什么我要交钱？"颜月翎反驳道。

"不是你刚才说的吗？"劫匪乙气得跳脚。

"对啊，那只是你们山寨的文化，和我又没关系。"颜月翎答道。

"别再废话了！"劫匪丁举起了斧子，"拿钱回去要紧！"

一句话惊醒了众劫匪，于是将他们两人团团围住。

谢慕容心中落泪，哪怕多拖一刻，他也已经逃出去了，眼下可怎么办？

他的武功并不强，而且从未和人对战过，今天居然要和五个劫匪打，一想起来就头皮发麻。

他偷偷再瞄了一眼颜月翎，却见她拔剑而立，脸上没有半分惧色，顿时心里涌出一股安全感。

真是太好了！他没有看错人，有颜姑娘在，他肯定能活着离开。

这时就听到颜月翎大声说道："你们好大胆，可知道我们是什么人吗？"

劫匪甲习惯地问道："你们是谁？"

"我们是谢家人！"颜月翎掷地有声，"他是谢家传人谢慕容！谢家曾经连续多年进入过武林排行榜前三名，多次被评选为优秀武林之家，获得过'最有潜力武林之家'等荣誉称号！"

颜月翎怕自己说错了，转头问谢慕容："我说得对吗？咦，你怎么这副表情？"

谢慕容心中拔凉拔凉的，本想混着跑路，这下是彻底完了："我，我是感动的……你居然都记住了。"

"啊，没记错就好，我还怕说错了呢。"颜月翎吐了吐舌头，继续转头和劫匪交涉，"你们还不赶紧让开！"

劫匪们哈哈大笑："什么谢家，我们从来没听说过！"

听着这些劫匪的嘲笑，谢慕容脸都涨红了，但颜月翎还注视着自己，他不得不硬着头皮开口道："放肆，谢家岂容尔等污蔑！"说着就冲上前去。

颜月翎也跟着上前挥剑战斗，她的武功修为虽然不高，但是总算每日勤勉，基本功扎实，比起一众山匪要灵巧得多，三两下便打翻了一个劫匪。

两人顿时士气大振，和劫匪们激战起来。劫匪们也有点意外，本以为这两人只是花架子，没想到居然还有点本事，便都认真起来。

谢慕容使出浑身气力，也只能和劫匪打个平手，几招下来，他都要累死了。平时他极少动手，加上特别穷，他吃得很少，所以力气不大。

颜月翎认真地一招一式干掉了对面两个人，第三个见状朝她猛扑过来。

谢慕容一看，立即扑向那人，用力撞开他。那人摔倒在地，不偏不倚撞在了石头上，晕了过去。

谢慕容大喜，挣扎着想起身，但是浑身酸痛没有力气，索性扑在他身上装晕。

颜月翎见谢慕容晕过去，顿时扬起斗志，奋力将三个劫匪打倒。

放倒劫匪后，颜月翎忙扑倒在谢慕容面前，焦急地喊他："谢公子，谢公子，你怎么样？"

谢慕容缓缓睁开眼睛："太好了，你没事。"言罢，又闭上了眼睛。

颜月翎心中大为感动，没想到他受这么重的伤还想着她！

谢慕容歇了好半天才起来，实在是太累了，早上那半个馒头早就消化干净了，现在又累又饿，连走路都困难。

真后悔接这趟活，早知道如此，还不如按颜月翎说的接点轻松简单的任务。

看了看四周，所有劫匪已经被颜月翎打跑了，他暗自松了口气。

"你没事吧？"颜月翎忧心忡忡地看着他。

谢慕容摇了摇头："我没事了。"他发现颜月翎正在忙着编藤条，不由得好奇，"你编藤条做什么的？"

颜月翎边编边说："你不是受伤了吗？我打算编个毯子把你拖回家。"

谢慕容想象了下自己躺在藤条被一路拖回家的画面，连忙阻止她："不用，不用，我没事，好得很。"

为了证明自己的话，他抖擞精神，强忍着疼痛，稳稳走到颜月翎面前，扶住了镖车："你看，我真的没事！劫匪也已经打跑了，我们赶紧去送镖吧。听说山下有家肉丝面非常好吃。"

"肉丝面！"颜月翎两眼放光，立即抛下藤条，跟着谢慕容一起推着镖车往山下去。

镖车总算在指定的时间内送达了。

委托人很满意,给了他们两人足足一贯铜钱。

谢慕容指尖微微轻颤,他有多久没见过这么多钱了!

他瞄了一眼颜月翎,她已经累了一天,头上发髻散了,脸上也脏得像只花脸猫似的,今天她出力比他还多些。

谢慕容强忍着心痛,将那贯铜钱拆下一半递给颜月翎:"颜姑娘,今天多亏你了,这些钱你先拿着吧。"

颜月翎也没推辞,将那贯钱收入囊中,满脸期待地问谢慕容道:"肉丝面在哪里?"

谢慕容原以为颜月翎会客套一番,没想到她收得如此爽利,有些心痛,听到她的问话愣了愣:"啊,对,肉丝面……"

他掂了掂手中的铜钱,挤出笑容对颜月翎说:"我带你去吃面。"

颜月翎看着幌子上"非常好吃"四个字,再看看碗里黑乎乎的酱油汤上漂着的几根肉丝和煮烂的面条,有点怀疑这个"非常好吃"只是店名而已。

吃了一口,果然发现面汤无比咸,面条完全煮烂了,吃起来实在是难以言说。

谢慕容却毫不在意地吃面喝汤,平日里少油荤,加上他已经饿得不行,一碗面很快就扫进了肚子。

"这么好吃,你不吃吗?"谢慕容发现颜月翎的面条几乎没动。

"我减肥……"颜月翎的话音刚落,谢慕容立即将那碗面端到自己面前迅速吃干净。

颜月翎看呆了,谢慕容不好意思地抹抹嘴:"我们家祖训,不可以浪费。"

颜月翎点点头:"你们家祖训挺好的。"

颜月翎不禁想起卫子辰,从前两人落魄的时候,卫子辰对食物也甚是挑剔,美其名曰不能降低品味。

有一回两人只剩下一碗面钱,说好了每人吃半碗面,谁知道卫子辰却嫌弃面条不合口味只吃了一口,就把碗推给她,她只得将那碗面尽数扫进了肚子里。

颜月翎看着谢慕容一口气扫光了面条,摸了摸自己饿扁的肚子,默默叹了口气。

回去的路上,谢慕容买了两个葱油烧饼给她。

颜月翎很意外:"给我的?"

"这个烧饼比面条好吃……"谢慕容点头微笑,"那个,你身材正好,别减肥了。"

夕阳半落,微红的余晖落在他的脸上,仿佛被火染红了一般。

第四章 师父驾到

莫非是因为她在,所以卫子辰才不肯努力吗?

这一夜，颜月翎没有睡好。她做了个梦，梦见和谢慕容一起参加武林大赛，打败了无数高手，在即将获得第一时，卫子辰突然出现在擂台上，要和她对决。

颜月翎立即睁开了眼，怎么会梦见他呢？

真晦气。

颜月翎决定起床，她推开房门一看，却见谢慕容已经梳洗干净，站在桌旁摆弄刚买来的早餐。

今天的早餐格外丰盛，豆浆、油条、小笼包、蒸饺、羊肉粉、烧饼、蛋炒饭、牛肉拉面，满满摆了一桌。

"不知道你喜欢吃什么，就都买了点。"谢慕容擦干净筷子递给她，"你尝尝看。"

颜月翎两眼放光，卫子辰一直至抗糖，对这类碳水和糖油混合物深恶痛绝，搞得她也跟着啃菜叶子吃粗粮。

她吃一口小笼包，啃一口油条，再喝一口羊肉汤，快活得要上天。

碳水好，碳水妙，碳水就是幸福的源泉！

颜月翎仿佛感觉到舌尖上的每一口碳水都让身体里欢腾起来，带着她飞上了天堂，真是太幸福了！

谢慕容眼睛一眨不眨地看着颜月翎，连饭都忘了吃。

"你怎么不吃？"颜月翎察觉到他的眼神，连忙收敛自己过于豪迈的吃相。

"我觉得看你吃饭很幸福。"谢慕容的话说完，怕颜月翎嫌他油滑，赶紧解释道，"我的意思是，你吃东西的样子很可爱，看着很有食欲……"

谢慕容觉得自己的话越说越恶心，忙绞尽脑汁救场，他偷偷看向颜月翎，发现她没有生气，只是脸上红红的，在那儿搓手："真的吗？你没骗我吧？"

谢慕容很奇怪："我为什么要骗你？你真的长得好看啊。"

颜月翎却不信，她在卫子辰身边这几年，总有人说她是个丑丫头，虽然卫子辰也多次说过她很可爱，可是架不住那么多人一直说她丑，时间长了，她也就默认自己是个丑女了。

"我怎么可能长得好看？"

"姑娘若是不信，可以寻几个人来问问。"谢慕容言之凿凿，"姑娘的容颜绝佳，在这万舟镇之中无一人可比。"

颜月翎的心里裂开了一道缝隙，这些年来她一直被骂丑，因此对所有好看的事物都很抵触。

甚至有时候她很讨厌卫子辰长得那么好看，衬托得她很丑。

"颜姑娘，你怎么哭了？"谢慕容有点慌，"是不是我说错什么了？"

颜月翎擦去眼泪，对谢慕容笑着说："没事，今天的饭太好吃了，你对我这么好，有什么事吗？"

"有。"谢慕容郑重其事地点头。

颜月翎心头一紧，面不改色："什么事？"

谢慕容拿出了一对飞镖和一本武功秘籍："这是我们谢家的绝学'鸳鸯双镖'，需要两个人练，我想请你和我一起练这个武功。"

颜月翎呆住了，通常这种武功都是不传外人的，只留给门派传人。

"我练这个不大合适吧……"颜月翎结结巴巴地说。

"没什么不合适的。"谢慕容说，"你不和我一起练的话，我一个人也练不了，我们不是想要在武林大赛上夺得名次吗？如果不会这门武功的话，估计也打不过。"

"也是。"颜月翎被他说服了，"那我们就赶快练习吧！"

"好。"谢慕容打开了武功秘籍，开始研读其中内容，准备按照图谱练功。

两个脑袋凑到了一起，可看了半天图谱，颜月翎觉得不大对劲，这武功怎么看起来怪怪的？

谢慕容按照武功图谱开始摆弄姿势，他右手握镖，左手伸向颜月翎。

颜月翎突然觉得不自在起来，扭捏了半晌没抬手，谢慕容用疑惑的眼神看着她。

以前卫子辰教她武功时，也时常拎着她的胳膊，抬起她的手腕，距离近得不能再近，她也没觉得有什么。

她最终伸出自己的手，牢牢抓住了谢慕容的掌心。

谢慕容差点没喊出声，没想到她看着人小小的，力气居然这么大，差点没把他的手给捏碎了。

谢慕容强忍着痛意，勉强挤出一丝笑容说："这个功夫讲究的是心有灵犀，两个人的配合为上，所以不用握得特别紧，只在需要的时候牵住就行了。"

颜月翎认真地听他讲话，一时间没有领悟到他的意思，依然牢牢攥着他的手。

谢慕容忍着剧痛，额角滴下汗来："颜姑娘……"

颜月翎突然醒悟过来，连忙松开，准备再次握他的手时，就看见谢慕容的眼角飞泪，仔细一看他的手上多了几道印记。

"啊，对不起，我太用力了！"颜月翎恨不得钻进地缝里，苍天啊，大地啊，怎么会发生这种事？

"没……没事……"谢慕容脸上的假笑维持不下去，"那个，我还有点事，明天再练吧……"

"你的手……"颜月翎伸手碰了他的手一下。

谢慕容脸都绿了，急忙往后退了数步："那个，我先出门一趟……"说完一溜烟奔出了大门。

颜月翎几乎抓狂，这下彻底完蛋了，谢慕容该怎么想她啊？

她真是没想到谢慕容这么脆弱，从前和卫子辰打架的时候，不管她怎么使出全力，卫子辰都没有哼过一声，她一直以为自己的力气不够呢。

都怪卫子辰！要不是他那么皮实耐打，她怎么会不知道自己力气那么大？

颜月翎在心中将卫子辰翻来覆去骂了好几遍。

就在她绞尽脑汁在想如何花式骂卫子辰时，却远远瞥见了一道白色的身影立在不远处的树下，微风卷起他的衣袍，影影绰绰地可见那张绝世无双的容颜。

卫子辰三步并作两步走到她面前，目光沉沉地望着她，声音里略带着一丝疲惫："你可真会跑啊。"

几日不见，卫子辰瘦了一圈，面容也憔悴了，浓墨般的眸子黯淡了几分，为他平添了一股颓废脆弱的美，让人忍不住想要呵护。

卫子辰怎么会在这里？不会在做梦吧？

颜月翎神色恍惚地拍了拍自己的脸，试图从梦中苏醒过来。

这几天卫子辰的心一直在煎熬，满是痛苦、内疚、慌张、怨怒，然而在看见颜月翎的那一刻，一切情绪皆烟消云散。

他仔细地将她从头到脚打量了一遍，确认她没有受到伤害，心里提着的那口气终于松了下来。

那日她离开后，他就急了。

大雨纷飞，他顾不得形象，淋着雨挨家挨户敲门，四处寻她。

可是没有人见过她。

他素来性子淡定，泰山崩于前而面不改色，可那一刻却手脚冰凉，脑海中想出了无数种她可能遇见的危险。

他一直守着她长大，尽力呵护她的安全，不让她看见人间险恶。

因此她的性子天真，不知道江湖真正的危险。

正当他急火攻心之时，郗夜莲出现了。

当得知卫子辰着急的原因后，提出了帮他寻人："你放心，我们无极宗在全天下的所有集镇都有人，只要颜姑娘露面，肯定会知道的。"

卫子辰依然放心不下："她武功那么差，万一路上遇见劫匪之类的可怎么办？"

"吉人自有天相。"郗夜莲只能安慰他。

"不行，我要去找她。"卫子辰摊开地图，准备挨个搜寻附近的镇子。

雾月镇附近有五六个镇子,卫子辰连夜赶路,又怕在路上和颜月翎错过,搜寻得非常仔细,几乎不眠不休。

当郗夜莲传来消息,说人在万舟镇时,卫子辰便一马当先,飞奔到此,终于见到了她。

千言万语不知从何说起,卫子辰见她拍打自己的脸,有些好笑,气消了大半,如往常般说道:"这样打脸不疼吗?"

颜月翎又想哭又想笑,还想打他一顿。

颜月翎狠狠心,决定给自己来狠点的,往后退了数步,朝着卫子辰的身上撞去。

卫子辰一掌按住了她的脑袋,眉心紧蹙:"你想干什么?"

颜月翎眼前一黑:"怎么我还不醒?"

"你就没睡啊!"卫子辰的话彻底打破了颜月翎的幻想。

"不可能!如果我没睡,你怎么会在这里!"颜月翎攥紧了拳头,"我明明都已经离开了雾月镇啊。"

卫子辰屈起修长的手指,想重重地敲下她的脑袋,末了还是收了气力,只轻轻在她的头上敲了下:"就你这智商,也想一个人闯江湖?"

颜月翎这才确认自己真的没在做梦:"你怎么会在这里?"

"你说呢?"卫子辰眯起眼睛反问道,"你说走就走,把为师放在何处?"

颜月翎扁嘴不服气:"不是你让我离开卫颜派吗?"

卫子辰气极反笑:"你几时这么听话了?"

他想起这几天的担惊受怕,面沉如水,眸色黯了几分:"为师要处罚你。"

颜月翎心情亦很复杂,卫子辰是来找她的,说明在他的心里她还是重要的,不禁高兴起来,但一想起那瓶一两黄金的玉颜膏,心里又生出了几分怒意，嘴上却说："我知道了，是不是因为我离开了，卫颜派没办法继续下去了？"

按照江湖规矩，颜月翎离开后，卫颜派必须补充一人进来，方能保证整个门派存在，否则便要就地解散。

"你也太小看我了吧？"卫子辰扬起嘴角，露出了一抹傲娇的神色，"想要加入卫颜派的人不计其数，你走的当天就有一大堆人来申请，申请书都快堆成山了。"

颜月翎想了想霁月镇那些人，觉得卫子辰的话也不算吹牛，只是心里莫名生气，她才刚离开，他就张罗着收新人了，于是气鼓鼓地说道："那你留下她们就是了，干吗来找我？"

"你的话也有些道理。"卫子辰见她绷紧小脸，知道她有些生气，便故意说，"里面有不少武功高手呢，你记得王小美吗？她第一个交了申请。"

"你说的是屠夫王大的女儿吗？她杀猪的手艺确实不错。"颜月翎气得牙痒痒，悻悻地说道，"她要是加入，肯定会顿顿有猪肉吃，伙食改善不少。"

"还有孙梅梅。"卫子辰接着说。

"我记得她，那个妹子家里好像是开铁匠铺的。"颜月翎悻悻地说道，"她爹打造兵器的手艺一般，不过胜在量大，以后可以不再用断剑了！"

卫子辰暗自勾起嘴角，继续说："还有李兰，她在霁月镇算得上第一高手了吧，当初参加比赛，闯入了前二十名。"

颜月翎想了起来："她的武功确实不错，卫颜派有了她肯定不会再垫底了，我记得她很迷恋你的，之前每天晚上都到我们家房顶上来看你，后来不知道为什么就不看了。"

卫子辰满脸黑线，当初李兰对他一见钟情，疯了似的，围追堵截他们，半夜还守在他们门派的屋顶上，直到后来他想办法把她打发走了，他们的生活才算恢复了平静。

卫子辰干咳一声，故作烦恼地问颜月翎："这些人都想要加入，为师也很难抉择，不如你帮为师选一个吧？"

颜月翎有些迟疑："你当真要选？"

卫子辰颔首，故作深沉地说："这也是为了卫颜派的发展。"

颜月翎一阵心凉，她这才离开几天啊，卫子辰就要另寻他人了吗？之前她在的时候，也没见他这么努力过啊！莫非是因为她在，所以卫子辰才不肯努力吗？

看颜月翎的神色阴晴不定，卫子辰蹙眉长叹："到底该选哪个好呢？"

颜月翎没好气地说："要不你都选呗，反正是为了壮大卫颜派。"

卫子辰摇头："不可，为师收人在精不在多，精华只需要一个就可以了，月翎，你作为最关心卫颜派的人，你觉得谁最为合适？"

"那选王小美吧，从此实现猪肉自由。"颜月翎气鼓鼓地说。

卫子辰故作深思："嗯，这么说来，似乎也是。"

颜月翎忙说："还是孙梅梅吧，以后用剑不愁！反正你不爱吃猪肉。"

卫子辰摸着下巴点点头："确实，行走江湖武器才是最重要的。"

"行走江湖最重要的是实力，还不如要李兰呢！"颜月翎的嘴巴嘟得老高。

"你说得很有道理。"卫子辰再次附和道。

颜月翎气得牙痒痒："你忘了她喜欢偷窥你吗？她要是进了卫颜派，肯定天天偷窥你睡觉洗澡！"

卫子辰郑重其事地说："如此说来，她们都不合适了？"

"你还是另选他人吧。"颜月翎的心情莫名又好了些。

"还有个人，你觉得如何？"卫子辰故意顿了顿。

"谁？"颜月翎的耳朵都支了起来。

"就是上回要送我们黄金的郗夜莲郗姑娘。"卫子辰意有所指地说。

颜月翎记得她，那个有钱任性的漂亮姑娘，只一眼就为卫子辰沦陷，

她也要加入卫颜派?

"不会吧?她这么有钱又漂亮,为什么要加入卫颜派?"颜月翎没什么底气,她见过太多为卫子辰疯狂的姑娘,万一这个郗夜莲也是这样一个痴狂的人呢?

"郗姑娘为我置办了全套臻品深海鱼子护肤品,还邀请我加入无极宗。"卫子辰露出烦恼的神情。

"无极宗?天下第一宗门无极宗?"颜月翎目瞪口呆,"她是无极宗的人?"

颜月翎曾经无数次看到过排行榜榜首上无极宗的名字,和倒数第一的卫颜派形成了鲜明的对比。

"对,她是无极宗的掌事人,负责无极宗所有的生意。"卫子辰说。

竟然还是掌事人!颜月翎心里一阵失落,差不多的年纪,她们的差别也太大了吧。

"那你为何不加入无极宗?"颜月翎酸溜溜地问道。

"笑话,我堂堂卫颜派的掌门怎么可能加入其他门派?"卫子辰振振有词地答道。

颜月翎白了他一眼,心情莫名又好了几分:"你什么时候这么有门派自豪感了?"

"我一直都有的!时刻维护卫颜派是我们的责任!"卫子辰毫无愧疚之色,"为了我们门派,我翻山越岭、夜以继日、舟车劳顿……"

"行了,行了,你别再背成语了!"颜月翎打断他,"你到底是怎么知道我在这里的?"

卫子辰一笑,犹如春风拂面:"你知道无极宗的耳目遍布天下吧?"

颜月翎了然:"原来是那个郗姑娘帮你打探的消息。"

卫子辰拍了拍她的肩膀赞许道:"不愧是我的徒弟,一点就通,既然谁都不行,你还是跟为师回去吧。"

"不行,"颜月翎摇了摇头,"我现在已经加入了别的门派。"

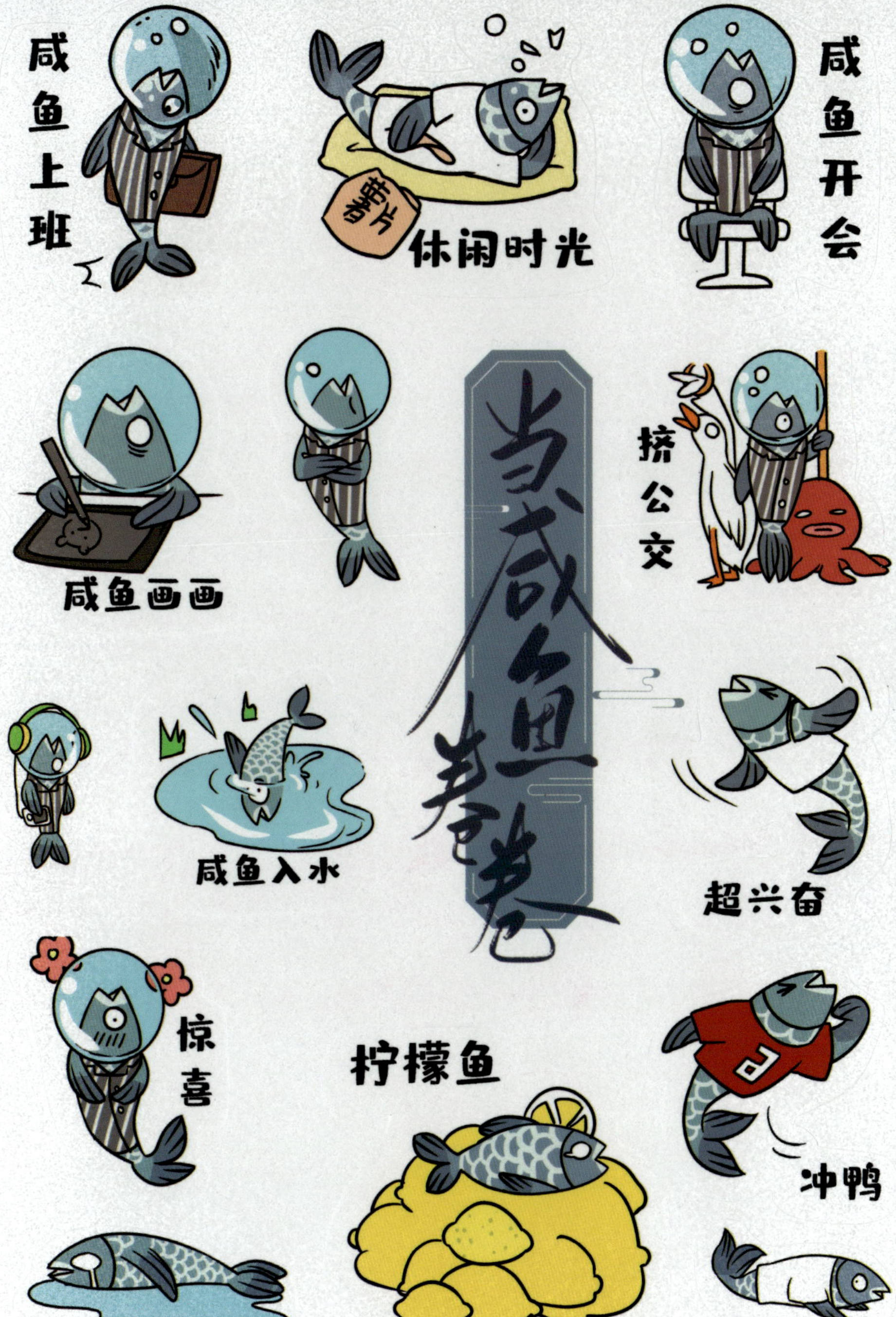
咸鱼上班
休闲时光
咸鱼开会
咸鱼画画
挤公交
咸鱼入水
超兴奋
惊喜
柠檬鱼
冲鸭

卫子辰一怔："怎么可能？"他看着四周破败的样子并不相信，"这里就是个废墟吧，哪里有什么门派？"

"这里是我们谢家，请问阁下是谁？"谢慕容从远处回来，看着卫子辰的模样不由得暗自一惊，老天爷也太偏心了吧！这要说是神仙下凡也有人信啊！

"谢家？"卫子辰眸色暗沉，一手将颜月翎护在身后，仔细打量着眼前人，此人仿佛一个盗版的他，看着处处像他，但是处处又不同，"你说的是八年前那个从武林消失的谢家？"

"正是！"谢慕容急忙道，"在下谢慕容。"

他暗自和卫子辰较劲，打开折扇在胸口轻轻晃动，竭力摆出一副贵公子的模样，但奈何都比不上卫子辰随意的一笑一颦，人间芳华皆化作他的美。

卫子辰听到谢慕容的话，神情骤变："你真是谢家人？"

"这里是谢家老宅，若不是谢家人，为何我要在这里？"谢慕容反问道。

卫子辰向四周扫了一眼，确实很破，大概正常人也不会住在这里，低头又瞄向颜月翎。却见她一派天真模样，他不禁问道："你真的加入了谢家？"

颜月翎有心气他，故意板着脸认真地点头："真的。"

卫子辰没有说话，只是久久盯着她，眼神变得深邃起来，又瞥了一眼谢慕容，再次问道："你真的不和我回去吗？"

颜月翎躲开了卫子辰的目光，心虚地看向了谢慕容，只见谢慕容一脸期待地望着她。

她不敢抬头面对卫子辰的眼神，小声道："我说过了，我不想再过以前的生活。"

她也不知道自己为何这么倔，之前明明也很犹豫纠结，并不想真的加入谢门，却脱口说出了这样的话。

卫子辰不易察觉地叹了口气，目光微沉地望着她。她的姿态极不自然，小手不自觉地背在身后，头偏向了别处不看他，是她一贯以来倔强的样子。

思来想去，卫子辰又道："你不想在霁月镇生活的话，我们可以换个地方。"

颜月翎心里一阵失望，头垂得更低了，不自觉地掐紧了掌心："不是说霁月镇不好，是我不想再继续那样忐忑不安地等待失败，毫无希望。"

卫子辰垂眸不语，他一点也不在意这些虚名，可是她在意。

他沉吟片刻，看向谢慕容："我要向你挑战。"

谢慕容一愣："挑战我？"

"对，如果我赢了的话，你就加入我们卫颜派，如果我输的话，我就加入你们谢家，怎么样？"卫子辰问道。

谢慕容想了想："阁下还未告知身份。"

"我是卫子辰。"卫子辰淡淡答道。

"卫子辰？你就是那个江湖排名第一的帅哥卫子辰？"谢慕容激动得差点控制不住自己的声音，早就听说过卫子辰在江湖上的名声了，是无数江湖大侠模仿的对象，他的爱好都能带起风潮，还有人出过小报专门介绍卫子辰的穿搭风格，好多人跟着学习。谢慕容也是其中之一。

他努力凑够了行头，按照小报上介绍卫子辰的姿势反复练习，力求成为像卫子辰一样的翩翩公子。然而今日一见，才知道和正版的差距有多大，人生真是太难了！

谢慕容差点哭了，也不知道是因为激动还是因为难过，心情极其复杂。

"谢帮主，你接受我的挑战吗？"卫子辰问道。

谢慕容忍住眼泪，再次思考，听说过卫子辰的美貌，也听说过他的武功烂得出奇，说不定可以搏一搏。

如果能打败卫子辰，让他加入谢家的话，对于谢家的名声也是很大的提升,毕竟现在有谁知道谢家呢?

谢慕容答应了下来:"好,我答应你!"

"一言为定!"卫子辰抬眸,嘴角扬起一抹浅笑。

有一瞬间,谢慕容感到一阵迫人的寒意,仿佛卫子辰是一个绝世高手。

"我们待会儿再比吧。"卫子辰以衣袖遮脸,"现在太阳太晒了。"

"……"

谢慕容心头一宽,自己肯定是看错了,他怎么可能是高手呢?

颜月翎很无语,这叫什么事?

三人站在屋檐下,大眼瞪小眼,都等着太阳褪去炎热。

谢慕容偷偷看向卫子辰,越看越觉得他风姿过人,虽然穿着半旧的衣裳,却不染尘埃,加之注重防晒,难怪皮肤如此好。

相比之下自己在细节上要差了许多,他暗自下定决心,以后要多向卫子辰学习防晒保养。

一刻钟之后,门外传来了动静,紧追着卫子辰而来的郗夜莲带着一队人马走了进来。

她穿金戴银,身着昂贵的绡金织锦长裙,散发着浓浓的"有钱"味道,看起来一点也不像是武林人士。

"卫子辰,你找到颜姑娘了吗?"郗夜莲问道。

卫子辰微微颔首,指着身旁的颜月翎:"找到了。"

郗夜莲长舒一口气:"找到就好,外面备了马车,送二位离开吧?"

"多谢郗姑娘,不过我暂时不便离开。"卫子辰将与谢慕容打赌的事告诉了郗夜莲。

郗夜莲看了看四周破败的小院,非常嫌弃:"这里实在太乱了,在这样的地方比拼配不上你的身份,不如换个地方?"

卫子辰摇头拒绝:"就在谢家。"

郗夜莲见他坚持:"那稍等片刻,我让人把这里收拾下。"

郗夜莲话音一落,立即有一队人马走了进来,迅速开始收拾谢家院落,一人高的杂草修剪得干干净净,倒塌的墙壁也被迅速地重新垒好,地面不平整的地方铺上了青砖,房梁被加固,甚至刷上了新的油漆。还专门设置了看台和候选场地,搬来崭新的酸枝梨木桌椅,上面摆了七八样水果点心,请他们入座。

颜月翎看呆了,有钱就是好啊!这也太有效率了吧!

"他们是干什么的?"颜月翎指着场边站着的四名画师,甚是不解。

"当然是用来画卫子辰的啊!"郗夜莲满脸期待,"一定不能错过卫子辰每个帅气的样子!"

颜月翎同情地看着郗夜莲,唉,有钱,长得也不错,就是脑子不大好使。

一切准备就绪后,郗夜莲着人画了几张画拿出去:"告诉他们,武林排名第一的美男子要和传奇谢家一较高下,欢迎他们来观看,门票二十文,如果想下注的,我们这里有盘口。"

谁不想看帅哥打架?谢慕容和卫子辰比拼的消息传出去后,来观战下注的人排成了长队,乌泱泱的人群从四面八方挤来。

郗夜莲早有准备,门口除了卖票,还卖起了瓜子和点心,来下注的人额外赠送一把小椅子和一杯茶。

院子里面很快挤满了人,颜月翎看着郗夜莲面前堆得小山一样的银子,惊得下巴都快掉下来了,她要收回那句话,郗夜莲的脑子也太好使了吧!

人家追星、赚钱两不误,而自己却只能干干苦力攒钱,这就是差距吗?

谢慕容见阵仗变得这么大,又欢喜又担忧,原本无人知道他谢慕容是谁,这下他在万舟镇终于成名了。

可若是战败了,还不如不出名。

他偷偷看向卫子辰，却见卫子辰悠闲自在地坐在遮阳伞下吃着水果，仿佛并不把这场比拼放在心上。四周的人随着卫子辰的一举一动不时发出尖叫声。

阳光稍稍褪去一点火辣，两人的比拼也终于开始了。

观众们很紧张，谢慕容也很紧张，万一卫子辰武功高强，他输得很快怎么办？他还没想好失败时摆什么姿势，说什么话呢。

卫子辰闲闲地立在中间，缓缓抬起右臂："请指教。"

谢慕容亦摆出了姿势："放心，我会点到为止的。"

谢慕容朝着卫子辰猛冲过来，与他缠斗在一起。

颜月翎的心提到了嗓子眼，她知道卫子辰的武功有多烂，但并不清楚谢慕容的底细。她怕卫子辰吃亏。

她的手心里满满都是汗，时刻准备着冲进去中止比赛。

然而两人过了几招之后，颜月翎冲着两人翻了个大白眼。

两人的武功烂得不分伯仲，打起来也只比小孩子打架略好一点点。

唯一的好处是，两人都极度重视自我形象，每个动作都像在凹造型，画面观赏性不错。

一场比武变成了造型大赛，现场观众们看得热血沸腾，鼻血狂流。

谢慕容努力跟着卫子辰摆造型，然而他绝望地发现，这家伙的一招一式带着浑然天成的潇洒与美感，无论自己怎么努力都有东施效颦之感。

若非这场比拼非常重要，他都打算认真学习卫子辰摆造型了。

再好看的帅哥打架，看久了也会审美疲劳，观众憋不住的，飞快上完厕所，回来一看，两人还按在地上继续之前的动作，一点也没耽误。

画师们忙得恨不得分出几只手来，不断勾画着卫子辰的各种姿态，现场掀起了抢购热潮，画还没画完就被抢购一空。

其中一名画师索性眼睛一闭心一横，不看两人打架，只在图画上专心作画，很快就画出了一幅惊世之作，画面上的卫子辰和谢慕容在半空中决斗,卫子辰足下踏龙,谢慕容立在麒麟上,两人刀剑相交,气势如虹,惊天动地。

除了卫子辰的脸外,可以说此画和眼前场景没有半毛钱关系。

但郗夜莲一见却两眼放光:"你画得真是太好了!简直一模一样!"

画师心花怒放,老板满意最重要。

这场无聊的比拼从中午一直打到了晚上,两人穷尽毕生所能,观众们终于支撑不住,纷纷打起了哈欠。

颜月翎起身前往厨房,郗夜莲叫住了她:"你去哪里?"

"晚上了,我饿了。"颜月翎挽起衣袖,"我要去烧饭。"

"你不看?"郗夜莲问道。

"有啥好看的?不就是摆造型从这边到那边,又从那边到这边吗?"颜月翎打了个哈欠,实在是太无聊了。

"那你对结果不好奇吗?"郗夜莲问道,"这场比拼结果与你有关啊。"

"有什么好奇的?就算是谢公子输了加入卫颜派,我也不会回卫颜派的。"颜月翎望了一眼场地里大汗淋漓的两人。

卫子辰正在使出浑身解数和谢慕容缠斗,他已经摆出了所有能摆的造型。

就在这时,颜月翎的话传入了他的耳朵里,卫子辰微微一怔,看向场边的颜月翎。

她站在夕阳里,看不清脸,小小的身躯转向了另一边,下巴高高扬起,是他最为熟悉的倔强模样。

谢慕容见卫子辰分神,趁机朝他胸口打了一拳。

拳速并不快,卫子辰却没有躲,甚至还迎向了那一拳。

未等谢慕容反应过来,卫子辰就势往一块干净的地方倒下,单手撑头,一条腿微屈,目光迷离,摆出一副优雅的姿态,朗声道:"我卫子辰愿赌服输，加入谢家！"

他说得不卑不亢，完全没有认输的模样，反倒像赢家在宣告胜利。

所有人都呆住了，谢慕容如在梦中，他是怎么赢的？

看热闹的人都散去后，郗夜莲拨拉起算盘算账："这场比拼一共收入两百五十两银子，按规矩我们一人一半，也就是我们各一百二十五两银子，但是场地的平整、宣传、布置，以及修葺等费用所有花费为一百三十两银子，所以你们还欠我五两银子，不过看在卫子辰的面子上，这五两银子就算了，我们两清了。"

谢慕容听得一头雾水，他还没缓过来："哦。"

郗夜莲收起算盘说："公事说完了，下面是私事。算你命好，卫子辰加入你们了，以后你得对他好点，否则我可不会放过你。"

谢慕容试图摆出门派之主的模样："他既入我谢门，自然就是我谢门的事，外人无权干涉。"

郗夜莲冷笑一声，指着外面说："你觉得卫子辰的事，你能说了算？"

谢慕容铁青着脸不说话，刚才无数女人为卫子辰加油打气的样子还历历在目。可想而知，若是卫子辰有什么事，谢家的门槛估计得被踩破。

也不知是不是招来个祸害。

第五章
争风吃醋

第一次,卫子辰有些不自信,他真的了解她吗?

颜月翎愣了半晌,她没想到卫子辰会认输。

她一扭头闷闷地走进了厨房。

卫子辰见状,也跟着她进了厨房。

谢家的厨房很大,是以前谢家所用,里面陈设虽然老旧,但一应俱全。谢慕容不会下厨,因此里面没有用过。

颜月翎事先将厨房简单打扫过,准备晚上开火,再不开火她快要饿死了。

颜月翎的厨艺并不高明,土豆切得粗细不匀,肉片切得大小不一,卫子辰看不过眼,默默拿过菜刀将土豆和肉改得大小一致。

颜月翎假装没有看见,继续拿着菜刀搏斗,从前做饭都是卫子辰的事,她在一旁剥蒜打下手。

她往锅里倒油,小半壶下锅,卫子辰急忙拿回油壶:"油太多了!"

颜月翎闷声炒菜,卫子辰在旁边盯着:"盐少放些,鸡蛋本身就有咸味。"

"冷油下锅,不要等锅烧得太热……"

颜月翎忍无可忍,扔下锅铲问道:"你在这里干什么?"

"帮你做饭啊!"卫子辰一脸无辜。

"我问你为什么要加入谢家?"颜月翎一想起他躺在地上说加入谢门的样子,气不打一处来,挥舞着锅铲问道,"你的门派自豪感呢?连无极宗都看不上,加入谢家干什么?"

"这事不一样。"卫子辰意味深长地看着她,"加入无极宗没意义。"

"怎么没意义?无极宗那么有钱,你加入无极宗,限量护肤品任你挑,天天都有最新款衣服任你穿!"颜月翎气得满脸通红,挥舞着锅铲差点打向卫子辰。

卫子辰沉默了,半晌后,他蓦地开口:"可无极宗没有你啊。"说完,他目光定定地望着她。

霎时间颜月翎心跳如擂鼓,脸更红了。怎么可能?她怎么会觉得卫

子辰好帅？

她明明对他的容貌毫无感觉的！

她急忙低头继续炒菜，冷声说道："你少给我来这套，我和那些女人不一样，你那些花言巧语都留着对付她们去吧！"

卫子辰愕然："我几时花言巧语地哄过其他女人？"

颜月翎瞟了他一眼，说："你每次出门见到那些女人，不都挺会说的吗？"

"那不都是礼貌寒暄吗？你和谢慕容不也相谈甚欢吗？"卫子辰的眼睛不由自主地眯了起来，还想打那小子一顿。

"我和他说什么了？都是为了谢家的未来发展。"颜月翎满脸无辜，大义凛然。

卫子辰眉头一挑："你现在提谢家提得很自然嘛。"

"那当然，我现在是谢门中人了。"颜月翎斜着眼睛看了他一眼。

卫子辰目光沉了沉，慵懒地伸了个懒腰："反正结果已然如此了，现在开始咱们都是谢家人，我们算同门了，你先我一步加入，以后就是我师姐了。"

颜月翎差点儿一口水喷了出去，什么师姐！眨眼之间师父变成了师弟！

卫子辰想了想也觉得不妥："不行不行，那姓谢的也不能当我师父，你还是我徒弟，我还是你师父，就这么决定了。"

颜月翎翻了个大白眼："现在我们都不在卫颜派，你凭什么当我师父？"

"一日为师，终生是你的师父。"卫子辰拍了拍她的头，笑眯眯地说，"你放心，师父会一直保护你的。"

"不用！"颜月翎气咻咻地往锅里多倒了两勺油，又当着他的面蒸了几个馒头。

晚饭是豪华碳水加油脂宴。

面条、包子、馒头、粥、米饭、米粉，外加红烧肉、糖醋排骨、蜜汁肘子、土豆炒肉片、粉蒸肉，摆了满满一大桌。

谢慕容两眼发直，指着桌子上的饭菜结结巴巴地问："这些是哪里来的？"

"我买的。"颜月翎指着卫子辰，"他请客。"

卫子辰一惊："我的钱？"

"我拿你的簪子换的。"颜月翎若无其事地说。

卫子辰很纳闷："簪子？你说的是那根木头簪子？那个好像不值什么钱吧。"

"那要看什么人买。"颜月翎笑眯眯地说。

"你不会卖给郗夜莲了吧？"卫子辰眯起了眼睛。

"郗姑娘真是聪明绝顶，今天我才知道该怎么赚钱。"颜月翎感慨良多，"难怪她说我守着金矿呢。"

卫子辰面色一黑："你不会想把我卖了换钱吧？"

颜月翎笑眯眯地说："这很难说，毕竟我穷疯了什么都能干得出来，要么你也可以选择不当金矿。"

听了自家徒弟这番颇有些大逆不道的话，卫子辰深吸了一口气，挤出一个微笑，十分好脾气地说道："有句话叫'春蚕到死丝方尽，蜡炬成灰泪始干'，做师父的为徒弟呕心沥血是应当的。"卫子辰淡定地说完，扫了一眼桌子上的饭菜，夹了一块最瘦的糖醋排骨。

谢慕容饿得要命，也跟着坐下吃饭，他夹了一块红烧肉放到了颜月翎的碗里："辛苦你了。"

颜月翎微微一笑，正要吃，却被卫子辰打落："不能吃！"

颜月翎一愣："我不减肥！"

卫子辰将那块肉丢到地上，振振有词地说道："要使用公筷！他怎么能直接用筷子夹菜给你？"

颜月翎无语："你什么时候这么讲究了？"

"你没看最近的宣传吗？要勤洗手多通风用公筷保持卫生！"卫子辰一口气说完，拿出一双未使用的筷子，夹了一块瘦肉放在颜月翎的碗里。

谢慕容觉得有点奇怪，但似乎又说得过去，他暗自羞愧，还是没跟上时事，居然不知道现在武林开始流行用公筷了，连忙偷偷拿过一双。

卫子辰望着满桌的饭菜却不敢下筷，只倒了杯茶水垫肚子。他瞥了一眼吃得正香的谢慕容，心里恨得牙痒痒，表面上却仍慢条斯理地说："碳水和油脂是最容易长胖的，练功的人最忌就是发胖，谢掌门虽然清瘦，但这么吃很快就会胖的。"

谢慕容抬头看向颜月翎，扒了两大口饭，竖起了大拇指。

颜月翎见谢慕容吃得香，感到非常高兴。她再瞄了一眼卫子辰，见他挑三拣四，不禁撇嘴道："哼，某些人就是不懂得欣赏美食，浪费粮食。"

卫子辰的脸色越发地黑了，他伸长手臂夹起距离他最远的土豆，几筷落空后，斜着眼睛看向颜月翎。

那道菜离她很近，卫子辰的意思很明显，让她给他夹菜。

颜月翎却视而不见，一心扒饭。

卫子辰又虚夹了几筷，冷眼看向颜月翎。

颜月翎被他盯得吃不下饭，放下碗筷，将整碟菜端到了他面前："这样夹得到了吧？"

卫子辰看了一眼谢慕容，勾起嘴角，懒懒说道："月翎不愧和我在一起八年，甚是了解为师，这个距离把握得甚好。"

他故意将"八年"两个字说得很重，边说边看向谢慕容。

谢慕容却装作没听见，倒了一盏茶递给颜月翎："你口渴了吧？"

卫子辰想也不想将那杯茶夺了过来，两人愕然地望着他。

卫子辰气呼呼地说道："我口渴！"说着将那杯茶一口气喝完了。

卫子辰喝完茶后又倒了杯茶放在颜月翎面前,挑衅地看着谢慕容:"月翎,喝茶。"

颜月翎很无语:"我不渴。"

卫子辰看了颜月翎一眼,强调道:"不,你渴了。"

颜月翎觉得卫子辰有点不对劲,他从不会用这种强势的态度对她说话:"我真的不渴啊。"

谢慕容不动声色地笑了笑,起身收拾碗筷:"我来洗碗吧。"

颜月翎没有推脱:"那就辛苦你了。"

"这本来就是我应该做的。"谢慕容含情脉脉地看着她,"你做饭辛苦了。"

身后传来重重的摔门声,两人回头一看,卫子辰已经不在屋子里了。

月光清冷,卫子辰目光沉沉地望向四周的断壁残垣。

那场大火之后,谢家原本的房子大多烧得焦烂,到处都透着阴森恐怖的气息。

夜风乍起,一阵寒意吹来,更平添几分恐怖之意。

卫子辰沉默了良久,再次折返厨房。

谢慕容正在洗碗,他洗得并不干净,水淋淋地放在一旁。颜月翎看不过眼,拿过碗沥干水后重新叠在一起。

谢慕容连连夸赞:"颜姑娘真能干。"

颜月翎一愣:"洗个碗而已,算不上能干吧?"

谢慕容却摇头:"颜姑娘切不可这样说,这天下的事若想做好,都得下功夫,洗碗虽小,但也不简单,颜姑娘你洗得就是比我干净,足以见得颜姑娘心灵手巧。"

颜月翎被夸得心花怒放,卷起衣袖开始洗碗。

谢慕容站在一旁看她,不断夸赞她洗得干净。

卫子辰走了过来,拿过颜月翎手里的碗递给谢慕容:"谢掌门这么能干,洗碗这种事难不倒你吧?"

谢慕容没有接碗,而是看了一眼颜月翎,说:"颜姑娘的碗确实洗得比我干净。"

"那你就好好学学怎么洗碗。"卫子辰将碗塞进了他的手里,"别总想着让别人替你做事。"

谢慕容瞟了一眼颜月翎说:"这怎么叫让别人替我做事呢?这是让擅长做事的人发挥她的能力,凸显她的价值,而不是阻止她发光。颜姑娘这么优秀的人,就该让她做自己,让世人都看见她的闪光点。"

颜月翎的心里热乎乎的,谢慕容的话打动了她。

她一直都想成为一个更加优秀的人,而不是卫子辰身边的小丫头。

她拿过碗,洗得更快了。

谢慕容不易察觉地露出了笑容,再次夸赞颜月翎:"这是我见过洗得最干净的碗。"

颜月翎被谢慕容夸得十分不好意思,而这副害羞的神态落在卫子辰眼里,却让他惊愕不已,隐隐觉得有些不对劲。

他尽力给了她所有,却不是她想要的。

第一次,卫子辰有些不自信,他真的了解她吗?

收拾干净后,谢慕容带着卫子辰去了一个房间。

这个房间比颜月翎和谢慕容的房间都要大,且没有被火烧毁的痕迹。

谢慕容道:"这是当年我爹爹的房间。"

卫子辰探头一看,这间房间里摆满了各色的檀木家具,应是没有被火烧过,但能略略闻到陈旧火烧的积炭气味。桌子上、柜子上、屋梁墙壁上到处都堆满了灰尘。床架是上好的檀木拔步床,上面雕梁画龙,但金漆剥落,露出点陈旧的气味。

卫子辰狐疑地看向谢慕容:"若是我没有记错,这个房间应该是最好的一间吧?"

谢慕容点头说:"确实如此。"

卫子辰斜靠在门边,眯起眼睛打量谢慕容:"既是如此,为何要将这间房给我住?"

谢慕容整理衣襟,用一种不容置疑的骄傲口吻答道:"这是我们谢家的待客之道,好东西都要留给客人。"

卫子辰压根不信谢慕容的话,但是剩下的几个房间要么被火烧得只剩半间,要么四面都是墙,连扇窗户都没有,这个房间确实是最好的一间。

最重要的是,这个房间刚好在颜月翎和谢慕容的房间中间,他们两人要是有什么小动作,他都可以看得清清楚楚。

想到这里,卫子辰心情好多了,这么多天都没睡过一个好觉,今天晚上终于可以好好睡觉了。

哪知他刚躺下,就听到了奇怪的声音,卫子辰懒得睁眼,谁知道那声音却接连不断,越来越近。

卫子辰睁开眼循声看去,什么都没有看见。

他翻了个身,准备继续睡觉,那声音又再次响起,窸窸窣窣,仿佛有人在房间里面来回走动。

卫子辰困得厉害,索性堵住耳朵,懒得理会。

可是那声音却变本加厉,恨不得在他耳边咆哮,他忍无可忍随手抓起枕头朝着声音发出的方向砸过去,只听一阵稀里哗啦撞击的声响后,房间里的家具也倒了。

卫子辰睡意正浓,懒得理会,翻身又睡。

天亮之后,卫子辰起身一看,却见倒了一地的家具下面压着一只硕大的老鼠,那老鼠足有小狗般大小,着实惊人。

"这么大的老鼠?!"颜月翎不敢相信自己的眼睛,"好可怕!"

谢慕容的脸色苍白:"原来,原来是老鼠……"

卫子辰耳朵尖,听到了他的话:"原来你是怕这屋子里面有鬼,所

以才不敢住这间的吧？还说什么把最好的房间让给客人！"

谢慕容连忙否认："你胡说！我才不怕鬼呢！我们谢家宅心仁厚，待客真诚，严以待己，宽以待人，最好的东西都会留给别人。"

卫子辰笑出了声："我没听错吧？谢家宅心仁厚？若非我没记错，谢家曾经是杀手榜排行第一名，最擅长用毒，死去的谢掌门手上不知道沾了多少人的血。"

谢慕容很生气，怒斥道："胡说！我们谢家从不滥杀无辜！在江湖上也一直都是五好帮派！"

"哦？"卫子辰目光深深地望着谢慕容，"当真？"

"当然！"谢慕容正色道，"我不知道你从哪里听到那些不实的传言，但是谢家绝不是你所说的那样！"

颜月翎也同意："对啊，我们刚认识的时候，他只有一个包子都给了我，自己都没钱吃饭，还要给乞丐留钱，这样的门派，怎么可能是杀手？"

卫子辰不说话，只是打量谢慕容的目光更复杂了。

吃过早饭，谢慕容本想拉上颜月翎一起洗碗，却瞧见了目光冰冷的卫子辰，莫名有几分惧怕，便将话咽了回去，自己默默去洗碗。

卫子辰看了一眼颜月翎，却见她拿出一本武功秘籍和一把黑色的长镖，兴冲冲地在研究。

他不禁好奇："这东西哪里来的？"

"我买的。"颜月翎边说边按照秘籍里说的摆弄长镖，看也不看卫子辰。

"几天没见，你换武器了？"卫子辰的眉头一挑。

"嗯，说不定我不是练剑的料，但是练镖可以呢。"颜月翎刚说完，就被长镖扎了手心一下，她急忙缩回手，"什么都可以试试嘛。"

看到她冒冒失失的样子，卫子辰暗自叹了口气，对她道："长镖不是这样握的，要将镖头朝外。"

颜月翎依言握住，恍然大悟："原来是这样。"

卫子辰心中叹气，她真的在武学方面毫无天赋，总是弄得自己伤痕累累，看着又心疼又生气。

卫子辰故意抬头看天，自言自语道："今天的太阳难道是从西边升起来的？"

"你就认定我不行？"颜月翎气愤地跺脚，"今天我就要证明给你看看，我是个练镖的天才！"

卫子辰扬起嘴角，就势靠在一旁的躺椅上，懒懒道："天才，让我看看你练得怎么样。"

"我一个人不行，"颜月翎看向了厨房，"得谢公子一起来。"

卫子辰收敛笑意："什么意思？"

"这是鸳鸯双镖，得两个人练才可以。"颜月翎答道。

卫子辰的眉头都皱成了一团："鸳鸯双镖？谢家的鸳鸯双镖？"

"正是。"颜月翎点点头，"谢家的绝学。"

卫子辰拿过那本秘籍翻开一看，书虽然很旧，但是保存良好，里面的武功招式流畅狠厉。

"居然是真的。"

"当然是真的！"颜月翎连忙拿回秘籍，她很珍惜，这可是她这辈子练过的真正唯一可以称得上的武功绝学。

之前在书局里面头的大多是通本，还有些是各种武功拼凑在一起的，练得不好就会经脉逆行。

卫子辰问道："这是那个姓谢的给你的？"

"当然！"颜月翎白了他一眼，"这是谢家绝学！"

卫子辰又拿过她手中的长镖仔细一看，长镖很沉，镖身通体漆黑，看不出什么材质，镖尖处锋利无比，确实是一把上等的兵器。

"别弄坏我的武器。"颜月翎拿回长镖，宝贝地擦了擦。

卫子辰用力捏了一把长镖，冷声道："这武器要是这么容易坏，也算不上什么好武器了。再说了，武功高低不在武器，武功差就算武器再好也没用。"

"那你倒是给我弄个好点的武器啊。"颜月翎嘲笑道，"不要木头、铁皮之类的。"

卫子辰背起手，微微仰头看天，故作高深："真正的高手，是不需要用任何武器的，天地万物皆为武器，片叶可伤人……"

"但好的武器可以帮助人提高武功，好的武器更是与高手合二为一。"谢慕容也拿着相同的一柄长镖走来，亮出了起手式。

颜月翎牢记昨天练功失败的原因，练功时努力把握力道，尤其是牵住谢慕容的手时，不敢再用力。

谢慕容急忙握紧她的手："力气太小了也不可以，想象我们两人若此时面对着一圈敌人，彼此依靠对方，你牵着我的手是为了借助我的力量……"

"打住！"卫子辰本来是躺着的，看到两人牵手，不由得目光一冷，上前将两人拉开，"谁说牵手能借力？你借我个试试？"

谢慕容正色道："这是秘籍里的。"

"你看到两个人的手在一起就是牵手？"卫子辰的目光仿佛能杀人，"想占人便宜还拿秘籍说话！"

谢慕容连忙解释："我，我才没有想占颜姑娘便宜呢！"

"没想占便宜，你乱改武功干吗？"卫子辰说着抬起手，按照他们刚才练的功夫比画了一遍，手心朝上用力一顶，"这才是这招的正确姿势！"

谢慕容睁大了眼睛，想不到卫子辰居然如此聪明，这么快能学会，而且能将他一直没弄明白的部分汇融贯通。

颜月翎倒不奇怪，卫子辰只是懒，但是非常聪明，什么武功都是过目不忘。

"那这招呢？"谢慕容按照书中比画出一招，两手意欲放在颜月翎的腰上。

"不对不对！"卫子辰再次摆手，将两人拉开，自己上前站在谢慕容面前，将他的手放在两臂之上，两人靠得很近，谢慕容的手按在卫子辰的胳膊上，画面非常暧昧。

两人都觉得不大对劲，各自往后退了半步，卫子辰用力打开双臂，托起谢慕容的手腕，谢慕容借着他的力量往后翻了个跟头。

"这样才对！"卫子辰用力一托。

谢慕容翻开了秘籍："可是书上画的明明就是放在腰上……"

卫子辰瞄了一眼秘籍："尽信书不如无书，这本武功秘籍这么多年了，也要有所改进才是！都按照书里面的练，那还不如一根木头！"

谢慕容肃然起敬："想不到阁下真是高手。"

卫子辰摆摆手："我算不上什么高手，只不过看的武功心法多些罢了。"

颜月翎在旁跟着比画，谢慕容招呼她过来继续练习。

卫子辰拉住颜月翎的胳膊，对谢慕容说："我先替她练一遍，看看你们有什么地方练得不对的。"

谢慕容虽然有些不爽，但还是同意了："好吧。"

两人按照秘籍上练了起来，鸳鸯双镖原本就是夫妻所练习的武功，和别的武功不同，动作极度暧昧，练镖的两人需有些亲密动作，如牵手摸腰，甚至拥抱在一起。

两人动作越发暧昧，特别是谢慕容躬身在地，卫子辰靠在他身上，像极了卫子辰靠在他怀中，两人的脸也贴得极近，实在不忍直视。

颜月翎捂住了眼睛，偷偷从指缝里面看着两人。

卫子辰顿时满脸黑线，走过去拍了她的头一下，板着脸问道："你都学会了吗？"

"啊？什么？"颜月翎一脸茫然。

卫子辰板着脸训斥道："这就是你学不好武功的原因，该用心的地方都不用心。"

颜月翎心虚地摸了摸鼻子，真怪不了她啊，刚才那画面谁还能认真看招式啊！

练了一上午功，三个人都累了。

吃过午饭后，卫子辰选了块阴凉的地方，拿出了瓶瓶罐罐开始做面膜。

颜月翎坐在一旁的椅子上歇息，光着两只白生生的脚丫甩来甩去。

卫子辰修长的手指在瓶瓶罐罐之间灵巧地翻来翻去，很快捣了一碗玫瑰汁。

颜月翎虽然看了很多回卫子辰做护肤品，还是感慨不已："你怎么学什么都那么快？那套武功看一遍就学会了。"

卫子辰心情顿时很好："那套武功算不上什么上乘，你别练了。"

颜月翎诧异地问道："为什么？"

"这套武功有严重的问题。"卫子辰说。

"有什么问题？"颜月翎很不解，"你们不是练得挺好的吗？"

卫子辰看了她一眼，淡淡说道："这套武功有很明显的缺陷，秘籍年代太久了，许多地方都描述不清，甚至还有错误，练了很容易出问题。"

颜月翎满腹狐疑地打开秘籍仔细看了一遍，没看出来卫子辰说的错误在哪里："我觉得没啥问题啊。"

卫子辰嗤笑一声："你看得出来什么？武林书局出的那些秘籍你都当真的，何况是这套秘籍心法。这套镖法大多是花架子，在实战中用途不大。"

颜月翎掩饰不住失望和震惊："怎么可能？这不是谢家祖传的秘籍吗？"

"难道秘籍就一定是用来打架的吗？"卫子辰瞥了她一眼，"也可以是用来谈情的嘛，江湖儿女又不吟诗弄月，创造些武功心法也一样。"

"那谢家为何要一直流传下来？"颜月翎还是不甘心，"武功秘籍不都是为了提高门派实力的吗？"

卫子辰歪着头故作正经："也许他们祖先认为谈情才是最重要的。"

颜月翎半信半疑："是这样吗？"

卫子辰看她满脸疑惑的神情，知道她信了。他悄悄勾了勾嘴角，拿出做好的玫瑰露对她说道："闭上眼。"

颜月翎乖乖闭上眼睛，虽然她不喜欢捣鼓这些，但是哪个女孩不爱美呢？

卫子辰挑起玫瑰露，一点点涂抹在她的脸上，他涂抹得很仔细，微暖的指尖滑过她的脸，光滑细腻，仿如瓷白的雪娃娃。

卫子辰凝神看她，晶亮的玫瑰露涂抹在她的脸上，显得更加可爱。他玩心大起，拿过眉笔蘸取玫瑰汁，在她的眉心处画画。

颜月翎忙阻止他："你想干什么？"

"我给你画个花钿，很漂亮的，你别动。"卫子辰捧着她的脸耐心地勾画，甚是认真。

颜月翎不信："你是不是在给我画乌龟？"

卫子辰正色道："不是，我给你画的是桃花，最好看的那种。"

"我信你才怪！"颜月翎睁开眼睛，拿过镜子一看，果然额头当中有一只玫瑰色的乌龟，气得直瞪眼。

卫子辰微微一笑，故作深沉："这个玫瑰色的乌龟造型别致，笔法潇洒，着实精美。"

"既然这么好看，我给你也画一个吧！"颜月翎拿过笔朝着卫子辰追去。

两人在院子里一通追逐，颜月翎也没追上卫子辰，气鼓鼓地说："你再不回来，我就把你这些玫瑰面膜都扔了。"

卫子辰见她真的动怒了，乖乖地走到她面前，心一横闭上眼睛："来吧！"

颜月翎在卫子辰脸上画了三个乌龟后，才满意地罢手。

卫子辰望着镜子里面的自己，神色严肃地说："月翎，从明天开始你要练习画乌龟了！"

颜月翎愣住了："练习画乌龟干吗？"

卫子辰说："下次你要是和人比赛画乌龟，画成这样肯定会输！"

颜月翎更加疑惑："比赛画乌龟？为什么要比这个？"

"人生无常，万事都要有所准备。"卫子辰装模作样地说道，偷偷将脸上的乌龟擦掉。

敷脸的时间到了，颜月翎草草地洗了脸上的玫瑰露。她洗得很草率，额角眉尾上都没洗干净。

卫子辰默默拿过帕子擦去她脸上残留的玫瑰露。

颜月翎扁扁嘴问道："搞完了没？"

卫子辰一转身又拿出了一堆瓶瓶罐罐。

颜月翎顿时感到头大，随便挑了一点东西就要往脸上抹，结果被卫子辰打了下手背，递给她一只瓶子。

颜月翎噘着嘴："怎么这么麻烦啊？我都弄不明白，师父，你帮帮我吧。"

卫子辰心头一软，那模样仿佛小时候她每次犯迷糊，都会拉着他的衣角，用软糯的声音喊道："师父你帮帮我吧。"

"闭眼。"卫子辰柔声道。

颜月翎乖乖闭上了眼睛，卫子辰挑起乳霜，一层层为她涂抹。

他不是第一次帮她涂抹面膜了，她早已经习惯了他的指尖抚过自己的脸庞，只是今天突然觉得心跳加速，也不知是哪里不对。

颜月翎的脸发烫，卫子辰微微诧异："你的脸怎么这么烫？是不是受寒了？"

颜月翎赶紧推开他的手，凶巴巴地说道："我才没受寒。"

"那怎么这么烫？"卫子辰有点担心。

"我……我是热的,都怪你动作太慢了。"颜月翎拿起面霜胡乱地往脸上涂抹了一通,起身就跑。

卫子辰微觉诧异,一阵春风吹过,夹着几片桃花飘进了墙头,落在了卫子辰的手心里。

不远处,谢慕容目光沉沉地站在角落里看着眼前这一幕,许久没有动,只是攥紧了拳头。

谢慕容的心情很不好,晚上吃饭的时候也只吃了三碗。

自从不愁每天的伙食费以来,谢慕容每一顿都要吃掉五碗饭外加两碗汤。

颜月翎怀疑他生病了,问:"你身体不舒服吗?"

谢慕容摇头:"没事。"

"那你怎么吃这么少?"颜月翎忧心忡忡地又为他盛了一大碗米饭,怕他吃不饱,还用力压了两下,又添了两勺。

"我不想吃。"谢慕容拒绝,但看到碗里的肉,又接了过来,扒拉起来。

颜月翎很欣慰,这样吃饭才是谢慕容该有的样子。

谢慕容吃完一大碗饭后,仍意犹未尽地看着锅。颜月翎将锅端来给他,他接过锅正要开吃,突然想起了自己心情不好,又放下筷子:"我说过我不想吃了。"

颜月翎很担心:"吃不饱怎么行?万一要饿出病来就麻烦了。"

卫子辰嗤笑不已:"他这么吃,不可能会饿死的,撑死倒是有可能。"

颜月翎白了卫子辰一眼:"能吃是福!"

卫子辰勾起嘴角,附和道:"猪也这么想的。"

谢慕容看着两人拌嘴,心里有点不舒服:"我感觉我们帮派太散漫了,我们谢家有规矩,大家都要遵守,这样出去才有我们谢家的样子。"

颜月翎很捧场:"都是些什么规矩?"

谢慕容一时卡壳，支支吾吾没说出来，卫子辰嗤笑道："你不会是现编的吧？"

谢慕容很生气："只是时间久了，我有点忘了而已。对了，首先第一条就是不允许嘲笑掌门，也就是我。"

卫子辰挑了挑眉："哦？"

谢慕容又指向两人："我们谢门是传统门派，男女之间须保持距离，不可以太随便。"

颜月翎有点蒙："太随便？没有吧？"

她和卫子辰一起长大，打打闹闹是常事，两人之间从来没觉得有什么亲密距离的问题。

"我是她师父。"卫子辰提高了声音。

"师徒之间也不可以，师父应该自重，徒弟要尊重师父，所谓尊师重道，不可以太随便太轻狂。"谢慕容一本正经地说道。

卫子辰冷哼一声："我当师父的都没有意见，你一个外人凭什么指手画脚？"

"你现在既是我谢家的人，当然要遵守我们谢家的规矩。"谢慕容丝毫不让。

两人剑拔弩张，当场就要打起来。

谢慕容一扭头问颜月翎："你同意吗？"

颜月翎本不想点头，可是谢慕容可怜巴巴地看着她："没有规矩不成方圆，这也是为了谢家的振兴！"

颜月翎只得硬着头皮点点头。

卫子辰冷冷看着两人，转身出了门。

"月翎，谢谢你支持我。"谢慕容心情大好，"这对我来说很重要。"

"我明白，你是为了谢家的将来嘛。"颜月翎说，"我答应过要帮你的。"

"不是帮我，而是帮我们。月翎，我相信将来谢家一定前途光明，而你，我相信以你的能力，一定可以成为谢家重要的一员。"谢慕容故作深沉地说。

"是吗？可是我武功不行，师父说我不是练武的料。"颜月翎的小脸都皱成了一团，不是她不努力，只是努力也没啥用。

"我觉得他对你的评价不够公正，"谢慕容严肃道，"像你这样优秀的女孩子，即便可能在某些方面天赋不太够，但是你足够努力，他怎么能如此打击你的信心呢？"

颜月翎一愣："打击我？"她从未这么想过，"没有吧……"

谢慕容深深地叹了口气，用怜悯的眼神看着她："月翎，我知道你们在一起经历过许多，所以你已经习惯被卫子辰打击，甚至察觉不到这种打击，但是我以后不会允许这种事情发生，我会保护你的。"

颜月翎脑子里面有点乱，保护她？为什么要保护她？

"你是什么意思？"颜月翎疑惑地问道，"我师父难道会伤害我？"

"有些伤害不是指身体的，而是内心的。"谢慕容越发严肃，"月翎，你最好离你师父远一点。"

颜月翎越发疑惑："我师父怎么了？"

他们在一起八年，虽然她现在对卫子辰有诸多不满，可是若说卫子辰故意伤害她，她也没办法相信。

"我今天还看见他试图对你动手动脚。"谢慕容满面怒容，"身为师父根本就不该对徒弟做这种事！实在有违正道！"

颜月翎很疑惑："有这么严重吗？"

谢慕容郑重点头："江湖名门正派都容不得此等行为。"

颜月翎看着他那么严肃的神色，亦有些怀疑，什么行为才能算符合江湖名门正派的要求？

第六章 针锋相对

我和她之间的事,轮不到你一个外人来评判。

夜半时分。

颜月翎正准备睡下，门外传来了敲门声，伴随着谢慕容低沉的声音。

颜月翎打开了门："这么晚了，有什么事吗？"

谢慕容干咳一声，摸着光光的下巴，语气郑重地说道："趁着今夜月色良好，不如我们聊聊门派的发展吧。"

颜月翎抬头看天，只见深幽的天际中，一轮银月高悬，一丝云也没有，亮得坦坦荡荡。

"好吧。"颜月翎欣然同意。

谢慕容微微一笑，指着屋顶说："上面亮堂，我们上去聊吧。"

颜月翎不假思索地答应了，刚要跟着谢慕容出去，又转身回到屋子里面拿了一支笔和小本子出来。

谢慕容愕然："拿纸笔干什么？"

"记录啊，不是要聊门派发展吗？我怕忘记了。"颜月翎说。

"哦……哦……对对对，颜姑娘想得真是周到，是在下疏忽了。"谢慕容连忙点头，夸赞了颜月翎一番。

颜月翎被夸得美滋滋的，一扭身就上了屋顶，铺开了小本子，拿着笔对谢慕容说："你说吧，我来记。"

跟着上来的谢慕容，愣了半晌张口道："那个，不急，咱们先看看月亮吧，今夜月色真美。"

颜月翎记挂着门派发展，草草看了两眼，胡乱点头道："挺好的。"

谢慕容见她不感兴趣："颜姑娘，你不喜欢月亮吗？"

颜月翎摇头："喜欢啊。"

谢慕容很疑惑："那今夜的月色不是你喜欢的风格吗？"

颜月翎摇头："月色很美，但我此时心里没有月色，所以它美不美都与我无关。"

谢慕容怅然若思："原来如此，辜负这明月的人是我，不知姑娘心里几时才会有明月？"

颜月翎听了谢慕容一番话，觉得有点烧脑，思来想去不知该如何回答。

倒是一旁传来了卫子辰的声音："她心里什么时候有明月与你有何关系？"

颜月翎转头一看，清朗明月之下，卫子辰长身鹤立于屋檐之上。夜风乍起，月白色的长袍在风中翩飞。

谪仙在世，也不过如此。

两人怔怔看向他，半晌无语。

只是卫子辰一脚跨到两人中间时，谢慕容陡然色变，往后退了好几步，苍白着脸高呼："鬼啊！"

卫子辰脸上涂着厚厚一层黑色，配着一身月白长袍，仙气不见，倒多了几分鬼气。只不过这鬼也是那种好看的鬼。

"那是海底泥。"颜月翎解释道，"可以锁水保湿的。"

卫子辰见谢慕容害怕，凑到他面前，压低嗓音道："鬼来了。"

谢慕容虽然害怕，但还是硬着头皮说："我不怕鬼！"

卫子辰勾起嘴角："哦？刚才谁叫得那么大声？"

"我那是一时没有察觉而已。"谢慕容绝不能让自己在颜月翎面前丢脸。

"师父，你别闹了。"颜月翎上前劝他，"再晚点睡，明天就该有黑眼圈了。"

"你干吗这么着急赶我走？"卫子辰看向两人，"你们半夜不睡觉，跑来这里干什么？"

"规划谢家的三年发展计划和五年发展方向。"谢慕容答道。

卫子辰差点笑出了声："三年发展计划？五年发展方向？"

谢慕容干咳一声："对，我们门派要有长远的计划，才能清晰规划好未来。"

"谢掌门真是深谋远虑，大半夜在屋顶上思考这么高深的问题。"

卫子辰似笑非笑地望着他，"看来谢家将来前途光明啊。"

"那是当然。"谢慕容看向了颜月翎，"我相信有我和颜姑娘的努力，谢家一定能重现昔日辉煌。"

卫子辰轻笑一声，抚掌道："掌门如此有信心，我对谢家更有信心了，那请掌门大人带头遵守规矩吧。"

"什么规矩？"谢慕容一脸茫然。

"男女之间要保持距离。"卫子辰说完比画了下他和颜月翎之间的距离，"掌门应该带头遵守规矩，是不是，掌门？"

谢慕容无话可说，只得起身往旁边让了几步，和颜月翎保持一段距离。

"再往后退。"卫子辰说，"这距离太近了。"

"退。"

"再退。"

眼看谢慕容退到了屋檐边，再退一步就要掉下去了，卫子辰这才满意："这个距离还差不多，掌门大人你还要继续在这里思考谢家的未来吗？"

谢慕容恨恨地望着他："不了。"

"既然掌门已经不思考了，你也不必留在这里了。"卫子辰对颜月翎道。

颜月翎看了看空空如也的小本子，觉得自己白忙活了一通，一跃而下，谢慕容紧随其后，正欲追上颜月翎时，就听到卫子辰在身后大声说道："掌门，你的房间在那边。"

颜月翎已经进了房间关上了门，谢慕容暗自在心里跺脚，只得在卫子辰得意的目光中回到房间里。

约莫一炷香的时间后，谢慕容再次悄悄打开房门，却见卫子辰端坐在门口，眼睛半睁半闭，似乎没有睡着。

谢慕容无奈，只得回到房间里躺下，心中生出一阵恼意。

第二天清早，颜月翎刚起床，就在门口的地上看到了一枝开得鲜艳的桃花，顿时心情大好。

谢慕容走了过来，刚要开口，就听颜月翎惊喜地问道："你怎么知道我喜欢桃花？"

谢慕容一愣："啊，那个，我猜的，猜得准吧？"

颜月翎甜甜一笑："多谢。"

"举手之劳罢了。"谢慕容信口道，"比起颜姑娘为谢家所做的一切，一枝桃花算不得什么。"

"你们站这么近干吗？"卫子辰冷不防地出现，一大清早，他穿得整整齐齐，袍角还沾着些许泥土，"男女大防，保持距离。"

颜月翎满腹狐疑，卫子辰从来不早起，便问："你今天这么早去干吗了？"

"买尺。"卫子辰拿出了尺子，足足有一丈长，抵在了颜月翎和谢慕容之间，两人瞬间就隔得老远，"从现在开始，你们时时刻刻都要保持这个距离！"

颜月翎无语："桌子还没这尺子长呢！怎么吃饭？"

卫子辰却很满意："这很简单啊，你过来吃饭的时候，他往后退。他过来的时候，你往后退，保持这个距离就好了啊。你试试看，真挺好的。"

谢慕容气极："你在瞎胡闹什么？"

卫子辰粲然一笑："这不是遵守掌门的要求吗？我特意去买了这把尺，以后你们就保持这样的距离，省得万一被人看见了，毁了掌门的清誉。月翎，你可千万要注意保持距离，万一掌门的声誉有损，对谢家的未来可不好啊。"

他特意在说"谢家"时，加重了语气，他知道颜月翎的死穴。

果然，颜月翎点点头："师父说得有理，都是为了谢家。"

谢慕容一口血差点喷了出去:"不,根本不需要!"
"需要!"卫子辰眨眨眼,"非常需要!"
谢慕容冷笑道:"你几时这么关心我们谢家了?"
"做一天和尚撞一天钟嘛,我当然关心了。"卫子辰笑得一脸无辜。
"那你和月翎也得保持这样的距离!"谢慕容将卫子辰一军。
"没问题。"卫子辰拿出了一把同样的尺子放在他和颜月翎之间。
谢慕容的脸都黑了,他万万没想到卫子辰会买两把一样的尺子。

三人形成了一个巨大的三角形,走起路来很奇怪,想要进厨房吃早饭,厨房里都装不下。
"师父,你确定以后都要这样吗?"颜月翎被迫退到了柜子上面,两只手各抓着一把尺,身体往后倾斜。
谢慕容也好不了多少,直接被顶到了灶台上,两只手架在尺子上。
而卫子辰则直接站在了门外:"为了谢家,必须保持安全距离!"
颜月翎心情激动:"为了谢家!"
谢慕容差点哭出来:"为了谢家。"
"声音太小了,再喊一遍!"颜月翎不满意。
谢慕容只得吊着嗓子又喊了一遍:"为了谢家!"
三人齐声一起喊道:"为了谢家!"
接下来的几天里,卫子辰时时刻刻举着两把尺子,紧盯两人。
吃饭的时候,练功的时候,甚至晚上睡觉的时候,他也守在门外,绝不允许两人越界一步。
谢慕容很郁闷,这和他的计划完全不一样啊!
思前想后,谢慕容决定离开卫子辰所在的视线范围,他写了一张纸条,夹菜的时候,悄悄放在桌子上,示意颜月翎过来夹菜。
颜月翎看懂了他的暗示,正要往桌边走,卫子辰却抢先一步往桌边走去。

谢慕容大惊失色，忙抵住尺子问道："你要干吗？"

"我夹菜啊。"卫子辰感觉莫名其妙。

"不，不行。"谢慕容很着急，"你不能吃。"

"为何？"卫子辰的目光变得犀利，似乎要将谢慕容看个透，"这菜有什么问题？"

"那个菜冷了，不好了。"谢慕容急中生智，"容易拉肚子，像你这样的武林第一帅哥，不希望被人看到你拉肚子吧？"

卫子辰觉得有诈："你几时这么关心我了？"

"你也是我们谢家的门面，我当然要关心了。"谢慕容迅速组织恭维的词汇，向卫子辰出击。

什么玉树临风、风流倜傥、惊才绝艳、潘安在世，一股脑儿全扔给了卫子辰。

卫子辰听惯了这些话，不为所动，依然坚决地往桌子边走。

颜月翎见状，推动和卫子辰之间的尺："我想吃！"

卫子辰一愣："你想吃？"

颜月翎点头："我最喜欢凉拌菠菜了。"

"那你吃吧。"卫子辰一听颜月翎喜欢，便不再执着，"多吃点。"

谢慕容急得一脑门子汗，还在绞尽脑汁夸卫子辰："实不相瞒，自从我见到你，就知道老天爷偏心，这世上怎么会有长得像你这么完美的男人啊？自从有了你，帅就有了明确的定义，完美就有了标准答案……"

卫子辰浑身打了个激灵，嫌弃地说："想不到谢掌门连这等话都能说得出。"

"我发自内心的。"谢慕容面不改色，仿佛非常认真。

卫子辰顿时胃口全无，放下了碗筷："我饱了。"

颜月翎趁着两人还在斗嘴的时候，拿到了那张纸条，上面写着：傍晚，码头见。

下午的时候，谢慕容借口要出去买东西，和颜月翎一前一后离开了谢家，去了码头边。

两人站在河边看着西边如锦缎般的晚霞铺满了水面，波光粼粼，宛如碎金一般，数只乌篷船拨开水面，朝着远方使去。

颜月翎望着船只悠然神往："那些船是去哪里的？"

"很远的地方。"谢慕容答道，"许多比万舟镇要大的地方。"

颜月翎去过很多地方，但未曾坐过船，不禁心向往之："我也想坐船。"

"等以后我们帮派获得武林第一了，到时候我带你坐船，想去哪里就去哪里。"谢慕容笑吟吟地说道。

说着他慢慢靠近颜月翎，颜月翎却往旁边走了一步，谢慕容也走进了一步，颜月翎继续往旁边走。

谢慕容略有些失望："颜姑娘，你讨厌我吗？"

颜月翎一愣："没有啊。"

谢慕容幽怨道："那姑娘为何总是躲着我？"

"不是掌门规定的，男女要保持距离吗？"颜月翎无辜地睁着眼睛反问道。

谢慕容哭笑不得："那个，我们在外面，不必遵守规则……"

颜月翎摇头："不可以，在外面看到的人更多，更要遵守规则，不可让谢家蒙羞。"

谢慕容心里苦啊，本来觉得颜月翎不爱月光，可能爱夕阳，想借着这一抹夕阳表达那夜未能表达的心事。可怎奈，这小姑奶奶没有半点花前月下的心思，满脑子都装着事业。

颜月翎想了想问谢慕容："你叫我来这里有什么事？"

谢慕容想了半响，斟字酌句道："我就是想和你单独说会儿话。"

谢慕容羞涩一笑，夕阳的余晖落在他的脸上，他的笑容温柔而青涩，千言万语尽在其中。

颜月翎望着他的笑容，心里甚是疑惑，家里为何不可说话？

一扭头，她瞧见了河畔边开得浓艳的桃花，不禁欣喜："桃花原来在这里啊！"

万舟镇的桃花稀疏，只有河畔种了几棵桃树。

颜月翎恍然，莫非谢慕容送她的桃花是在这里摘的？她有些感动，这里距离谢家还有颇远的距离，河边泥土湿滑，想必采摘不易。

"多谢你的桃花。"颜月翎再次向谢慕容道谢。

"应该的。"谢慕容答道，"颜姑娘这么优秀的人，值得配上最好的一切，只是我暂且只有桃花三两枝相赠，待他日我谢门光耀门楣……"

"我会努力的。"颜月翎抬头望向他，眼睛里闪耀着光芒。

"月翎，我会让你站在最高的地方看桃花看夕阳。"谢慕容眼神温柔，目光闪耀。

颜月翎挽起衣袖，摆出习武的架势："好！"

为了加快速度，颜月翎比之前更加努力，天不亮就开始练功。

走路如带风，扎着马步做饭，用锅铲当剑边炒菜边练，洗衣时用捣衣捶练臂力，衣服都被她捶破了。连晚上睡觉的时候，都在练内力。

谢慕容为她呐喊加油："月翎，你是最棒的，谢家的未来就靠你了！"

听到掌门为自己加油，原本已经疲惫不堪的颜月翎立即能量满格，绑着沙袋继续跑步。

"你怎么不练？"卫子辰斜眼望着谢慕容。

谢慕容用帕子擦了擦没有出汗的额头："我刚练了一套武功，喘口气再练。"

卫子辰嗤笑一声："我从起床到现在都没看到你动过，你是在脑子里面练的？"

"我练的是内功。"谢慕容嘴硬，一连练了数日，他已经疲惫不堪，只想躺着休息。

卫子辰装作恍然大悟："原来练内功只需要坐着不动就可以练了。"

谢慕容转移话题："你为什么不练功？"

"我是师父，自然是不用练功的。"卫子辰答得理所当然。

谢慕容一时间竟无法反驳："啊？是吗？"

卫子辰悠然点头："你看哪个门派的师父天天练功的？都是喝茶吃饭督促徒弟练功，你还不快去练功？"

谢慕容傻傻地看着卫子辰："我？"

"对啊，月翎都练了这么久，你赶紧去扎两个时辰马步。"卫子辰拿出了师父的派头。

谢慕容本来想偷懒，但被卫子辰这么一说感到十分没有面子，他自认为是谢家掌门，怎么能被别人这样教训？

他有点不高兴，想着该如何拿捏卫子辰，从这几日相处来看，卫子辰对颜月翎极其在意，便眼珠一转，故作诚恳地说："虽然你不是我的师父，但你是月翎的师父，月翎既然已与我在一起，你也算作是我的师父了。"

"你说什么？！"卫子辰神色骤变，打断了谢慕容的话。

谢慕容用挑衅的目光看着卫子辰："对，她和我在一起了。"

卫子辰的目光变得凌厉："你胡说什么？你们怎么可能在一起？"

"我们很早之前就在一起了。"谢慕容说，"我们彼此梦想一致，一起为了未来努力奋斗。"

"这不可能！"卫子辰断然否定，"月翎的审美不可能这么差！"

谢慕容冷笑一声道："卫子辰，颜值固然重要，但是爱情却未必与颜值有关。你们相处这么多年，若是月翎真的对颜值那么看重，为何不和你在一起？"

卫子辰感到自己的心被什么重重扎了一刀，墨黑的双眸变得更深，指尖掐到发白："谢慕容，你是不是给她下药了？她才会看上你！快把解药交出来，我饶你不死。"

"什么解药？"谢慕容不明白卫子辰的意思，这个慵懒得仿佛一只猫的男人陡然变成了一头猛兽，浑身上下都散发着浓浓的杀意。

谢慕容有点害怕，但隐隐又觉得自己拿捏住了卫子辰。这些天他一直拿卫子辰没办法，现在终于找到了卫子辰的弱点。

他笑出了声："卫子辰，没用的，你说什么都不会改变这个事实，颜月翎不再是任你使唤的丫鬟，她是我的人了。"

卫子辰目光微冷："你说什么？"

"你听得很清楚，这八年来，你虽说是她的师父，但是一直把她当丫鬟使唤，你一个男人不挣钱，不练功，天天沉迷美容护肤，叫她养着你伺候你！"谢慕容冷冷说道。

"我和她之间的事，轮不到你一个外人来评判。"卫子辰摇头冷笑，"你根本什么都不知道。"

谢慕容亦冷笑道："若想人不知除非己莫为，她都告诉我了。"

卫子辰的眼神变了又变："她告诉你什么了？"

"她和我控诉了你这些年做过的恶事！"谢慕容一心想要将卫子辰的气焰打压下去，然后根据自己的观察推测信口胡编，"你吃饭挑食，她也得跟着你挨饿。"

卫子辰嘴角微微抽搐，还是忍住了，只是缓缓地问："她说她挨饿？"

"对。"谢慕容底气十足。据他这几天的观察，卫子辰吃的东西很少，而颜月翎却不挑食。

卫子辰的嘴角扬起了不易察觉的笑容，这小子真敢说，这么多年他虽然念叨，但从未克扣过颜月翎一口吃的。

卫子辰似笑非笑地看了他一眼，悠悠地问道："这么说来，你对她很真心了？"

"那当然。"谢慕容眼睛都没眨。

"那就好，否则的话，我可不会轻饶你的。"卫子辰说完，转身走了出去。

谢慕容有点纳闷，卫子辰什么意思？怎么会这么轻易离开？

卫子辰平时很少出门，来到万舟镇后，为了维护万舟镇的日常秩序，他也大多藏在谢家闭门谢客。

今天一出门，立即受到许多人的关注，首先是从谢家门口开始，就有许多画师站在两边为他作画。

沿途一路还有许多暗哨，都是为了防止引起轰动，用来维护秩序的。这些都是郗夜莲的安排，卫子辰本来很抗议，但是颜月翎却看在银子的份儿上，替他答应了。

卫子辰虽然无奈，但也应允了。

卫子辰一出门，郗夜莲就得到了消息，她立即离开了豪华住宅，坐着马车赶到卫子辰身边："需要坐车吗？"

卫子辰摇头："不用了，我就出来走走。茶馆在哪里？"

郗夜莲愕然："你要去茶馆？那里人很多。"

"我知道，最好是码头附近的茶馆或者客栈也行。"卫子辰说，"人越多越好。"

郗夜莲更加诧异，卫子辰平日里都是躲着热闹走，今天居然主动要去最热闹的地方。她问："你有什么事吗？"

"没什么事，既然我现在是谢家的人了，也要为谢家做点宣传。"卫子辰完美无瑕的脸上浮起了一抹笑意，"郗老板，麻烦你带个路。"

郗夜莲用欣赏的眼光看着卫子辰，真是风姿盖世啊！

尤其是这个角度，他看上去多了几分温柔和哀伤，连被风吹起的那缕长发都是那么的完美无缺，人间尤物不过如此啊！

万舟镇码头边最大的茶楼——问茶楼。来往的客商都要在此停驻一番，店中客人极多。

今天到访的客人更比平日里多出几倍。

一切都拜卫子辰所赐,自他踏入这间茶楼开始,客人就不断涌入这里,连本来只是路过的人,也进了茶楼。

卫子辰站在二楼靠河的窗边,望着河里往来的船只,然后做出了让郁夜莲目瞪口呆的动作。

他取了一把折扇当剑,对着河边舞了一段剑法,他的剑法飘逸灵动,白衣随着他的一举一动飘荡,宛若仙人。

来往的客人都伸长脖子看傻了眼,纷纷停下了前行的脚步。

被他吸引而来的客人全都挤进了茶楼,一时间茶楼里茶碗告急,炉灶间十几只茶壶都烧不过来。

画师们忙得不停擦汗,卫子辰的动作换得太频繁,且每个动作都是那么好看,画师们根本画不过来!

看客中也有不少的男人,他们并不想来,但却不由自主像着了魔一样围了过来,看热闹是人的本性,何况是这么帅的人!

郁夜莲眼见着茶楼的人越来越多,以为卫子辰今天是来茶楼打工的:"你和茶楼老板谈好了,帮他招揽生意吗?"

卫子辰一愣:"招揽生意?可以这样吗?"

郁夜莲这才明白,卫子辰居然在给老板免费打工,腿都拍青了:"当然可以了,我要去和老板谈下分成!不能让你白白露脸!"说完急匆匆地跑到楼下去找老板。

卫子辰看了看茶楼里面已是人山人海,便走到人群当中,向众人一拱手:"诸位好,在下卫子辰。"

"原来你就是卫子辰!"

"啊,我居然见到了卫子辰!今天一定是个好日子,我要去买注武林刮刮乐!"

"卫子辰!能不能给我签个名!"

"传说中的卫子辰怎么会在这里?"

很快整个茶楼里的人都知道卫子辰在此,人人都想一睹武林第一帅哥的风采,纷纷上前想要和卫子辰有更亲密的接触。

郗夜莲赶紧命人稳住场面,以免造成事故。她说:"你要想和他们说话,就去中间的台子上吧。"

茶楼中设有一个小型的台子,平日里有些弹唱说书人在上面表演。

卫子辰接纳了郗夜莲的意见,纵身一跃,向台子中间飞去,白色的身影在人群中轻轻掠过,姿势飘逸灵动,立刻引来阵阵惊叹。

"这也太好看了吧!神仙下凡也不过如此!"

郗夜莲一个劲儿地催画师:"快,快,这个画下来了吗?"

几名画师的面前堆满了画纸,都是卫子辰的各种造型,一张还未画完,又要起草新的画作,忙得满头是汗。

卫子辰站在了台子中央,再次向众人拱手:"今日有缘与大家在此相会,在下借这一方宝地,向诸位宣传下我现在所在的帮派——谢家。"

卫子辰的话音落下,四周一片哗然。

"谢家?他说的是那个杀手谢家吗?"

"我怎么记得他是卫颜派的掌门啊,怎么加入了谢家?"

"谢家不是在八年前消失了,怎么还在?"

"……"

"对,你们没有猜错,就是当年在武林里名噪一时的谢家,现在的掌门叫谢慕容,乃是谢家的唯一传人,他还继承了谢家有名的鸳鸯双镖。"

卫子辰向所有人介绍起谢慕容,把谢慕容夸得天上有地上无,夸他是武林界冉冉升起的新星,未来武林第一人。

"你们不是问我怎么会加入谢家?因为我败给了他,这一战有许多人亲眼见证,我承诺过败给他就要加入谢家。"卫子辰回答了所有人的疑惑,"你们还有什么问题吗?"

"那姓谢的,真像你说的那么厉害吗?"有人问道。

卫子辰瞄了那人一眼,江湖打扮,手中抱剑,一看就是个到处流浪靠挑战其他门派刷分的。

"反正我是打不过。"卫子辰眨了眨眼。

人群里不少都是江湖人,听到卫子辰的话,都心里痒痒,有人喜欢欺负比自己差的门派刷分,有人则喜欢挑战高手切磋。

卫子辰借着茶楼把消息散出去后,这才准备离开。

郗夜莲拉住了他,塞给他两锭银子。

卫子辰皱眉:"你怎么又给我钱?"

"这是你自己挣的!"郗夜莲说,"我刚才和老板谈过了,今天的茶钱你拿一半!这还没结完账呢,后面还有。"

卫子辰拿着银子愣了半响:"我这么能挣钱?"

"对啊,颜值就是钱!"郗夜莲看着他的脸,"你这张脸价值万金。"

"我有件事想麻烦你。"卫子辰想了想又将银子递给她,"这算是酬劳。"

郗夜莲不肯赚他的钱:"你要买什么只管告诉我,不必给我钱。"

"那不行。郗姑娘,我是请你帮忙,而不是占你便宜,该付的钱我一定给。"卫子辰正色道。

郗夜莲目光闪烁,多少男人都想从她这里占点好处,可他居然不要!不愧是卫子辰啊,才德兼备!这才是武林第一帅哥!

"我想请你帮我买一套真正的武功秘籍,还要一把好剑。"卫子辰说,"不是武林书局里那种骗人的东西。对了,听说万舟镇的点心局里有一款桃花糕,麻烦你帮我预订一份。"

"这些都很容易。"郗夜莲答道。

"还有件不容易的事。"卫子辰说,"我想让你帮我查一个人。"

"谁?"

"谢慕容。"

谢慕容以为卫子辰离开了谢家,赶紧丢掉尺子,跑到颜月翎面前。

"月翎！"

颜月翎却连连往后，退了好远："你走这么近干吗？保持距离！"

谢慕容哭笑不得："保持什么距离啊！你师父走了！我们不用保持距离了！"

"我师父走了？"颜月翎愕然，"他去哪里了？"

"谁知道呢，也许已经待烦了，不想再回来了吧。"谢慕容慢慢靠近颜月翎，故意补了一句，"放心吧，我不会离开你的。"他一直盘算着，一来好气气卫子辰，二来她对自己很有用。

颜月翎没有说话，心中腾起一股怒意。他居然就这么跑了？连句话都不留吗？

"月翎，你怎么了？"谢慕容看她脸色不好，小心翼翼地问道。

"没事。"颜月翎抑制着火气，但语气明显冷淡了许多。

"你不是从卫颜派跑出来的吗？你不是说他很可恶，所以才离开的吗？他现在走了，不再打扰我们，不是挺好的吗？"谢慕容看着她满脸落寞的神色，觉得奇怪。

"嗯。"颜月翎淡淡点头，继续练功。

"那你为什么生气？"谢慕容很困惑。

"我没生气。"颜月翎说完狠狠刺出了一剑，冷淡地说，"他走或者留都和我没关系。"

"对啊，除了给我们添乱外，他在这里也没什么用。"谢慕容欣然同意，再次靠近颜月翎，试图握住她的手，却差点被她的剑刺中。他变了变脸，深吸一口气，用欢快暧昧的口吻继续道，"现在只剩我们两个人了，我们可以好好练功，练鸳鸯双镖，一起称霸武林。"

颜月翎还是打不起精神，只是闷闷地练剑，一剑又一剑劈向了虚空。

"你到底怎么了？"谢慕容碰了几次壁，也渐渐失去了耐心，语气也变得生硬起来。

"让我安静会儿吧。"颜月翎不耐烦地说道，"我这套武功还没练

完呢。"

谢慕容见她不耐烦，心里越发恼火。然而他的计划还未实现，他再次深吸一口气和颜悦色地问道："月翎，我还没问过你，你的家人呢？为什么你会和他在一起？"

"我没有家人。"颜月翎答道。

"你怎么会没有家人？"谢慕容不信。

"我不记得了，我八岁那年生了一场重病，醒来的时候就只有他在我身边。"颜月翎想不起来，在她的记忆里，除了卫子辰，什么都没有。

"怎么会有这种事？"谢慕容终于明白为何两人关系如此密切了。

他暗自怀疑卫子辰用了什么手段让颜月翎丧失了记忆，但却不敢和颜月翎说。

"我不在你们就忘了规矩？"卫子辰一踏入家门，就看见谢慕容站在颜月翎身旁嘀嘀咕咕，立即拿过尺子将两人分开，"男女大防，你们忘记了？"

谢慕容目瞪口呆："你怎么又回来了？"

"我没说走啊。"卫子辰振振有词道，"再说了，我现在是谢家人，怎么能不回来呢？"

颜月翎的心情复杂，既开心又有点生气，瞪了他一眼说："出门不请假，这也算不守规矩吧。"

卫子辰亮出一锭银子："这个可以算理由吗？"

颜月翎顿时眼睛一亮："你去挣钱了吗？"

卫子辰将那锭银子递给了颜月翎，颜月翎接过银子咬了一下，笑眯眯地说："真的！"

卫子辰看她乐开了花，也露出了笑容："当然是真的，还有剩下的银子没结算，过两天再拿给你。"

颜月翎很开心，满腹怨气烟消云散，拿着银子开始盘算着怎么花销。

谢慕容恨得牙痒痒："那你出去干吗？"

"我出去自然是为了宣传谢家,为了谢家的伟大事业努力。"卫子辰促狭笑道。

"是吗?那有什么结果吗?"谢慕容打算好好羞辱他一番。

没想到,卫子辰却指着身后说:"结果马上就要来了。"

卫子辰话音刚落,门外就出现了一个人,准确地说是一名剑客。

剑客穿着一身黄色衣衫,怀中抱着一柄长剑,进门便说:"在下黄岩,特来向谢掌门讨教。"

谢慕容大吃一惊:"你找我讨教?"

"正是,在下听说谢家一门重现江湖,谢掌门是谢家唯一传人,特意前来向阁下讨教。"黄岩长剑出鞘,剑锋在阳光下发出刺眼的寒光。

谢慕容的汗浸透了衣衫,他听过黄岩的名字,江湖剑客榜上排名前十,而自己三脚猫的功夫无论如何是打不过的。可是江湖规矩,人人都可以挑战,他无法拒绝。

他不想丢脸!更不想丢命!

"掌门请指教!"黄岩的长剑发出鸣叫声。

谢慕容的脸色发白,暗自退后半步,一眼扫到了站在旁边的颜月翎,忙捂着头发出痛苦的呻吟声。

颜月翎奇怪地问道:"你怎么了?"

"我的头好疼。"谢慕容有气无力地说道,"浑身都没力气。"

"那你别比了,赶紧休息吧。"颜月翎信以为真,转头对黄岩说,"掌门身体不适,今日不适合比武。"

"哦?"黄岩目光如炬,"你家掌门恐怕什么时候都不适合比武。"

黄岩如此侮辱谢慕容,颜月翎很生气:"我家掌门只是身体不适而已!不是害怕,你这话未免欺人太甚!"

"姑娘既然这么说,那我就留在你们这里,等你们掌门身体好了,我和他比完再走。"黄岩铁了心,说着竟然就地坐下。

谢慕容很尴尬,对方分明是一定要与他比武,可是他真的不敢啊!

"月翎……"谢慕容对颜月翎说道,"要不你和他比试一下吧!"

"我?"颜月翎大吃一惊,"我不行吧?"

"你的武功和我差不多,再说了,我现在是掌门,如果输了的话,就是我们门派丢脸,你输了的话不要紧。"谢慕容小声说,"万一你要是赢了的话,那传出去对我们更有利。"

"但是……"颜月翎吃不准,她从来没和这样的高手对决过。

"你试试吧。"谢慕容说,"就当是为了谢家,为了我们的将来。"

"好吧。"颜月翎被说服了,"为了我们的将来。"

颜月翎毅然走向黄岩:"黄大侠,我来领教。"

黄岩打量了她一眼:"小丫头,你还是别找死,我的剑伤人很疼的。"

"谁输谁赢还不一定呢。"颜月翎满不在乎地说。

"你下去!"卫子辰本想看戏,却见颜月翎自告奋勇地替谢慕容应战,骤然变色,"你那点功夫根本过不了三招。"

颜月翎却拔出了自己那柄锈迹斑斑的剑:"师父,你不是说过做人不可以太小看自己吗?"

"那也不是让你撞南墙啊!"卫子辰眸色暗沉,冷声吩咐,"你让开!"

然而黄岩的剑已经出手,他的剑很快,那剑已径自朝着颜月翎的喉咙刺去。

颜月翎压根儿没反应过来,呆呆地看着长剑刺向他。

就在这时,卫子辰飞扑过来,将颜月翎抱在怀中,往旁边躲闪。

然而黄岩的剑锋偏转,一个力道没拿捏住,长剑刺中了卫子辰的肩膀,鲜血染红了白衣,宛如一朵红花盛开在肩头。

一切发生得太快,颜月翎一转头才发现卫子辰肩头的血,心脏骤停,她紧紧抓着卫子辰的手,脸白如纸:"师父!你受伤了!"

"我没事。"卫子辰的心跳很快,双臂紧紧地将她小小的身躯拢在怀中,刚才那一瞬间着实危险,若非他动作够快,只怕颜月翎会血溅当场。

比武虽然讲究点到为止，可是黄岩的剑快，他赌不起。

颜月翎拼命挣扎着要看他的伤口，卫子辰见她动作敏捷，知道她无事，这才松开她，起身对黄岩道："阁下已经赢了。"

黄岩收回了剑，看向卫子辰："你是第五个能躲过我一剑的人。"

"那我运气不错。"卫子辰淡淡一笑。

"如果不是为了救她，你应该不会受伤。"黄岩再次打量他，"你到底是何人？"

"在下卫子辰。"卫子辰抱拳施礼道。

"我一直以为卫子辰只是个靠脸吃饭的家伙，没想到你还有两把刷子。"黄岩肃然，向他拱手，"来日江湖再会。"

第七章 互相误会

这丫头莫非在吃秦鏊的醋?她不会真的对谢慕容有兴趣吧?

卫子辰受伤，第一个赶来的是郗夜莲。

郗夜莲看到他肩头的血，一向沉稳冷静的她也陷入了慌乱："画师！啊，不对！衣服！衣服！不是，不是，快抬床过来！"

"郗姑娘，有大夫吗？"颜月翎问道。

"对，对，叫大夫来！找最好的大夫！"郗夜莲这才反应过来，心疼不已地盯着卫子辰的伤口，"可千万别留疤啊，这样一个大帅哥，如果留下了疤……"

颜月翎无语："保命更重要吧。"

"对对，保命更重要。"郗夜莲连声吩咐出去。

很快，来了许多人，带着一堆东西进了谢家，他们清扫干净卫子辰的房间，将里面的家具全部都换成了一色全新的小黄花梨木家具，床也换了一张雕花红木床，还铺了几层厚的锦缎褥垫，设了软枕。地上铺上了厚厚的波斯羊绒毛毯，还另外摆了两只香熏炉，点了龙涎香。

眨眼的工夫，房间焕然一新，一点也看不出之前旧而脏乱的模样，倒像是哪家王公贵族的卧房。

卫子辰的伤势不重，镇子上最好的大夫仔细为他再三检查，确认伤口无毒："只是刀伤，须得休养些时日。"

听到伤势不重，众人都放下心来。

郗夜莲又吩咐人赶紧去炖人参芪枸杞鸡汤，得让卫子辰好好补补。

卫子辰拒绝："鸡汤太油了，容易胖。"

"那鸽子汤？乌鱼汤？"郗夜莲暗自钦佩卫子辰的自律，都伤成这样，还记得保持身材。

"我来做吧。"颜月翎起身道谢，"郗姑娘，多谢你。"

"我们之间还说什么谢呢？"郗夜莲说，"你别怕麻烦我，只要我能做的，你告诉我就好了。"

"以前我们混江湖的时候，也经常受伤，他吃的东西我知道。"颜月翎看向卫子辰，"还喝那个吗？"

卫子辰面露苦色:"那个好难喝啊……"

"但不会胖哦。"颜月翎说。

卫子辰哀叹一声:"那好吧。"

郗夜莲看傻了眼,他居然还会抗拒喝药?

颜月翎给卫子辰熬了一碗药,药汁浓郁,味道却一言难尽。

卫子辰满脸拒绝:"要不放放,一会儿再喝?"

颜月翎往桌子上看了看,满桌子都是郗夜莲送来的各种糕饼点心水果,她选了一个砂糖橘递给他:"喝完就吃橘子,不苦。"

卫子辰一愣,以前他们混迹江湖的时候,经常受伤,颜月翎不肯吃药,他也会这样哄她:"喝完药吃橘子就不苦了。"

颜月翎每次都把小脸皱成一团,一口气喝完了药,然后拼命地吃砂糖橘。

后来他就教她练习逃命的功夫,为了防止她不能专心逃命,他每次都故意先扔下她,等跑了一段距离后再偷偷回头看她有没有跑掉。

卫子辰喝了一口汤药,眉头拧成了一团:"这个味道怎么比我以前喝的还难喝?"

"药能有什么好味道?"颜月翎翻了个白眼,剥了个砂糖橘塞给他,"有效果就行了。"

郗夜莲见两人你一言我一语地聊着,觉得自己在这里也是多余,便悄悄带着大夫退了出去。

卫子辰喝完了药,看颜月翎坐在一旁似乎很沮丧,便安慰道:"今天怎么不去练功了?"

颜月翎很郁闷:"我再练功也没什么用吧,别说和人比武了,连躲都躲不过。"

"你可知道对方是什么人?"卫子辰安慰她道,"江湖用剑的剑客里,他排第九,他的剑如果那么容易躲开,就不会有这么高的排名了。"

"但你可以躲开啊。"颜月翎越发郁闷,卫子辰的武功明明和自己差不多,为什么他能躲开?"

"师父和你不一样,师父本来就是高手。"卫子辰傲娇地哼了一声。

颜月翎看着他胳膊上的伤,本想揶揄两句,想想还是算了:"伤口痛吗?"

"当然痛。"卫子辰哼哼唧唧地说,"这么深的伤口,真的好痛好痛啊。"

颜月翎看他喊得凶,有点愧疚:"那你干吗救我?"

"我是你师父,当然要救你。"卫子辰说,"是不是那小子让你上去替他应战的?"

颜月翎有点心虚:"没有,是我自己想试试。"

卫子辰看她低头心虚的模样,心里更加笃定,眼里浮起一层阴霾,这小子真是活腻了。

他一言未发,翻身起床。

颜月翎见他满脸愠怒,赶紧按住他:"真的是我自己想打的,我也练了这么久的武功了,也想试试自己的武功到底怎么样嘛。再说了,他如果知道对方是高手,肯定不会让我上的。"

"哦?"卫子辰眉头一挑,斜靠在床上,漫不经心地把玩着一个砂糖橘,冷笑道,"你很维护他嘛。"

"哪有啊。"颜月翎感觉莫名其妙。

卫子辰的脸色阴晴不定,想起了那天谢慕容的话,他想要问颜月翎,又开不了口,只能气哼哼地把砂糖橘当谢慕容捏。

"你好好休息吧,我先出去了。"颜月翎说着给他盖上被子,转身就要出门。

"你去哪里?"卫子辰叫住了她。

"我出去练功。"颜月翎说。

"就在这里练,我正好看着。"卫子辰指着床边说道。

颜月翎错愕不已:"在这里?"

"对,就在这里,方便为师监督。"卫子辰的理由非常充分。

"那我要练剑呢?"颜月翎问道。

"不管你练啥,都必须在我眼前练,为师要好好督促你练功!"卫子辰说。

颜月翎向四周看了看,整个房间挂满了各种昂贵的装饰:"不行,这里面的东西好贵的,万一弄坏了划不来,我还是出去练功吧。"

卫子辰见颜月翎执意要走,开始耍起了无赖:"哎呀,我好口渴,我快渴死了,都没人给我倒杯水。"

颜月翎很无语,指着床边的水杯:"杯子不就在那儿吗?"

卫子辰哼唧道:"我胳膊疼,拿不了。"

"你另外一只胳膊又没受伤!"颜月翎瞪大了眼睛。

"唉,你去吧。"卫子辰长叹一声,目光幽怨地望着她,"你好好练功,就让为师一个人留在这里吧。"他的睫毛长长垂下,半转过头,神色哀怨,仿佛受到了极大的打击。

颜月翎心里生出了几分愧疚:"我一会儿还得去给你做饭,还要熬药。"

"饭不用做了,我让郗老板找家馆子,每天送过来。"卫子辰精神一振,一扫幽怨之情,"你就在这里熬药,熬完我就喝,一步距离,绝对新鲜保温。"

"饭店天天送饭得花多少银子啊!"颜月翎坚决反对,"你休想打我银子的主意!"

卫子辰再三保证:"绝不花你的银子。"

"那也不行!老花人家郗姑娘的钱也不合适啊。"颜月翎不同意,"你的钱也不行!你还欠我的钱呢!所以你的钱也是我的钱!"

卫子辰看了一圈四周,问道:"要不你在这个房间里面做饭?"

颜月翎圆圆的小嘴微微张开,以为自己听错了。

这时,门外传来了敲门声,谢慕容走了进来:"我来照顾卫师父吧。"

114

卫子辰眯起眼睛打量谢慕容,这小子居然敢来找他!

颜月翎看谢慕容进来,趁机溜了出去,她还有许多事情要做呢。

"卫师父也是为了我们谢门受伤,虽败犹荣,我做掌门的亲自来照料才显得重视。"谢慕容说着端起茶杯,恭恭敬敬地送到卫子辰面前。

"不必了。"卫子辰没有接茶杯,斜靠在床上冷声道,"掌门亲自照顾我,只怕我受不起。"

"受得起,受得起!"谢慕容的眼睛不断向房间四处瞟来瞟去,这里已经完全大变样了。

脚下的地毯也太舒服了吧,踩在脚下都是软的,屋子里面好香啊,原本的陈旧味全没了,椅子上都铺着织金锦绣的垫子,桌子上光水果、点心就摆了七八样。

谢慕容流露出羡慕的眼神。

卫子辰看着他两眼放光的到处看,不禁嗤笑一声:"原来掌门很喜欢这里啊。"

谢慕容忙否认:"不是,只是没见过,觉得新奇罢了。"

"是吗?听说谢家以前也很富庶,掌门怎么没见过这些?"卫子辰的眼里闪过了一道光。

"啊,我从小不在家中长大。"谢慕容说,"家里出事后才回来的。"

"哦?掌门不是谢家唯一传人吗?怎么不在谢家长大?"卫子辰瞥了他一眼,懒洋洋地问道。

"为了保护我。"谢慕容说,"毕竟在江湖上混,多少都有点敌人,家里人为了我的安全,从小就让我远离家中。"

"原来如此。"卫子辰若有所思地点头,"我还以为你是见不得光的私生子呢,不过没关系,英雄不问出处嘛。"

谢慕容的脸色很难看,这无异于骂人,但他忍住了,尽量挤出一丝尴尬而不失礼貌的笑容。

卫子辰眉头微微一皱:"掌门晚上外出的时候,可千万别笑。"

"为何?"谢慕容摸着头疑惑地问道。

"怕你一笑把人吓到。"卫子辰勾起嘴角瞥了他一眼。

谢慕容干笑两声:"卫师父真喜欢说笑话。"

卫子辰见怎么骂他都不肯走,心里越发起疑:"黄岩的名号之前你听过吗?"

谢慕容连忙摇头:"我从来没听说过。"为了防止卫子辰怀疑,他继续解释道,"其实月翎来之前,我们谢家门派都没成立,我虽人在江湖,但对江湖上的事知道不多。"

"万舟镇来往的江湖侠客这么多,难道你都不好奇?"卫子辰似笑非笑地望着他。

"嗐,你也知道我很穷,那点钱不够进茶馆之类的地方。"谢慕容尴尬地笑着。

卫子辰没说话,毕竟谢慕容这话无法反驳,一个落魄门派的江湖少年,过着朝不保夕的日子,还要努力维系体面,确实没什么钱。

"这个郗姑娘对你可真好啊,她和你是什么关系啊?"谢慕容说。

"一个朋友。"卫子辰淡淡答道。

"只是朋友吗?我看她刚才很紧张,而且还给你准备了这么多东西。"谢慕容掩饰不住羡慕,"要是一般的朋友,恐怕不会对你这么好吧。"

"你想说什么?"卫子辰目光犀利地打量他,"我们就只是普通朋友而已。"

"郗姑娘对普通朋友都这么好,想必家底不薄,如此的仗义疏财,为人真不错。"谢慕容的话始终往郗夜莲身上扯,"这么好的人,这么好的缘分,可千万别错过了。"

"我看你是想和她有缘分吧。"卫子辰嗤笑道,"郗姑娘家底确实不错,她是武林排行榜上的第一名无极宗宗主郗无极的女儿。"

谢慕容恍然大悟:"难怪了,我就觉得这个姓似乎在哪里听过,原来她家是武林第一富豪!"

无极宗宗主郗无极原本只是江湖中籍籍无名的一名剑客，然而他凭借着聪明的大脑，为武林侠客们服务，交游广阔，赚了大笔的银钱，并高价购买了许多武林秘籍，迅速提高了自身武功水平，很快就让郗家成为了武林第一。

郗夜莲是郗无极的女儿，从小便跟着父亲在外做生意，如今郗家大多数的买卖都归她管理。

晚饭时分，郗夜莲再次到访谢家，这次她又带了一大堆补品，人参、红花、鹿茸、虎骨，满满几大盒。

卫子辰很无语，就算他把这些当饭吃也吃不完啊！

"郗老板，这些就不要了，太多了。"卫子辰说，"我就是一点小伤而已。"

"小伤也不可以大意。"郗夜莲又拿出了数个红木匣子，"这些是珍珠生肌粉、神仙玉颜膏，能够祛疤生肌，等日后伤口好了，涂在创口上，就不会落下疤痕了。"

"……留下吧。"卫子辰抵挡不住诱惑。

"郗姑娘考虑得真周到。"一旁的谢慕容眼红不已，"卫师父有你这样的朋友真是三生有幸。"

"是我三生有幸才是。"郗夜莲目光灼灼地望着卫子辰，真好看啊，哪怕在病榻上，也是姿容不减，还平添了几分病弱之气，更叫人心疼。

郗夜莲看卫子辰的眼神，让谢慕容严重怀疑是卫子辰给她下了蛊，卫子辰是不是上辈子拯救了整个武林，不然怎么会有这么好的运气啊？

武林第一富家女啊！

谁要是娶了郗夜莲，就会成为武林首富。

简直比中大奖还要爽啊！

老天真是不公，他自认长得也不差，为什么就没有卫子辰这样的运气呢？

117

谢慕容殷勤地倒茶递给郗夜莲:"郗姑娘,请喝茶。"

郗夜莲礼貌地接下茶杯:"多谢。"

谢慕容打了个哈哈:"郗姑娘辛苦了,照顾本宗门的卫师父费心了。"

他特意加重了"本宗门"三个字,意在提醒郗夜莲,他是这个门派的掌门。

然而,郗夜莲压根儿不在意:"'卫师父'是什么鬼?"

"啊?"谢慕容蒙了,"什么?"

"'卫师父'这个称呼也太难听了!"郗夜莲耿耿于怀,"只有上了年纪长得难看的人才这么叫!"

谢慕容为人最懂得能屈能伸,面对财大气粗的江湖第一门派无极宗宗主的女儿郗夜莲,他的态度好得不得了,立即谦逊地向郗夜莲道谢:"多谢郗姑娘指点,在下才疏学浅,不懂这些。"

郗夜莲说:"行吧,原谅你了。"

"行了,我先走了。卫子辰你好好休息,有什么需要的只管派人告诉我,我一定替你办到。"郗夜莲说。

"谢了。"卫子辰点点头。

谢慕容跟着郗夜莲一起出了门:"恭送谢姑娘。"

"谢掌门,不必客气。"郗夜莲正要走,谢慕容又叫住了她。

"郗姑娘,再次感谢你对我们宗门的关照。"谢慕容拱手道谢。

郗夜莲察觉出谢慕容强行和她拉关系:"你们宗门我不关心,我只关心卫子辰。"

谢慕容吃了个瘪,很不甘心:"郗姑娘这么关心卫子辰,我有些独家的内幕,姑娘有兴趣吗?"

"内幕?"郗夜莲很意外。

"对,是关于卫子辰的,像他和颜月翎之间的过去。"谢慕容见郗夜莲有兴趣,"还有他的各种生活习惯等等。"

郗夜莲冷笑一声:"恐怕谢掌门理解错了我们的意思。卫子辰对

我们来说是精神支柱,我们想要的不是他的隐私,而是他传达给我们的力量。"

谢慕容一脑袋问号,卫子辰向她们传达什么力量了?他不就是长得好看而已吗?

"谢掌门,我劝你收起这个念头,如果你敢向外兜售卫子辰的隐私,我无极宗与你不共戴天。"灯火照进郗夜莲的双眸,为她的华丽衣裙镀上金边,浓墨般的乌发也散发着金光,整个人看起来宛若天神,不可进犯。

谢慕容一声不吭,再也不敢提出卖卫子辰消息的事。

这几日,卫子辰过得很舒心。
再也没有比现在更舒心的日子了。
郗夜莲送来了最好的伤药,伤口也好得很快。
每天光明正大地躺着,颜月翎虽念叨他,但是基本都守在他身旁。
除了每天谢慕容都想办法把颜月翎叫出去外,基本没什么可烦恼的。
"师父,我看你的伤口好得差不多了。"颜月翎仔细查看他的伤口。
"只是表面好了而已,刀口还是很深的。"卫子辰眉心紧蹙,神色恹恹,一副病弱的模样。
"上回大夫来换药的时候都说好了。"颜月翎很怀疑。
"伤又不在他身上,他怎么知道?"卫子辰假装用力地抬起胳膊,旋即又捂住肩头,"我还是用不了力,伤筋动骨一百天,只怕还要再养些日子。"
"一百天?"颜月翎惊呼,"那也太久了吧!"
卫子辰楚楚可怜地看着她:"我也不想啊,但这不是伤势很重吗?"
"你躺着不烦吗?"颜月翎很疑惑,十来天了,卫子辰就猫在房间里,死活不出来。

本来他爱宅着也行,但是问题是他也拉着她一起宅,还在他的房间

119

里专门给她设了套房,甚至还有一套武器架,方便她在此练功。只要她提出要出去,卫子辰就各种叹息师门不幸,逼着她留下。

"我要出去下。"颜月翎觉得再也熬不下去了。

"你要去哪里?"卫子辰问道,"房间里面不是什么都有吗?"

"我要去买彩票。"颜月翎说,"武林刮刮乐快开奖了,我还没买。"

卫子辰很诧异:"你还要买奖券?"

颜月翎很郁闷:"要不是你受伤了,我早就可以去攒兑奖券了,现在只能花钱买了。"

卫子辰不能理解颜月翎对奖券的痴迷,但是并不阻止:"那我和你一起去吧。"

颜月翎一愣:"你要出门了?"

"嗯,这么多天了,也该出去看看了。"卫子辰说着用双手撑住身体,正欲起身,又突然想起什么,皱着眉头捂着肩膀,轻叹了一声。

待表演完后,却发现没有观众,颜月翎早已经欢欢喜喜地出门了。

卫子辰很遗憾,这么完美的表演,她居然错过了!

所有镇子上都有刮刮乐的售卖点,万舟镇也不例外。

老板每天的生意不差,毕竟谁不想天上掉馅饼呢?

老板见过很多买奖券的人,但是从未见过这样的人,其他人买奖券前口中可能会念念有词,或者各种祷告,但是从未有人到处找人拍自己的。

颜月翎让每个路过的人都拍拍她的肩膀。

卫子辰也看不懂这波操作:"你让他们拍你干吗?"

"你不懂,他们不是拍我,是在给我输送好运气。"颜月翎神神秘秘地说,"这是我才看到的秘法。"

卫子辰摇头:"那不是秘法,只是迷信。"

"不可能!"颜月翎不相信,"否极泰来,这次我肯定能中大奖!"

颜月翎攒满了一百个人的好运气后,信心满满地对老板说:"给我来十张刮刮乐!"

老板看她气势很足,有点纠结:"十张?会不会太多了?"

"一点也不多!"颜月翎豪气地放下了十枚铜钱。

十张刮刮乐递给她后,老板紧张地看着她刮奖券,小心脏扑通扑通的,比她还紧张。

第一张没中。

第二张没中。

……

十张没有一张中的。

颜月翎很沮丧:"难道今天这一百个人都没有好运气?"

卫子辰看她如此沮丧便建议道:"要不再来十张?"

"不。"颜月翎坚守买刮刮乐的玄学,"今日不能再买了。"

卫子辰不懂这精深的转运玄学门道:"那我自己买十张可以吧?"

老板又拿出了十张刮刮乐给卫子辰。

卫子辰不想费指甲,对老板说:"你帮我开吧。"

老板娴熟地替卫子辰开奖,第一张奖券刮开的时候,老板的脸色凝重。

"怎么了?"卫子辰很诧异。

"恭喜恭喜,中了三等奖。"老板立即堆上了职业笑容,"一两纹银。"

卫子辰很开心:"继续开奖。"

老板刮开了第二张,手指微微发抖:"还是三等奖。"

第三张又是三等奖。

……

每一张都中了三等奖,老板开奖开到怀疑人生,要不是他亲自拿亲自开,他都怀疑卫子辰作弊。

开最后一张奖券的时候,老板的手指微微颤抖着。

最后一组数据出来时,和之前九张都不一样,老板心头一喜,仔细一看,差点一口血喷了出来。

"最后一张中了吗?"卫子辰问道。

"中,中了……"老板颤抖着说。

卫子辰看那些数字和之前的不一样,便问道:"中了几等奖?"

"特等奖……"老板觉得自己是在做梦,狠狠掐了自己一把。

卫子辰眼前一亮:"是不是一两黄金?"

"是……"老板还是不敢相信,做了这么多年奖券生意,这还是第一次见到一个人能同时中这么多奖的!

"太好了。"卫子辰喜滋滋地说,"我可以还你黄金了,你怎么不高兴?"

颜月翎郁闷地问道:"我是不是拍了你的肩膀?"

卫子辰一愣:"好像是。"

颜月翎发出惨叫声:"好不容易积攒的一百个人的好运气,全都传给你了!"

"那有什么关系?反正奖金还是你的。"卫子辰无债一身轻,"你的就是我的,我的就是你的。"

颜月翎还是很郁闷,这本来该属于她的好运啊!

老板脸色更难看,明明只有他一个人受到伤害!

两人商议着要去万舟镇最好的馆子吃顿好的,犒赏下自己。

只刚到馆子门口,却发现这里的气氛很诡异,所有人都呆呆坐着看向一张桌子。

那张桌子旁边坐着一个女子,准确地说是个绝色女子。

论样貌与卫子辰不相上下,身上穿着最朴实的青色长衣,如墨的长发上只用一根红色的木头簪子,全身上下再无一件配饰。但她的美艳却

摄人心魄，所有人都呆呆看着她，忘了自己手中的事。

女子支着如玉般的胳膊，很虚弱地趴在桌子前，满脸都写着"救救我！救救我"。

有人看懂了她的意思，上前意欲帮忙："姑娘，您有什么事吗？"

女子却没开口，只是用哀怨的眼神看着他，那眼神令人心碎，也令人心醉。

"啊，我死了。"对方沉迷在女子的眼神之中，完全忘了来干什么，像个雕塑一样傻站在女子面前。

很快，女子面前站了若干个雕塑，女子更加忧愁了。

"他们到底在搞什么？"颜月翎看得稀奇，"玩木头人不许说话不许动吗？"

卫子辰若有所思："可能是吧。"

"那会不会有奖金？"颜月翎兴奋地搓搓手，"我们也去试试？"

"可以试试。"卫子辰同意。

颜月翎走到女子面前，兴奋地问："你们是不是在玩木头人的游戏？"

女子疑惑地望着她，没有说话。

颜月翎继续问道："有奖金吗？奖金是多少啊？我能不能参加？"

女子目光呆滞，愣了一会儿，摇了摇头。

"啊？没有奖金？那算了。"颜月翎很遗憾，没钱赚的活儿她没兴趣，"师父，我们还是吃饭吧。"

女子忽然伸手抓住了颜月翎的衣袖，眼神都变了。

颜月翎很意外："你有什么事情吗？"

女子没说话，只是颤颤巍巍地扶着桌子站起来，坚决地拉着颜月翎不松手。

颜月翎傻了眼，这是什么意思？碰瓷儿吗？这也太离谱了吧！

卫子辰歪着头看着女子，突然领悟："我知道了，她是饿了，想吃

饭了。"

女子泪花四溅,眼泪自如星般的眼眸中滑落,樱唇轻颤,仿佛梨花带雨,美得让人心碎。

太好了,她在这里待了快两个时辰,终于有人明白她的意思了。

颜月翎很疑惑:"想吃饭?这里不是饭馆吗?为什么她不吃?"

卫子辰指着满店傻站着的人说:"你觉得她能吃上饭吗?"

颜月翎恍然大悟,这一店的人都像被点了穴一样,饭是不可能吃得上了。

"回去吧。"卫子辰说,"今天肯定是吃不上饭了。"

"那她怎么办?"颜月翎指着女子问道。

"先带回去吃饭吧。"卫子辰本想说不管了,但是心念一闪,决定让颜月翎带着她回去。

颜月翎这辈子都没受到过这么高的礼遇。

原本和卫子辰一起出门的时候,一路都引起围观,现在加上了这么美艳绝伦的女子,一路上引起的骚动更是双倍的。

有人捂着心口流鼻血,痴迷地看向她身旁的两人。

有人疯狂揉搓自己的眼睛,不敢相信自己看到的一切。

这个世界上怎么会有这么美的画面,两个堪称姿容绝色的人在阳光下行走,风中吹来的粉色桃花瓣,落在两人的肩头。

画面太美,超出了许多人想象的空间,以至于不少人的大脑一片空白,除了流口水傻傻看着,什么都忘了。

万舟镇从未如此安静,连船只都停了下来。

道路两边挤满了人,却没人挡住他们的去路,所有人有默契地向他们行注目礼,仿佛他们是君王巡视领地。

颜月翎不禁暗想,这要是比武的时候他们两人联手,岂不是可以不战而胜?

谢慕容此时不在家,不知去了哪里。

颜月翎进厨房翻了一圈，发现家里的菜已经都被吃完了，只剩下一把葱花和几只鸡蛋，便炒了一锅蛋炒饭。

女子看到蛋炒饭的时候，两眼放光，仿佛看到亲人一般，很快将一锅蛋炒饭都吃干净了。

卫子辰看她吃饭的模样，感到深深的忧虑，她不会饭量也和谢慕容一样大吧？

别看谢慕容很瘦，但是饭量奇大，一顿饭的饭量都要超过他和颜月翎两个人的了。

对此颜月翎却深感心疼，他一定是原来饿得太久了，才这么能吃，所以每天做饭的时候，她不断增加饭菜的数量，现在他们每顿已增加到十个菜还有两大锅米饭，照样吃得干干净净。

女子吃完了饭，神色变得温柔和缓，比刚才更美了，充分诠释了人在饿的时候和饱的时候的两副面孔。

"你是谁？"颜月翎问道。

女子没说话，目光投向了卫子辰，缓缓地向他抱拳行礼，感谢他能理解自己的需求。

卫子辰浅笑一声，指着颜月翎说："你该谢她，饭是她做的。"

女子看了一眼颜月翎，也向她拱了拱手。

颜月翎见女子始终不说话，开始猜测："姑娘，你是不是有什么难言之隐，还是你不会说话？"

女子摇了摇头，目光变得忧愁。

"既然会说话，也没有难言之隐，那为何不开口呢？"颜月翎很困惑。

女子面露忧色，似有千言无语，却张不开口。

"要不我们问，你比画一下？"颜月翎提议道。

女子想了想点点头。

颜月翎正待要开口发问，谢慕容兴冲冲地走了回来，献宝似的，递上一架二胡："月翎，你看我找到了什么好东西！"

"你会拉二胡？"颜月翎很意外。

"对啊，当年我也学过。"谢慕容说着就拉响琴弦，如诉如泣的乐曲声响起。

就在乐曲声响起的一刹那，他们听到一个女声："在下秦鏊。"

三人皆愣住了，谢慕容这才发现旁边坐着人，一眼望去，秦鏊垂下螓首，目若含波，宛如尘埃里开出的一朵花。

谢慕容顿时心跳如雷，半天合不拢嘴，只是呆呆地看着秦鏊。

"她是不是说话了？"颜月翎不太确定。

卫子辰点头："她说她叫秦鏊。"

"原来我不是幻听。秦姑娘，原来你能说话啊，太好了！你从哪里来？怎么会在那里？"颜月翎连忙问道。

秦鏊却没有开口说话，只是目光紧盯着谢慕容手中的二胡。

"咦？怎么又不说了？"颜月翎丈二和尚摸不着头脑，"秦姑娘，你怎么了？"

秦鏊还是没开口，颜月翎问卫子辰："她怎么又不说话了？"

卫子辰想了想对谢慕容说："你拉二胡。"

颜月翎不解："拉二胡干什么？"

"你没发现秦姑娘听到二胡后才开口吗？"卫子辰说。

"不可能吧。"颜月翎甚是怀疑卫子辰的判断，"秦姑娘，你当真要听二胡才说话吗？"

秦鏊感激地看着卫子辰，缓缓地点点头。

颜月翎倒吸了一口气，早就听说美人怪癖多，但是还没见过这样的，非得有二胡配乐才开口说话。

这世界果然很大！

秦鏊幽幽叹了口气。

从前她也是个说话利索的人，但是她的声音并不好听，这是个极大的缺陷，见到她的人，会为她的美貌惊为天人。

然而当听到她的声音后,又会觉得如同被砂纸刮过一样难受。作为一个完美无瑕的美人,她无法容忍自己的声音这般难听,索性不开口。

直到她发现在乐声的伴奏下,她的声音会变得好听一些,这才开始听乐而语。

卫子辰喊了两声,谢慕容压根儿没反应,只顾着看秦罄。

卫子辰见谢慕容神情狂热,又瞄了一眼颜月翎,见她没什么反应,心情顿时大好,懒洋洋地拍了一下谢慕容。

谢慕容这才清醒过来,抱怨道:"干吗?"

"秦姑娘等着你呢。"卫子辰努嘴示意道。

谢慕容这才发现秦罄也盯着他的二胡,顿时心情激荡,拉动琴弦,使出了浑身气力演奏乐曲。

"谢谢你们请我吃饭。"秦罄再次开口,声音楚楚可怜,"我已经连续五天都没有吃过饭了,每到一个地方都是这样,饭店里没有人能明白我的意思,他们都只是傻傻看着我,没有人给我做饭,如果今天没有遇见你们,估计我也没办法走出万舟镇了……"

颜月翎眼泛泪花,这也太可怜了吧,谁能相信有人能在饭店饿死?

谢慕容涕泗滂沱,哭得衣服都湿了,刚要擦眼泪停止奏乐,就被颜月翎怒瞪,只得努力挤眼睛,好让眼泪不要挡住他看秦罄的视线。

"姑娘是来自秦家吧?"卫子辰抬眸望她。

秦罄一愣,抬眸看向卫子辰:"你知道秦家?"

"谁会不知道秦家呢?"卫子辰说完,颜月翎和谢慕容齐齐摇头。

"你们真不知道秦家?"卫子辰很诧异,"你们不是天天在外面转悠吗?"

"我天天做任务赚钱,哪有闲情逸致听江湖轶事,又不给我钱。"颜月翎说。

谢慕容搓搓手,还是那句:"你知道我的经济情况……"

两人眼巴巴地望着卫子辰,等待他补充他们的知识盲区。

"秦家在江湖上也算是有名的，不过他们家最有名的不是武功或者兵器，而是美人。"卫子辰看向秦犨，对方果然点了点头。

"我听说秦家这一代更出了个绝色女子，被称为'武林第一杀器'。"卫子辰接着说道，"想必就是你吧。"

颜月翎大惊，这么美的女子竟然武功还这么高！

她不由得瞪向卫子辰："看看人家这么美还这么努力！而你却无所事事！"

卫子辰无辜被牵扯，很不服气："她什么时候努力了？"

"你都说人家是武林第一杀器了，那肯定是武功特别高了！"颜月翎顿时两眼放光，期待地看着秦犨。

"她不必练功。"卫子辰翻了个白眼，没好气地说，"她所到之处，别人都会被她的美貌吸引，压根儿动不了，任其宰割，所以被称为'第一杀器'。"

颜月翎想起之前遇见的情形，不得不相信卫子辰的话，颜值不仅是金钱，还是杀器！

秦犨含情脉脉地看向谢慕容，修长的手指轻轻敲了敲二胡，谢慕容心跳不已，他深吸一口气，努力使自己镇定下来继续拉动琴弦。

秦犨随着他的演奏继续说道："我没有杀人，只是他们这样叫我而已，而且美貌也给我带来了很多不便，像之前的事常有发生。"

"秦姑娘，你有没有想过遮住你的美貌呢？"颜月翎问道。

秦犨没有回答，谢慕容跳了起来，挥舞着双臂喊道："为什么要遮住美貌？美人如花，无人欣赏多么可惜啊！"

"我只是提出个解决问题的办法……"颜月翎觉得谢慕容情绪过于激动。

"美貌不是错误，卫师父颜值出众，也给他带来了不少烦恼，但是也不能让他遮住脸吧。"谢慕容忙把话题往卫子辰身上扯。

卫子辰微微一怔："但我的脸不会让我饿死。"

"……但美貌绝对没错！"谢慕容激动地说，"我们不能歧视长得好看的人，一定要捍卫颜值！"

"你还是拉二胡吧。"颜月翎决定放弃和他沟通。

谢慕容看了一眼秦鬐，继续拉弦。

"秦姑娘，你有什么打算吗？"颜月翎问道。

秦鬐摇摇头："我是从家里跑出来的，如今也没个去处……"她突然提高了声音，原本幽怨的声音变得高昂而激烈，"我也不想回去！"

"……不想回去也不必喊得这么大声。"颜月翎吓了一跳。

"今天的事多谢你们。"秦鬐降低声调，脸上的表情却非常哀怨。

"不客气……"颜月翎觉得秦鬐虽美，但指定有点毛病。

"秦姑娘，若你无处可去，不妨考虑暂且留下，我们谢家如今正在谋求发展，广纳天下人才，若秦姑娘不嫌弃，可考虑加入我们谢家。"谢慕容一边拉琴，一边热情邀请秦鬐留下。

"可以吗？"秦鬐有点犹豫，楚楚可怜地看着卫子辰和颜月翎。

"我是谢家掌门，这点主还是可以做的。"谢慕容生怕她不同意。

"多谢谢掌门。"秦鬐垂眸，起身道谢。

"不客气，江湖儿女都是一家人嘛！"谢慕容见秦鬐愿意留下乐开了花，满脸笑容地引着她去找房间。

颜月翎看着两人的背影，觉得很不对劲。卫子辰却心情大悦，遮不住的笑意。

她察觉到他的好心情，不禁好奇道："你心情怎么这么好？"

"今天是个好日子。"卫子辰笑眯眯地说。

"因为遇见了秦姑娘？"颜月翎问道。

卫子辰笑而不语地望着谢慕容和秦鬐的背影，看来谢慕容已经完全被秦鬐的美貌迷住了，就算以往他和颜月翎可能有点什么小暧昧，将来也不会再有了。

卫子辰的心情好得不能再好了。

颜月翎的心猛地往下一沉，刚才她就觉得哪里不对劲，从未有过一个女人的样貌能和卫子辰如此般配。秦鳘的美，是令女人都会心动的美，卫子辰会动心也很正常。难怪刚才卫子辰几次看秦鳘的眼神都有些暧昧。

她的心里极度不爽，转身要走，却被卫子辰叫住："你去干吗？"

"我有事。"颜月翎干巴巴地说道。

"你不来照顾为师吗？"卫子辰捂住伤口，蹙眉喊痛。

"别装了，你的伤口早好了。"颜月翎说，"下午我传送好运拍你肩膀的时候，你都没说痛。"

卫子辰一愣，装模作样地喊道："啊，大概是那波好运治好了我的伤口！一定是你的诚心感动了上天，才把好运传给了我，这是医学的奇迹啊！"

颜月翎心情很不好，懒得和他废话，翻了个白眼离开。

卫子辰心里一阵嘀咕，这丫头莫非在吃秦鳘的醋？她不会真的对谢慕容有兴趣吧？

颜月翎本想出去溜达，可是鬼使神差地去了秦鳘的房间。

谢慕容在剩余的房间里面挑了一间最干净整洁的房间，怕秦鳘嫌脏，还将房间又仔细擦洗了一遍。

颜月翎看着忙前忙后的谢慕容，又看了一眼在一旁静静等候的秦鳘，联想到卫子辰刚刚的态度，心里越发觉得不舒服。

"掌门，想不到你居然亲自为秦姑娘打扫。想我之前来谢家时，都是自己动手的。"

"啊，那是因为秦姑娘她不善于打扫嘛，再说来者是客，按照我们谢家待客的规矩，自然是要以礼待之。"谢慕容边打扫边说。

颜月翎感慨道："掌门果然深明大义。"

谢慕容心情大悦，擦地擦得更认真了。

颜月翎看向秦鳘，见她含笑望向远处，似乎没有听见他们在说什么。

她顺着秦鏊的视线看去，只见不远处，卫子辰侧身立于屋檐下，微风拂过，一丛浅粉的李花散落，沾满了他的衣襟。

秦鏊的脸上浮起一抹可疑的红晕，托着香腮含情脉脉地望着卫子辰。

颜月翎想起卫子辰刚才那句含混不清的话，立即拉着谢慕容悄悄说："秦姑娘留在我们这里不合适吧？"

"为什么不合适？"谢慕容莫名其妙地问道。

颜月翎没法开口："我就觉得不合适。"

"我觉得很合适，她是武林第一杀器啊！将来她只要往擂台上一站，是不是所有人都要自动投降？"谢慕容分析道，"有她之后，我们称霸武林指日可待。"

颜月翎无话可说，谢慕容的话似乎有些道理。

"总之，我所做的一切都是为了谢家好。"谢慕容看着秦鏊，两眼冒光，"不知道多少人想要抢她入宗门，我得拿出热情，让她留下，不然万一她加入了别的门派，输的可就是我们了。"

"那倒不一定。"颜月翎小声嘀咕道，"起码我不会受到影响。"

"防患于未然嘛。"谢慕容再次强调，"一切都是为了谢家的将来。"

第八章 各怀心思

八年时光，生死相依，到头来却觉得陌生，这小丫头让他看不懂了。

第二天清早，颜月翎还未起床，就听到了一阵二胡声。

她觉得甚是奇怪，起身一看，却见谢慕容站在院子里伸着脖子拉二胡，不远处站着秦瞾和卫子辰，两人站在晨光里说话。

一个白衣胜雪，一个红裙飘飘，卫子辰微微浅笑，秦瞾眼神温柔，宛如一对璧人。

两人不知在说些什么，颜月翎心里堵得慌，转身关了房门对着镜子照了半天。

镜子里的少女娇俏可人，只是与秦瞾那样的美人完全不同。

她充其量只是个可爱的小少女，而秦瞾一笑一颦却是那般明艳动人。

哎，他们真是太般配了。

颜月翎在房间里闷了一早上，直到卫子辰来敲门，这才别扭地打开了房门。

卫子辰倚在门边，上下瞄了她一眼，懒懒地问道："你生病了？"

颜月翎有气无力地问道："你有什么事？"

卫子辰见她面容憔悴，脸色发白，发辫散乱，明亮的眼眸也变得黯淡无光，不禁心中一紧："你今天怎么没出来练功？"

"不想练功。"颜月翎心情莫名烦躁。

"生病了？"卫子辰俯下身子，探向她的额头，微暖的手掌覆在她的额头上。

颜月翎的心陡然一跳，他距离自己很近，可以闻到他身上若有若无的香气，那是她最为熟悉的味道，让她莫名觉得安心。

她的额头发烫，卫子辰心里一惊，小时候她爱生病，总爱发烧，每次都烧得稀里糊涂，好久才会好。

他定睛一看，只见她的面色泛红，烫得厉害，便急忙对她道："快进屋去休息。"

他不由分说地将颜月翎拉进屋子里，按在了床上，颜月翎的脸更红了："你干吗？"

"别说话，躺好。"卫子辰拉过被子要给她盖上，看了眼被子却十分嫌弃，再看看四周，这个房间着实寒酸，除了一桌两椅，一张破床外，几乎没有别的东西。

卫子辰心中有气，这谢慕容真是可恶，怎么能让颜月翎住这样的房间！

他俯身将颜月翎打横抱起，颜月翎大吃一惊："你干什么？"

"这种地方怎么住？"卫子辰皱着眉头，抱着她出了房门，径自往自己房间走去。

谢慕容正带着秦釐在院子里转，绞尽脑汁地向她讲述谢家的光辉历史。

两人突然看见了卫子辰抱着颜月翎出来，都愣了愣。

秦釐看着两人的模样，望向了二胡，谢慕容立即明白了她的意思，拉起了二胡。

秦釐开口问道："他们是什么关系？"

"师徒。"谢慕容答道。

"真的吗？"秦釐美目偏转，将信将疑。

"真的。"谢慕容赶紧将所知的两人之事尽数告诉了秦釐。

秦釐唇角上扬，仿佛听到了什么有趣的事。

谢慕容见秦釐一直看卫子辰，心不由得悬了起来，她不会对卫子辰有想法吧？

"你别看卫师父长得不错，但其实有点那啥。"谢慕容开始给秦釐洗脑。

秦家出美人，一直以颜值取胜于江湖，对于江湖美人的存在，秦家人都非常在意。

在家中的时候，她就听说过卫子辰的名字，他的传说和她的一样多。

听得多了，她萌生出一个念头，想见见卫子辰。

想看看他到底是不是如传说中那样好看，配不配和她齐名。

她打听到卫子辰所在的卫颜派在霁月镇，便前往霁月镇，然而却扑了个空，卫子辰已经不在霁月镇了。

就在秦鏧郁闷之时，她得知卫子辰在万舟镇，于是特意赶到这里来。

他果然没让她失望，用什么词来形容他都不过分。

尤其难得的是，他居然能懂得她的心，不像其他人，怎么都猜不到她想要什么，这简直是意外的惊喜。

或许美人的心都是相通的吧？

也只有美人才能懂得美人的烦恼。

她不明白为什么卫子辰会加入谢家这种落败的门派，他应该回到卫颜派才对。

保卫颜值——这才符合美人的身份和需求。

她应该和卫子辰一起在卫颜派才对，因为其他人都没有颜值可保卫。

卫子辰小心翼翼地将颜月翎放在了自己的床上，拉过素色的锦被给她盖上，修长的手指拧干了一条湿帕子搭在颜月翎的额头上。

颜月翎的心跳很快，刚才卫子辰抱她的时候，她莫名有种异样的感觉，虽然脑袋晕晕的，心里却有一丝甜。直到头上被盖上了湿帕子，她才后知后觉，原来卫子辰以为她发烧了。

果然，卫子辰很娴熟地挑了中药准备熬煮，颜月翎最怕喝药，见状急忙说："我没有发烧。"

"你的脸那么烫，怎么会没发烧？"卫子辰边说边点起来药炉，"一会儿就煮好。"

颜月翎苦着脸说："我真的没发烧啊。"

"那你为何脸那么烫？"卫子辰回眸，目光深深地望着她。

颜月翎心头一跳，支支吾吾解释不清楚，只能小声嘀咕："我真没发烧。"

卫子辰拿过话梅和砂糖橘递给她，柔声道："我知道你怕喝药，吃

这些送药吧。"

　　颜月翎捧着一堆零食，心里拿不定主意，到底要不要喝药？

　　她大概是真的病了吧？不然心怎么会跳得这么厉害？以前和卫子辰在一起的时候从来没有这样过啊。

　　她到底还是乖乖地喝了药，卫子辰柔声哄她："快睡下，醒了就好了。"

　　颜月翎乖乖闭上了眼睛，卫子辰等她睡熟后，轻手轻脚地起身准备离开，却见她的手心抓着他的衣角。

　　卫子辰心头柔软，小时候她也会这样，每次都要牵着他的衣角才会睡着。

　　他又重新坐回了床边，默默地看着她，嘴角勾起一抹浅笑。

　　颜月翎睡得很熟，直到晚饭时分才醒，卫子辰一直陪着她，伏在桌上忙个不停。

　　见她睡醒，他伸手摸了摸她的额头，发现不烫了。

　　"你在做什么？"颜月翎睡眼惺忪，揉着眼睛探头一看，只见床边的小桌上堆了小山似的松仁，每一颗都饱满洁净。

　　卫子辰看着颜月翎惊喜的眼神，嘴角忍不住上扬，她喜欢吃松子，却一直剥不好，每次吃松子都会抱怨。

　　"都是给我的吗？"颜月翎仿若掉到萝卜坑里的兔子，惊喜到结巴。

　　"你不想要？"卫子辰故意拿过一把松仁。

　　"要！"颜月翎连忙用手圈住松仁，"都是我的！"

　　卫子辰的眼睛弯了弯，她护食的样子仿佛一只小松鼠，可爱极了。他忍不住揉了揉她的头发，懒懒笑道："什么时候开始吃独食了？"

　　"你不是给我剥的吗？"颜月翎拈起松子送入口中，美滋滋地说。

　　卫子辰越发好笑，小时候很穷，偶尔能弄到几粒松子，她都非常珍惜，一粒都舍不得丢。他说："以后还给你剥。"

　　颜月翎的手顿住了，捏着松仁，用轻松的口吻说道："要是师母不让呢？"

哪里来的师母？卫子辰愣了半晌，再次摸了摸颜月翎的额头。

颜月翎茫然地望着他的举动："你干什么？"

卫子辰将修长的手指搭在她的胳膊上，凝神号脉，眉头皱成了一团："我看你是不是烧糊涂了。"

"我没病。"颜月翎撇嘴道。

"没病怎么能说胡话？"卫子辰瞅着她问道。

"……"颜月翎刚想开口，门外传来了敲门声。

居然是秦鏊。

准确地说是秦鏊和谢慕容两人，如今谢慕容时时刻刻都跟着她。

秦鏊将手里捧着的一只食盒摆在桌子上，转头看了一眼谢慕容。

谢慕容立即替她说道："秦姑娘听说颜姑娘病了，特意准备了点东西来看她。"

秦鏊笋白的指尖扣了下二胡，谢慕容忙拉动琴曲，他会的曲子不多，技法也很普通，卫子辰和颜月翎都听腻了。

秦鏊随乐问道："颜姑娘怎么了？"

"她受了点风寒。"卫子辰答道。

秦鏊看了看颜月翎，却见她面色红润，正吃着松仁，没有半分病容，笑说："原来如此，我看你好久没出来，还担心了半天。"

颜月翎认真打量着秦鏊，发现她又换了身银白色的绸裙，斜斜地梳了个堕马髻，显得别有风情，而自己本来就没有梳洗，又睡了这么久，更加蓬头垢面，顿时羞愧地低下了头，手里的松仁也不香了。

秦鏊拨弄着头上的一根发簪，对卫子辰道："早上多谢你了。"

颜月翎和谢慕容都竖起了耳朵，不知道他俩早上做了什么。

卫子辰懒懒地说道："一桩小事而已。"

秦鏊却道："对你而言只是小事，对我而言却不同。"

卫子辰满头雾水，他早上不过是捡到秦鏊掉下的发簪，随手还给了她而已，怎么说得这么严重？

谢慕容和颜月翎的脸色都变了，谢慕容停下拉二胡，目光在两人之间来回穿梭，想看出点端倪。

奈何卫子辰神色如常，而秦鏖只是含笑矗立，未曾再多说一个字，这让谢慕容和颜月翎幻想了许多内容。

谢慕容想问又不能问，心头仿佛有一团火在烧，令他焦灼不安。

他的心像是被秦鏖操控了一样，从第一眼看见秦鏖开始，他就仿佛被什么击中了，生命突然有了灵魂。

她的一言一语，一笑一鏖都牵动着他的心绪，不由自主地听从她的一切吩咐，为她解决所有麻烦。能为她演奏乐曲，是他连做梦都会笑醒的事。

一切都被他抛在了脑后，什么谢家，什么未来，什么颜月翎，一切计划都戛然而止，除了秦鏖，一切都不再重要。

他牢牢盯着秦鏖，仔细分析她的每个表情，揣测她的每个眼神，渴望能了解她，成为她不可或缺的人。

可是他越试图了解，越觉得她看卫子辰的眼神不对劲，每一个眼神都缱绻多情，让他如坐针毡。

今天早上他赶过去的时候，就看到秦鏖握着发簪站在卫子辰面前，见他过来，只是向他挥了挥袖，又指了指他的二胡。

谢慕容明白了她的意思，只得远远地站着拉奏乐曲，并伸长脖子偷听，奈何什么都没听见，只看见秦鏖笑意动人。

而这句不咸不淡的话，也令颜月翎情绪沮丧，低着头捏着那把松仁，一粒也吃不下去。

卫子辰察觉出颜月翎情绪不对，只当是她的病刚好，来人影响了她，便打发两人出去。

秦鏖离开之后，卫子辰又催促颜月翎睡觉。

颜月翎厌厌地摇头："我不困，我不睡。"

"你病没好,要多休息。"卫子辰说着又要将她按下去。

颜月翎心中烦闷不已,执意推开被子跳下了床:"我要起床练功!"

卫子辰看了看屋外,夕阳已落,天色将黑。

"天都黑了,你这么拼命干吗?谢慕容都没练功,你倒是积极,就这么在意谢家?"

颜月翎也不吭声,起身就往外走。

卫子辰心里有气,冷声道:"你着急也没用,谢慕容一心围着秦鏊打转呢。"

颜月翎听到秦鏊的名字,仿佛有根刺扎着,她冷不丁地抬头问卫子辰:"你吃醋了?"

卫子辰当即否决:"笑话,我怎么可能吃醋?"

颜月翎沉默了,卫子辰的态度虽决绝,可她觉得他肯定是为了秦鏊吃醋了。

作为他的徒弟,她能做的,只有成全师父。虽然她觉得秦鏊不适合当自己的师母,可是只要师父喜欢,她又有什么资格反对呢?

两人沉默了一阵子,颜月翎默默打开了门走了出去。

夜幕低垂,今夜星光黯淡,无月无风,四人各怀心思,一夜无话。

接下来的日子里,颜月翎比从前更加卖力地练功,鸡叫时分就起床。她表现得和从前一样,除了练功之外,不提任何事。

秦鏊每天和卫子辰说话,她也假装没看见。

秦鏊原本不爱说话,现在却像有说不完的话,每天都能和卫子辰聊两句,谢慕容虽恨得咬牙,却也无奈。

他恨不得卫子辰赶紧离开谢家,可是卫子辰压根儿没这念头,反倒每天和颜悦色地与秦鏊说话,他竭尽所能守在秦鏊身旁,努力破坏卫子辰和秦鏊的相处。

然而他没办法赶走卫子辰,他心里很明白,若是卫子辰离开,秦鏊

也不会留下。

  这几日里，秦犨的心情不错，她苦心经营，设计了无数个小巧合和偶遇。为了迎合卫子辰，她还观察了他的喜好，准备了小惊喜。

  历来都是男人为她花费心思，她还从未为了男人如此耗费心力，但是她觉得很值得，卫子辰实在是她遇见过的最合适的人。

  只要他们两人珠联璧合，整个江湖都会为他们俯首称臣。

  卫子辰的心情却很别扭，那夜之后，他时常陷入深思，反复思考颜月翎那天问话的意思。

  他素来自信，对于人事也不上心，唯独面对颜月翎时信心全无，她的一个态度足以让他反复思索，想要猜测出端倪。

  可是第二天后她就一直宛如一块针戳不破、水泼不进的石头，对于一切没心没肺，除了练功。

  卫子辰有时也忍不住怀疑是自己想错了，他故意在她面前和秦犨说话，暗自试探她的态度。

  可颜月翎却仿佛完全没看见一样。

  卫子辰有些沮丧，越发觉得她比自己想象的陌生。

  八年时光，生死相依，到头来却觉得陌生，这小丫头让他看不懂了。

  卫子辰坐在屋檐下望着颜月翎，她已经练了一个时辰了，汗水沁透了她的衣背，额头上的汗珠顺着洁白的肌肤滑落。

  胳膊都已经在微微发抖，但她还是保持着原本的姿势，小脸上满是倔强的神情。

  她性子倔，认定的事从不肯回头。即便没有天赋，却肯下功夫，不会放弃。

  秦犨手里端着托盘走了过来，歪着头一笑："卫公子真勤勉，这么早就在督促徒弟练功了。"

  卫子辰没有回应，只是淡淡扫了她一眼。

秦犨放下了托盘，里面放着几只高足碟，堆着几样小点心和两只茶盏，用目光示意他。

点心和茶都是谢慕容为了讨好她准备的，她立即拿来借花献佛。

谢慕容虽然心里恨得慌，却说不出来，只能眼睁睁地看着卫子辰漫不经心地端起茶，轻轻吹了吹，却没有喝，只是唤道："月翎。"

颜月翎看向了卫子辰，只见卫子辰端着茶示意她。

颜月翎摇摇头："我不渴。"

卫子辰没有勉强她，只是将茶盏放了下来。

秦犨嘴角朝下抿了抿，玉笋般的指尖轻轻捏住了衣角，她纤尊降贵亲自端来茶点，他居然转身就要给别人！

他怎么敢？他的良心不会痛吗？她可是江湖第一美人秦犨啊！他居然敢把自己端来的茶送给那个不起眼的丫头！

"卫子辰！"谢慕容看出了秦犨脸上稍纵即逝的愤怒，立即替她出头，"秦姑娘的好意，你怎么能拱手让人？"

卫子辰懒懒地打量了谢慕容一眼，冷声道："你是什么人？"

谢慕容大怒："你这是什么态度，我是谢家掌门，你现在在谢家！"

"哦？你还记得你是谢家掌门啊？我还以为你是秦姑娘的仆人呢。"卫子辰勾起嘴角冷笑道，"口口声声一心振兴谢门，秦姑娘来的这些日子，恐怕你连一天功都没练过吧？"

"我……秦姑娘初来乍到，自然是需要多多照拂。"谢慕容赶紧辩解。

"谢慕容，你若是不想再重振谢家，就趁早告诉我徒儿，别一天只会累着她。"卫子辰的目光冰冷，"我的徒儿可不是随便任你这么使唤的。"

谢慕容看向了颜月翎，一时间心绪复杂，竟无言以对。

秦犨扣响了二胡，随乐轻启贝齿："卫公子对颜姑娘真是关爱有加。"

"那是自然，她是我的徒弟。"卫子辰目光变得温柔，口中却有些嫌弃，"人又笨，我若是不多看着点，被人卖了还得给人数钱呢。"说着又瞟了一眼谢慕容。

秦鏊喟然轻叹，原本她的计划里是没有颜月翎的，看来不得不更改计划了。

她看了一眼颜月翎又笑："我真羡慕颜姑娘，有你这样的好师父。"

卫子辰的脸上多了几分笑意，就听秦鏊道："在下有个不情之请。"

卫子辰瞥了一眼秦鏊："秦姑娘请说。"

"能请卫公子做我的师父吗？"秦鏊眉眼低垂，嘴角噙着淡淡的笑意。

谢慕容第一个跳了出来："你要当他徒弟？他的武功不咋地啊！你跟他学不了的。"

"我不学武功。"秦鏊笑得妩媚，"我想学美容养颜之术，卫颜派最重要的不就是颜值吗？"

"卫颜派？"谢慕容彻底怒了，"这里是谢家！"

秦鏊妙目偏转，可怜兮兮地看着他。

谢慕容顿时像泄了气的皮球："……谢家也可以学习养颜术的。那么，卫师父，你要收秦姑娘为徒吗？"

卫子辰看向颜月翎，她依然竭力保持着练功的姿势，但是脸上的表情已经出卖了她。

开什么玩笑？秦鏊居然想当卫子辰的徒弟？

虽然她一直嚷嚷着希望能和卫子辰解除师徒关系，可是当秦鏊真的提出要加入卫颜派时，她的心都沉到了谷底，紧张地盯着卫子辰。

"我卫颜派的美容养颜之术可能不适合秦姑娘。"卫子辰婉拒道。

谢慕容暗喜，看向了秦鏊，秦鏊目光哀怨，谢慕容只得再拉奏二胡。

伴随着幽怨的二胡声，秦鏊如诉如泣地说道："为何卫公子不肯收我为徒？莫非是我的颜值不够吗？"

她的声音充斥着满满的幽怨，再配上那张绝色脸庞上哀怨的神情，令人心碎。

任何人看到都会不由自主地答应她的要求，除了卫子辰。

"秦姑娘，我不是针对你，只是我卫子辰此生只会有月翎一个徒弟。"卫子辰目光掠过颜月翎，给了她一个安心的笑容。

颜月翎心头一怔，卫子辰的话仿佛一剂良药，消除了她这么久的不安、猜测，痛楚尽数消失。

不觉之间，她忘了练功，嘴角上扬，定定地看向了卫子辰。阳光落在她小小的身影上，仿若五月的花朵，在阳光下尽情盛开。

那是卫子辰一生都想要守护的笑容。

秦鼙面色苍白如雪，她没想到卫子辰会这样干脆地拒绝她。

她如此降低自己的身份，想要做他的徒弟了，他居然会拒绝！

这段时间她做小伏低，居然换来了这样的结果，这对她而言简直奇耻大辱！

她银牙暗咬，目光冷冷地扫了那对师徒一眼，转身便离开了。

今日之辱，来日必报。

几天后，郁夜莲来了。

她很忙，但是自从卫子辰来谢家后，她每隔一段时间都会亲自来谢家送东西，顺便看看卫子辰。

卫子辰看着满院子堆的吃穿用等物，对郁夜莲道："郁老板，别再送东西过来了。"

郁夜莲眼睛一转，说："这事你说了不算，这是我和谢掌门之间的交易。"

"谢慕容？"卫子辰眉头一皱，"他敢收你的东西，我打断他的腿。"

"这是无极宗和谢家的事，与你无关哦。"郁夜莲说笑道。

卫子辰径自喊谢慕容："谢慕容，你给我过来！"

谢慕容正在给秦罄倒茶,听到卫子辰喊他,没好气地回道:"有什么事?"

郗夜莲也瞧见了他身旁的秦罄,不禁吃了一惊:"哪里来的美人?"

"她是秦罄。"卫子辰面无表情地说。

"原来是江湖第一美女。"郗夜莲啧啧叹道,"果然名不虚传啊!谢家这块地皮有点东西啊,怎么能同时聚集这么多美人?谢掌门,要不要把你家的地皮卖给我?"

谢慕容一呆:"你要买我家地皮?"

"我在考虑把这里变成一个美人聚集地,搞场江湖选秀……"郗夜莲的脑子转得很快。

"郗老板,你先暂停下。谢慕容,从现在开始不准再收郗老板送来的任何东西。"卫子辰严正警告谢慕容。

谢慕容愣了愣,随口甩锅:"那你要问问月翎。"

卫子辰并不信:"月翎怎么会答应这种事?"

"对啊,不信你问她。"说着,谢慕容就叫唤着正在练功的颜月翎,"月翎,是你答应让郗姑娘送东西过来的对不对?"

颜月翎正在练剑,听到谢慕容的话,很是疑惑:"什么?"

谢慕容向她挤眉弄眼地暗示:"上回不是你说的吗?郗姑娘能买到价格实惠的好东西,让她帮我们买东西吗?"

颜月翎对谢慕容很无语,亦对他很失望,原本以为他有一颗重振家业的心,最后却发现他为爱痴迷。他对秦罄的态度,瞎子都看得出来。

她有点想离开谢家了,想回到霁月镇,重返卫颜派。

可是谢慕容得知了她的想法,死活求她别离开。

"颜姑娘,求你帮帮忙,你们要是走了,秦姑娘也会离开的。"谢慕容苦苦哀求她,"你人最好了,一定不会不帮忙吧?"

"但是我们留下来没意义了啊。"颜月翎说。

"怎么没有意义?我们谢家还是很有机会的,颜姑娘你想想,你若

是回卫颜派,你们门派还是没希望保住的,不如留下来,至少还有秦姑娘在,不会垫底吧。"谢慕容说。

颜月翎有点不开心:"我自己也可以。"

"对对对,颜姑娘确实厉害,就算帮我们谢家一回吧,我一定会感谢你的,我保证以后会努力练功的!"谢慕容赌咒发誓地说。

颜月翎思来想去,还是答应了,可是谢慕容没有一点变化,依然每天围着秦鞶转。

她不想搭理谢慕容,但谢慕容双手合十,偷偷向她作揖。

颜月翎想了想,说:"是的。"

谢慕容看向了卫子辰:"你看吧,是月翎说的。"

卫子辰态度立即一百八十度大转弯:"我们家月翎真聪明,知道找郗老板代买可以节约生活费!"

谢慕容悻悻说道:"想不到卫师父变脸的戏法练得这么好。"

卫子辰压根不在乎谢慕容的冷嘲热讽,只是转身问郗夜莲:"郗老板,我要的桃花糕有了吗?"

郗夜莲点头:"已经有了。"

说着,郗夜莲拿出一只精致的粉色方盒。盒子里面摆着四小块方方正正的粉色糯米糕,每个糕点上面都印着桃花,甜甜腻腻的。

"这是镇上点心局里刚出的时令桃花糕,名叫'桃花运',听说吃到这个糕点的人都会有好的桃花运。"郗夜莲介绍道。

谢慕容看得眼睛都直了:"真有这种效果吗?"

"反正店里的老板说,很多人自从吃了这个桃花糕后,都谈上了甜甜的恋爱。"郗夜莲说。

谢慕容很眼馋:"这个能帮我买一盒吗?"

"这是限量版,需要提前预订,每天限量十盒。"郗夜莲说,"这一盒可是我提前了十天订的。"

"十天?郗老板,凭你的人脉也需要等十天?"谢慕容压根儿不信。

"这家点心局又不是我们家开的,老板定的规矩就是这样。"郁夜莲说,"多给钱也不行。"

"那我现在预订可以吗?"谢慕容退而求其次。

"也不行,现在老板预约的单子已经排到一个月后了,而一个月之后桃花已经凋谢了。"郁夜莲摇头。

谢慕容不死心地看着卫子辰,说:"这里面有四块,不如我们一人一半?"

卫子辰冷笑一声:"你想得美,我凭什么要给你一半?"

"你的桃花运那么好,不需要桃花糕来加持吧。"谢慕容努力说服他。

"我乐意。"卫子辰心情极佳,捧着桃花糕离开了。

谢慕容铩羽而归,秦犟却对刚才发生的事很感兴趣,敲了敲他的二胡:"发生了什么事?"

谢慕容努力保住颜面:"卫子辰想要增加自己的桃花运。这家伙实在太花心了,都有这么多女人爱他了,还嫌不够。"

秦犟眼睛一亮,没想到卫子辰居然会有这种想法:"他不是很在意颜月翎吗?"

谢慕容满腹牢骚:"不可能,我看他心里只有他自己。"

秦犟不信:"那他为什么要增加桃花运?"

"希望更多的人喜欢他呗,像他这样自恋的人,当然希望全世界的人都喜欢他。"谢慕容越想越郁闷。

郁夜莲也很好奇:"卫公子,这个桃花糕你要自己吃吗?"

"难道你还真的信那个什么增加桃花运的话吗?那只是商家的噱头而已。"卫子辰笑了起来,"我只是很早之前听说过万舟镇的桃花糕好吃,想尝尝味道罢了。"

"可我听说共享桃花糕的人,真的走在了一起。"郁夜莲说,"说不定真的有什么奇效呢?"

"郗老板，商业点。"卫子辰笑眯眯地说，"这就是块糕点而已。"

郗夜莲两眼发光，他不仅好看，还很清醒，不会轻易上当！真是太完美了！这世上怎么能有这么完美的人呢？！

卫子辰掏出银子递给她："多谢郗老板。"

郗夜莲收下后又问道："还有什么我能帮你的？"

"郗老板，你已经帮了我很多次了，老是麻烦你，我心里也过意不去。"卫子辰说。

郗夜莲很开心："能帮到你，这是我的荣幸。"

卫子辰向她拱手施礼："能交到你这样的朋友，是我的幸事。"

秦鼙见两人说话，不禁好奇："那个女人是谁？"

谢慕容告诉了她。

秦鼙仔细打量郗夜莲，觉得她通身的富贵实在扎眼。

而秦家，除了盛产美人外，别无长处，武功平平无奇，只能靠着美貌在江湖混迹，这让秦家人有种深深的不安全感。

为了摆脱只靠颜值的现状，秦家人立志要成为武林高手，他们节衣缩食，花重金收罗武林秘籍，寻找高人拜师学艺。

然而上天虽然给予了他们美貌，却没有给予足够的智慧，他们购买回来的武林秘籍全是假的，找来的高人也全是假的，攒的钱全都打了水漂，但秦家人从未放弃过，结果越来越穷，到最后一贫如洗，成为武林第一赤贫门派。

秦鼙自小就过着清贫的生活，仅仅只能吃饱饭，没有一分闲钱。偶尔有人因为她的美貌送给她的钱财或者礼物都被长辈们收走了，且语重心长地告诉她，都是为了给她攒学费。

结果到她长大之后，学费花了，啥也没学会，武功依然还是秦家那几招，依然靠着美貌度日。

越努力越失败，说的就是秦家。

秦鼙很讨厌富人，因为他们生活得奢靡又浪费，总随便花销。

眼前这个女人也是，她穿着绣着金线的织锦衣服，这样一身衣服可以买多少件棉布衣袍？还有她头上插的金簪珠钗，虽然会让她的发型好看，但是完全没必要。而身上挂着的那些耳环、璎珞、玉佩通通都是没必要的浪费之物。

秦鏖越看郁夜莲越觉得不顺眼，恨不得扒去她那身奢华的衣裳丢在地上多踩几下。

"秦姑娘，你放心，我不是他那样的人，绝不会为了金钱出卖自己。"谢慕容趁机向秦鏖表忠心。

秦鏖看了他一眼，指着不远处的颜月翎："她呢？"

"她，她是谢门的人，我们谢门还很弱小，需要每个人的共同努力。"谢慕容眼睛都不眨地开始讲起了振兴谢门的大道理。

秦鏖心情不悦，起身离开，谢慕容急忙追上去，却被秦鏖用眼神制止了。

谢慕容很惶恐，不知道哪句话说得不对惹恼了秦鏖，于是又唤了两声，秦鏖根本不理他。

谢慕容反省了半天，也得不出结论，只想着该如何哄秦鏖，打起了桃花糕的主意。

找卫子辰是不可能的，他思来想去只能拉着颜月翎，厚着脸皮笑道："颜姑娘，你能不能帮我个忙？"

颜月翎翻了个白眼："你又想干什么？"

谢慕容小声道："你师父今天刚弄了一盒桃花糕，那东西挺难买的，我想拿去给秦姑娘，哄她开心，你能帮我要一半吗？"

颜月翎很意外："你要拿师父的东西去哄秦姑娘？"

"就是盒点心而已，你师父吃不了那么多，拿一半哄哄秦姑娘，两全其美嘛。"谢慕容连连向她作揖，苦苦哀求道，"月翎，你最好了，最能干了，这点小事对你来说不算什么吧？你帮帮我，万一秦姑娘生气离开谢门，我们的损失就大了。"

颜月翎无语:"我看秦姑娘离开谢门,是你的损失最大吧。"

"都一样,我就是谢门啊。"谢慕容说,"我若有损失,谢门自然也受损。颜姑娘,你不是为了我,是为了谢门的将来啊。"

颜月翎的眼睛差点翻上了天:"你真是什么话都能说得出来啊。"

"拜托了。"谢慕容深深鞠躬。

颜月翎泡了一壶茶端到卫子辰面前,托着腮殷勤地夸赞:"师父,你今天的样子可真帅啊!"

卫子辰扫了她一眼:"无事献殷勤非奸即盗,你有什么不可告人的目的?"

"这话说得,难道我就不能偶尔献殷勤吗?"颜月翎捏起拳头,嘟起嘴巴,玫瑰色的小脸鼓了起来,说不出的可爱。

卫子辰的心软了几分:"我倒是希望你天天献殷勤,不过不能有什么目的。"

"那怎么可能?"颜月翎脱口而出,本想吐槽卫子辰的,想了想此行的目的又改了口,"我能有什么坏心眼呢?"她殷勤地递上了茶,"师父,请喝茶。"

卫子辰接过茶杯饮了一口,颜月翎又殷勤地问道:"茶叶怎么样?好喝吗?"

卫子辰点头:"还不错,这是今年的新茶吧?"

颜月翎的脑袋跟小鸡啄米似的:"刚出的新毛峰,口味清淡,有利身材保养,师父,你可真了不起,这么一喝就喝出来了。"

卫子辰心情大悦:"今天嘴怎么这么甜?"

颜月翎瞄了瞄他的脸,又搓了搓手:"这么好的茶,师父觉不觉得缺点什么?"

"缺什么?"卫子辰猜到了她的来意。

"点心之类的啊。"颜月翎说,"一边饮茶一边吃点心,不仅口感

丰富,还可以解腻去油,完美绝配啊!"

"听上去不错,不过我这里没点心。"卫子辰故意说。

"我怎么听说你今天拿到了限量版的桃花糕呢?"颜月翎说,"这么小气,不拿出来给我尝尝吗?"

卫子辰不动声色地看了她一眼,将桃花糕拿了出来:"你的消息倒是灵通。"

颜月翎很好奇:"你不是怕吃点心长胖吗?怎么会想着订这个?"

"你之前不是说过想吃吗?"卫子辰说,"这次正好到了万舟镇了,季节刚好,就提前找郁老板帮忙订了。"

颜月翎一愣,去年她在镇子里面做任务的时候,偶尔听人提到万舟镇春日限定的桃花糕,不知怎的,就特别想吃,奈何只有春天才有,她也只能和卫子辰念叨念叨,没想到他居然记在了心上。

颜月翎的手悬在空中,没有拿点心,心情突然变得很复杂,她一时间难以消化。

"你怎么不吃?"卫子辰问道。

"我,我想回去慢慢吃。"颜月翎说道。

卫子辰看了她一眼,问道:"你是怎么知道我今天拿到桃花糕的?"

颜月翎嘿嘿一笑:"听说的。"

"听谁说的?谢慕容?"卫子辰问道。

颜月翎不作声,只顾着闷声喝茶。

卫子辰看她的模样,知道自己猜中了,不禁有点生气:"是不是他让你来找我要的?"

颜月翎捧着茶杯不敢抬头:"这茶真好喝。"

"怎么他让你做什么,你就做什么?"卫子辰的目光沉沉地望着她,心里的怀疑如同雨后的春笋肆意生长。

他一万个看不上谢慕容,现在原形毕露,更瞧不上眼。

可是架不住颜月翎非得和谢慕容搅和在一起，卫子辰想不通，这个明明比自己差很多的男人，怎么会让颜月翎那么袒护他呢？

除了喜欢谢慕容外，他无法得出其他结论。

仿佛有把刀从他的心口缓缓划过，疼得他说不出话来。

卫子辰眸光黯淡，修长的手指拈着桃花糕，他恨不得将所有的糕点都碾成泥，但还是将心头那口恶气忍下了。

他不忍心看她失望。

他缓缓地放下了那块桃花糕，对颜月翎拂袖道："拿走吧！"

颜月翎没有拿走桃花糕，她拈起桃花糕咬了一口，桃花的香气充满口腔，软糯甜美。

颜月翎扬起笑脸，露出幸福的笑容："真好吃啊，和我想象的味道一样。"

卫子辰惊愕不已，见她吃得香甜，嘴角上还沾着糕饼屑，像个贪吃的小孩。

他伸手擦去颜月翎嘴角边的糕饼屑，颜月翎一愣，却见他微微一笑，恍如五月盛开的花。

第九章 陷入危局

那颗飘飘荡荡的心终于落定,终于等到了她回心转意。

秦鳌趁着谢慕容不在，偷偷溜出了谢家。

她在谢家已经待腻了，也厌烦了谢慕容成天在旁边叽叽歪歪，从未遇见过这么黏人的家伙，像块狗皮膏药一样粘着她，讲的笑话也很无趣。

要不是他还有点用处，她早就让他滚远点了。

万舟镇虽不大，却很美，一条河流蜿蜒穿过镇子。正是春日里，河边垂柳依依，风一吹便泛起薄薄的一层青雾。

沿河是一条青石板路，路旁有一排店铺，售卖着各种商品。

秦鳌沿河慢慢走着，突然看见了一个熟悉的身影，那身金线绣织的紫色长裙在阳光下闪着金灿灿的光芒，远远就能看到"有钱"两个字。

秦鳌想起她一掷千金的模样，不由自主地跟在她的身后。

没走几步，就被郗夜莲发现了。

秦鳌比郗夜莲的目标更大，走到哪里都有人驻足赞叹，实在很难不被发现。

郗夜莲回首，看见秦鳌一身素衣立于垂柳之下，风情万种，仿佛一幅画。

她冲着秦鳌一笑："秦姑娘，你也来逛街？"

秦鳌被抓了个现行，有点慌张，微微颔首，走到旁边的胭脂店铺前假装看胭脂水粉。

郗夜莲凑了过来："这家的胭脂不错。"

秦鳌没想到郗夜莲会主动凑过来，心里有点乱，不知她是何意。

郗夜莲拿起一只玉瓶递给秦鳌："你的肤色很白，用这个比较好。"

秦鳌看了看瓶子里面的乳膏，如临大敌，莫非郗夜莲想要毁她的容？

秦鳌没接过瓶子，而是拿了另外一瓶，郗夜莲看了一眼说："这个很适合卫公子，啊，莫非是你来给卫公子买东西的？"

秦鳌点点头。

郗夜莲两眼放光:"莫非你也喜欢卫公子?"

秦攀再次点头。

"那太好了!"郗夜莲开心不已。

秦攀露出假笑,握紧了郗夜莲的手。

郗夜莲拍着她的肩膀说:"以后有什么事只管找我。你现在住在谢家,可以近距离接触卫公子,我不知道有多羡慕你!"

秦攀掩唇轻笑,郗夜莲捂住心口,喃喃自语:"真是太好看了!秦姑娘,你可真美。"

秦攀想要打探郗夜莲和卫子辰之间的关系,却说不出话来,想了想拿过两只玉瓶比画了下。

郗夜莲了然:"你是问你和卫子辰谁更美?"

秦攀无语,这个暗示确实有点难,想了想又拿着玉瓶,指了下郗夜莲。

郗夜莲猜道:"你想问我卫公子的事?"

秦攀连连点头,这都能猜到!如果让郗夜莲参加猜猜猜的游戏肯定能拿第一!

郗夜莲笑道:"他是个很好的人,最重要的是长得帅!"

郗夜莲一通猛夸卫子辰,没有任何有用的内容,全是各种形容词。

秦攀听得甚是无聊,目光投向了隔壁的店铺。隔壁是成衣铺,里面挂着不少款式新颖的衣裳。

秦攀看中的是一件湖绿软绸如意纹曳地裙,正是十八岁的少女,哪有不喜欢漂亮衣裙的?

但是她没有钱,即便有钱,她也不会花在这些"无用"的东西上。

虽然很喜欢,但她还是假装不在意,准备离开。

郗夜莲却叫住了她:"秦姑娘,试试这件衣裳吧?"郗夜莲手里拿着的正是她刚才看中的那条裙子。

秦攀忙摇头,郗夜莲却很热情:"试试也没关系,不用付钱的。"

秦鳌犹豫，郁夜莲笑眯眯地说："你穿着肯定好看。"

秦鳌看着那条裙子，实在很心动，那就试试吧？

她此生没穿过这么好的衣裙，料子光滑柔软，穿着非常舒服。

她都舍不得脱，走出来的时候，更是让所有人都看傻了眼。

郁夜莲连声称赞："真是太好看了，这衣裳只有你才能穿出风采！"

老板一句话也说不出来，郁夜莲说一句，他跟着点一下头。

秦鳌很开心，又有点失落，再好看她也是不能买的。

她换回了自己的衣裳，那身穿惯了的旧衣裳，之前倒不觉得，现在瞧着越来越不顺眼。

最后再摸摸那条绸裙，狠狠心放下了。

好钢要用在刀刃上。

钱必须得买有用的东西。这身裙子不是必需的东西，她不能买。

出了成衣铺，秦鳌心里有些失落，不试还好，试了更难以忘怀。

她什么都没买，郁夜莲却买了好几身。她郁郁寡欢地想要回家，又被郁夜莲拉进了广翠楼。

广翠楼里金光灿灿，全是昂贵而无用的珠宝首饰，金银玉饰、宝石钗环应有尽有。

秦鳌还从未见过如此花样繁多的首饰，步摇、簪子、分心、绛桃、玉搔头，每一样都让她大开眼界。

郁夜莲又是一通大采购，买了好几套首饰。

秦鳌愤愤不已！

出了广翠楼，郁夜莲还想带秦鳌去鞋铺，秦鳌坚决拒绝。

她不想再看着郁夜莲在自己面前各种采买。

郁夜莲问道："秦姑娘想去哪里？"

秦鳌朝着谢家的方向指了下，郁夜莲明白了："好的，那我送你回去。"

到了谢家后，郁夜莲让人拿出了十几只盒子递给她："秦姑娘，区

区薄礼,敬请笑纳。"

秦犟愕然,全都是郗夜莲之前买的东西。

"美衣美饰配美人,才能相得益彰。秦姑娘如此风采,须得这些衬托方能更好。"郗夜莲笑着说。

秦犟急忙摆手,想要说话却说不出,急得不知该如何是好。

郗夜莲似乎明白了她的意思:"赚钱就是为了花钱,只要自己觉得合适开心,那钱就花值了。"

说完,郗夜莲上了马车,很快消失在茫茫夜色中。

秦犟站在风中许久,心里有种说不出的感觉。

这个女人太不简单了,本想跟踪她,打探卫子辰的消息,却没想到被她收买了,还被她那金钱的力量狠狠扎了心。

秦犟刚回到谢家,谢慕容就贴了过来:"秦姑娘,你去哪里了?我都急死了!到处找你都找不到!"

秦犟懒得理他,捧着大盒小盒往房里走。谢慕容忙上前帮忙:"你是去买东西了吗?我帮你拿。"

盒子摆满了桌子,谢慕容看着里面装的衣裙、首饰,不由得睁大了眼:"这些要不少钱吧?"

秦犟点点头,谢慕容很疑惑,秦犟明明很穷,怎么会有钱买这些呢?莫非……

谢慕容变了脸色,小心翼翼地问道:"谁给你买的?"

秦犟懒得搭理他,只将东西一件件拿出来反复地看,越看越喜欢。

原来能买到自己喜欢的东西是这么开心的事啊!

她想起郗夜莲临别时的那句话,心里有种白白苦了自己这么多年的感觉。

不就是钱吗?谢慕容下定决心一定要赚一大笔钱,可他却不知该从何处下手。

挣钱这件事向来都不是他的强项。思来想去,他还是觉得上回送镖车那事可以挣钱。

第二天一大早,谢慕容直奔镖局:"我要护送镖车!"

"热烈欢迎,正好我们镖局人手不够,这里有三种不同价格的镖车,请问你要护送什么样的镖?"镖局总把头很高兴。

"当然是越贵越好!"谢慕容想也不想地答道。

"那太好了!"总把头两眼放光,指着一旁的一只大箱子对他说:"这趟镖就归你送了。"

那只木箱看上去平平无奇,谢慕容怀疑总把头骗他,问:"这趟镖多少钱?"

"五十两白银。"总把头答道。

谢慕容两眼放光:"就它了!"

"好的,只要你把这个箱子送到轻云山庄,这五十两白银就是你的了。"总把头拍着他的肩膀,满心欢喜。

谢慕容如遭雷击:"轻云山庄?你说的是柳叶河对岸的那个轻云山庄?"

"对。"总把头笑眯眯地点头,"就是那里,你很熟嘛。"

谢慕容知道那里,整个万舟镇的人都知道那里,虽然只隔着一条河,却很少有人去那儿,原因是河边水匪盘踞,想要过去难上加难。

谢慕容艰难地挤出了一抹微笑:"还有其他的镖可以选吗?"

总把头很为难:"其他的镖都是些几文钱的跑腿活,配不上谢家掌门出手,像你这样的高手,怎么能接那样的活呢?"

谢慕容硬着头皮附和:"也是……"

谢慕容左思右想,觉得这趟镖自己搞不定。

柳叶河边的水匪特别多,且非常凶悍,动不动就要摘人脑袋那种。

他心里很清楚自己几斤几两,根本不可能从水匪手中活下来。

就在这时,谢慕容看见了颜月翎,顿时生出了个主意,对颜月翎道:

"颜姑娘,我这里有桩非常重要的事,恐怕需要你亲自出马才可以搞定。"

"什么事?"颜月翎问道。

"我今天接了一趟镖,要送去轻云山庄,本来我要自己送的,但是身体突然不舒服。"谢慕容捂着肚子,"这又是个限时镖,只能麻烦你了。"

颜月翎在谢家待了些日子,也觉得有些无聊,听说去送镖,心里默认为旅游加挣钱,便答应了下来。

谢慕容连声道谢,然后捂着肚子跑开了。

颜月翎带着箱子兴冲冲地离开了谢家。

谢慕容看着她远去的背影有一丝后悔,他安慰自己道,颜月翎的武功不差,说不定能平安送达呢?

颜月翎带着箱子离开后,谢慕容坐立不安,他想追过去,但是一想到那些传言,顿失勇气。

卫子辰今天起得晚了些,出来转了一圈,没有看见颜月翎,只看见谢慕容魂不守舍地靠在屋檐下发呆。

卫子辰冷笑一声:"掌门大人在此思考什么大事吗?"

谢慕容看见卫子辰,不禁感到害怕,支支吾吾地没说出话来。

卫子辰继续嘲笑道:"是谢家如何称霸武林还是要另学一支新曲?"

谢慕容干笑两声,准备躲他远些。

卫子辰察觉他神色有异:"你今天不对劲,有什么事情吗?"

谢慕容心头一紧:"没事啊,什么事都没有。"

"月翎呢?"卫子辰见他神情越发不自然,心头一凛,冷声问道。

谢慕容听到颜月翎的名字,笑容更加勉强:"我,我不知道……"

卫子辰揪住了他的衣襟,面若寒霜:"月翎到底发生什么事了?"

谢慕容从未发现卫子辰如此可怕,一股寒意自心底升起,不由自主地说了实话:"她,她去送镖了。"

"去哪里送镖？"卫子辰逼问道。

"轻云山庄……"谢慕容满脸是汗，声音都变小了。

卫子辰的脸色更加难看："柳叶河边的那个？"

谢慕容说不出话来，只微微点了点头。

卫子辰松开他的衣襟，头也不回地往门外奔去。

谢慕容倒在地上，一时间有种说不出的复杂心绪，他突然想到了一个问题，如果颜月翎和卫子辰这次回不来了，那秦犨还会留下来吗？

颜月翎带着箱子去了码头，寻找去轻云山庄的船。

别人听到"轻云山庄"四个字，头摇得像拨浪鼓一样，唯有一个年轻的船夫主动接了她的活。

颜月翎很高兴，问那船夫："轻云山庄远吗？"

船夫上下打量了她一番，露出一排雪白的牙齿："不远，出了万舟镇，再往前走一截就到了。"

他主动帮颜月翎把箱子抬到船上，笑着问道："姑娘带的什么宝贝，这么沉？"

颜月翎很小心地保护箱子："没什么。"

船夫收起绳索，轻轻一点船桨，悠悠地向着镇外划去。

扑面的河风吹来，夹着丝丝缕缕的甜腻，阳光暖暖的，晒得人很舒服。

船夫一边划船一边和颜月翎搭话："小姑娘，你去轻云山庄做什么？"

"送东西。"颜月翎懒洋洋地答道。

"你一个小姑娘，怎么会有人让你一个人去轻云山庄送东西呢？"船夫好奇地问道。

颜月翎歪着头问道："轻云山庄很可怕吗？"

船夫哈哈大笑："不可怕。"

"那为什么我不能一个人去?"颜月翎反问道。

船夫被问住了,半晌哈哈一笑:"姑娘说得对。"说着他一边划船一边唱起了歌,他的声音洪亮,直抵两岸。

颜月翎鼓掌赞赏道:"你唱得挺好听的。"

船夫闻言大笑起来:"还是第一次有人夸我唱歌好听呢,我决定一会儿要送你件礼物。"

"什么礼物?"颜月翎大喜,果然多夸奖人就是有好处,居然还有礼物可以收。

船夫两只眼睛笑得弯弯的:"过一会儿你就知道了。"

不一会儿,河岸边传来了歌声。

颜月翎支起耳朵仔细聆听:"有人在唱歌。"

船夫笑呵呵地也跟着唱起来,两人一唱一答,像在唱戏一般。

颜月翎虽然听不懂他们在唱什么,但觉得挺有趣。

"小姑娘。"船夫唱完之后,对她说,"你觉得好听吗?"

颜月翎点点头,船夫笑着又问:"那你想不想学?"

颜月翎喜出望外,拼命点头:"好啊,好啊。"

"想学我们这歌也很容易,只要加入我们水寨就行。"船夫说道。

"水寨?"颜月翎一愣,"你……是水匪?"

船夫愉快地点头:"本来按照我们水寨的规矩,每个上了船的人,都不会留活口,但是我刚才说过要送你一份礼物,我决定留下你的命,让你加入我们。"

颜月翎大惊失色,她没想到自己会上了水匪的船,她拔出了佩剑指向船夫。

船夫笑了起来:"小姑娘,我劝你收了武器,免得伤了自己。"

颜月翎亮出了招式:"亮剑吧。"

船夫叹气:"我还挺喜欢你的,你要不考虑考虑?我可以让你做压寨夫人。"

颜月翎向他刺了一剑，船夫灵巧地避开了："你慢点，小心别掉河里去了。"

颜月翎一连数剑都落了空，船夫毫发无损反而一直在戏弄她，她心里明白他们两人的武功有着天壤之别，想要打败船夫带着箱子逃走是绝不可能的事。

但是若要让她加入水寨，当那什么压寨夫人，那也是万万不能的。

颜月翎一咬牙跳进了水里，船夫一愣，还没见过主动跳河的。

他看着水面，半天不见颜月翎上来，心里不禁犯嘀咕，难道已经淹死了？

那还是怪可惜，毕竟这么好看的小姑娘也不多见。

船夫也跳进了水里，在水下寻人，却没瞧见，就在他纳闷之时，却看到船身晃动。

颜月翎趁着他跳入水中找自己的时候，爬上了船，捞起船桨拼命向前划。

可惜船夫都是靠水吃饭的，三两下便追了上来，颜月翎见状连忙拿船桨打他，阻止他上船。

两人在水上激战了半天，奈何实力悬殊，船夫还是上了船。

颜月翎本想再次弃船跳水，却被船夫先一步抓住了手腕，他的头被颜月翎打了好大一个包，浑身散发着杀意："我本来还想留你一命，看来你不想要。"

那人重重一击，打中了颜月翎，颜月翎眼前一黑，倒在了船上。

倒下之前，她恍惚听到了卫子辰的声音。

卫子辰自另一艘船上飞身而来，白色的身影掠过河面，婉若游龙从天而降，稳稳落在了船头。

船夫被卫子辰的身形惊呆，他还从未见过如此好看的人。

卫子辰见颜月翎倒在船上，神情骤变，目光若刀地看向船夫。

船夫顿时觉得有种无边的寒意袭来，竟然有些恐惧。

他朝着河面上发出了鸟叫声，不一会儿工夫，自河岸边划出了十几艘船，将小船团团围住，每艘船上都站着几个手拿不同武器的水匪。

卫子辰似乎没有看见，只是一步步朝着颜月翎走去。

帮手都来了，船夫的胆子也变大了，狞笑着对卫子辰说："天堂有路你不走，地狱无门你偏闯，今天就送你们一块见河神吧！"

卫子辰抱起颜月翎，听到她的心跳声，这才抬头看向众人："算你们走运，她没有事，否则的话，你们今天一个都别想活着离开。"

船夫哈哈大笑："牛皮吹得也太大了，你也不打听打听，我们水寨在这条柳叶河上这么多年，有谁能动我们？"

"是时候为柳叶河除害了。"卫子辰说着从腰间抽出一柄软剑，目光依然冰冷。

卫子辰抱着颜月翎一步步地迈向其他船只，众人都被他的气势所震撼，无人敢开口，只是凝神静气地看着他，生怕他一剑刺向自己。

大约是气氛有点紧张，其中一个水匪手抖，手里的锤子落了下来，砸到了他身旁的水匪脚上，那人痛得惨叫一声，手里的鱼竿飞了出去，径自甩向了卫子辰。

鱼钩不偏不倚地钩住了卫子辰的衣袖，衣袖应声而破，他也险些摔倒。

众人都吓了一跳，生怕卫子辰突然发飙。

卫子辰摘下鱼钩，正待要继续往前走，却被船夫看出了破绽："这小子耍诈！"

说着，船夫撑着鱼竿飞身过来，卫子辰见势不妙，拔剑和船夫缠斗起来。

他本就武功不强，加上抱着颜月翎，更加难以出手，很快就被船夫压制。

船夫冷笑一声："你这小子是哪个戏班的？戏演得真不错，差点把我们都唬住了。"

卫子辰心中叫苦不迭，表面却云淡风轻："今天是河神诞辰，我只是不想杀生罢了。"

"河神诞辰？"船夫一愣。

卫子辰继续忽悠："正是，河神管天下之河流，今日乃是他的诞辰，不可污秽河水，否则河神发怒，后果不堪设想。"

船夫将信将疑："我怎么没听说过？"

卫子辰惊讶："你靠水吃饭，难道不祭河神吗？"

船夫有点含糊，这种事没听过之前百无禁忌，若是听说了，犯了忌讳心里就很难过得去。

"既是河神诞辰，那我就带你们两人回去，回头再处置！"船夫作了决定，宁可信其有不可信其无。

卫子辰往后退了两步，站在船头对他道："我警告你，如果你敢动我们，我们就跳下去淹死！到时候河神会把这笔账算在你们头上的！"

一众水匪很震惊，傻眼道："你自杀关我们什么事？"

"若不是你们苦苦相逼，我们怎么会跳河？"卫子辰振振有词道，"到时候我还要向河神告你一状！以后你们只要在这条河上，就让你们翻船！"

一阵大风吹了过来，船只都晃了晃。

水匪们都是靠水吃饭的，忌讳很多，原本不坚定的心，有些动摇。

"老大，要不算了吧？"有人小声提议道。

"我听人说过要是得罪了河神，河面不再平静，船只永远都在逆流，永远到不了要去的地方。"另外一个水匪说道。

一众水匪纷纷赞同。

船夫想来想去："今天给河神一个面子，放你们走！"

卫子辰大喜，却摆出一副"饶了你们"的模样，对他们道："等下，留个人划船送我们到轻云山庄。"

船夫大怒："你小子别太过分啊！"

卫子辰一脚踏在船沿上，非常无赖："要么你自己和河神谈谈？"

"老大息怒！"其中一个水匪急忙拉住船夫，"大事要紧！我去，我去！"

船夫带着一众水匪恨恨离去，只留下其中一个水匪乖乖将他们送往了轻云山庄。

一路上，卫子辰小心地将颜月翎抱在怀中，她呼吸均匀，睡得很沉，身上的衣服半干，卫子辰怕她受凉，脱了外袍罩在她身上。

还好她没有受伤，卫子辰长舒了一口气，将她抱在怀中。

那箱东西不过是一箱旧衣物，但是轻云山庄的人却很感激："这是家里亲人的旧物，一直无法拿到，多谢你们帮我送来。"

卫子辰接过酬劳，背着还在昏迷的颜月翎又上了船。

颜月翎悠悠地睁开了眼，却见四周非常眼熟，雕花拔步床外罩着银丝暗纹绣帐，这分明是卫子辰的床。

她明明记得自己和水匪在船上激战，怎么会回来了？难道那只是一场梦？可是身上挨打的地方真的好痛啊。

颜月翎吃力地翻身起床，却看见卫子辰躺在不远处的躺椅上。

"你终于睡醒了？"卫子辰闭着眼睛问道。

"我睡着了？"颜月翎很怀疑。

卫子辰冷哼一声："颜女侠如今本事真大，连水匪的地盘都敢踩。"

"我不知道……"颜月翎有点心虚。

卫子辰睁开眼睛望向他："谢慕容自己不去却叫你去？"

"他不是不舒服吗？"颜月翎说。

"舒不舒服的不知道，反正秦姑娘门外一直有个随叫随到的佣人。"卫子辰眸色暗沉，浑身隐隐透出杀意。

颜月翎张大了嘴："他不会自己不敢去，骗我去吧？"

颜月翎不敢相信谢慕容居然能做出这种事："他虽然变了，但不至于这么坏吧？这么做对他有什么好处呢？"

卫子辰拿出了一锭元宝摇了摇："这就是好处。"

"为了银子？"颜月翎不敢相信，"就为了这五十两银子出卖我吗？"

"人性是很复杂的。"卫子辰的眼里满是愠怒，"谢慕容这小子一直在利用你，打着谢家未来的名义让你为他卖命。现在为了区区五十两居然敢算计你，我看他是活腻了。"

卫子辰往门外走去，被颜月翎拉住了衣角："师父，算了，我们回去吧。"

卫子辰站住，暗自深吸了一口气，用平静的口吻问道："回霁月镇？"

"嗯。"颜月翎点头，"回卫颜派。"

卫子辰心中狂喜，却不动声色地问道："回去可就不能再出来了。"

"好。"颜月翎点点头，"我们回家。"

"好，等你好了，我们就走。"卫子辰的嘴角止不住上扬。

他伸手将她的头埋在自己胸口，长舒了一口气，那颗飘飘荡荡的心终于落定，终于等到了她回心转意。

一墙之外，秦罄久久伫立在门外，心情很复杂。

那日卫子辰追着颜月翎出去的时候，她一时好奇也跟了过去。

她的脚程不如卫子辰，到了码头，卫子辰的船已然前去，她紧追其后，目睹了卫子辰救颜月翎时的模样。

夕阳的余晖落在他的身上，他怀中抱着颜月翎，宛若神魔在世。

那一刻她明白了，卫子辰心中最重要的人是颜月翎。

她的心里有种微妙的嫉妒感，每个人都夸她美貌，都说喜欢，却没有一个人像卫子辰对颜月翎那样对她，刀山火海在所不惜。

她更想得到卫子辰了，想要他也这样深情地对待自己。

可是他却不要她，只想守着颜月翎，该如何摆脱颜月翎呢？

秦瓓没有主意，她从来不会为别人花费太多心思，只需要一个眼神，别人就会自己奉上。前些日子，她的小心思都是照葫芦画瓢地对卫子辰使用，收效甚微。

如今他们居然要走了！时间着实紧迫，她若是想跟着去卫颜派，只怕更加困难。

秦瓓在院子里转了一圈，又回到了谢慕容为她准备的贵妃靠上倚着，心里一阵烦闷。

"秦姑娘，你在想什么？"谢慕容守在秦瓓身旁一个时辰了，秦瓓连一个眼神都没给他。

秦瓓被谢慕容打断思绪，眉心紧蹙，不耐烦地起身离开。

谢慕容紧随其后，讨好地说："秦姑娘，我刚买了些点心，你要不要试试？"

秦瓓摇头，谢慕容又问："那水果呢？草莓刚上市，个大味甜。"

秦瓓嫌他聒噪，正待要让他闭嘴，却看见卫子辰在不远处的屋檐下忙碌。

秦瓓脚下生风直奔卫子辰面前，含情脉脉地看着他。

卫子辰头也不抬，拿着药杵捣药："麻烦让让，别挡我的光线。"

秦瓓蹲了下来，仰头看着他。卫子辰的手停住了，立即护住药钵，生怕她对药下手："有事？"

秦瓓含情脉脉望着卫子辰，卫子辰扫了她一眼，继续专心捣药，药渣飞溅，弹到她的脸上。

秦瓓只得捂着脸起身，一旁的谢慕容看不下去，骂卫子辰："你动作轻点，都弹到秦姑娘脸上了！"

卫子辰丝毫不在意，垂眸细心碾药，一心只记挂着如何熬药。

秦鳘不死心，她今天穿着郁夜莲送她的新衣，头发也梳成了最新的同心髻，遍插珠翠，按照谢慕容的说法，她比宫里的皇妃还要美。

他怎么能视若无睹呢？

秦鳘拍了拍谢慕容的二胡，谢慕容见她需要自己，忙拉响琴弦。

秦鳘没有说话，而是跟着乐曲声跳起了舞。

她虽不太会跳舞，但是也知道自己只要随意扭动身躯，那就是绝美的画面。

谢慕容的鼻血都快喷出来了，这也太美了吧！现在就是要了他的命，他也愿意！

卫子辰眉头揉成了一团，端起药钵就走。

琴声骤然停止，谢慕容怀疑卫子辰是有什么大病，这么美的舞蹈，皇帝都未必能看见，他居然嫌吵？

走了几步，卫子辰又顿足对两人道："月翎在睡觉，你们要折腾离我这里远点。"

秦鳘听到这句话，仿佛被击中了一样，看着卫子辰远去的背影。她作为"武林第一杀器"，唯独对他失效，这激起了她的征服欲，她越来越想要征服他。

谢慕容既不傻也不瞎，他看出秦鳘对卫子辰的心思，嫉妒之火熊熊燃烧，恨不得除掉卫子辰，但是理智告诉他，若是这样，就永远没有机会得到秦鳘了。

眼下，得让秦鳘知道他很有用。他按捺住嫉妒，假装向她献策："秦姑娘，我有一样东西，卫公子定会欢喜。"

谢慕容拿出了一只很早之前准备的兔子挂坠，工艺不算考究，胜在可爱。那时候他还想着把这个送给颜月翎，讨她欢心，最好两人能有所发展，可是秦鳘出现后，他便将这事抛在了脑后。

秦鳘有点怀疑谢慕容的话，但是谢慕容赌咒发誓地保证卫子辰会喜欢这份礼物。

秦鳌思量再三，还是带着这只兔子找到了卫子辰。

卫子辰正在熬药，见她递了兔子来，疑惑地看了一眼："给我？"

秦鳌粉面含春，微微颔首。

卫子辰迟疑了片刻接过兔子左看右看，甚是不解为何秦鳌会送他这种东西，莫非是为了道歉？这手工看起来不咋样，也不怎么值钱。

反正即将离开谢家，没必要再多牵扯些麻烦，他便收了下来，端着药去找颜月翎。

颜月翎的病不重，只是那天落水后受了点风寒，卫子辰却大惊小怪死活不肯让她起床，每天熬药喂饭，忙活得紧。

颜月翎虽然不习惯，心里却也觉得很开心，仿佛回到了小时候，他总是尽力在照顾好她。

她记得有一次两人流浪在外，无处安歇，便睡在了树下。

卫子辰睡在树枝上，让她睡在树下。

一觉醒来时，她抬头看见卫子辰整个人将她罩在身下，她身上连片落叶都没，而卫子辰的身上却落满了枝叶和露水。

"药好了。"卫子辰将药端到了床边，舀了一勺仔细吹了吹，这才送到她嘴边。

颜月翎苦着脸喝了一口，这药真是太苦了。

卫子辰又拿了几样甜腻的糕点给她："喝完药就吃。"

颜月翎知道，这是他最大的让步了，他平时连这些点心都不让她碰。想起他如此在意颜值，颜月翎心里又打了几分鼓，算了，从今往后也少吃这些吧。

她没有喝药，却看见那只放在一旁的兔子，不禁好奇地拿起来看了两眼："这是哪里来的？"

"你喜欢？"卫子辰问道。

"挺可爱的。"颜月翎越看越觉得可爱。

"那你收着吧。"卫子辰随口道。

颜月翎笑眯眯地说："谢谢师父。"

卫子辰瞄了一眼她，只见她面露欢喜，到底还是个少女，对这些可爱的东西没什么抵抗力。

他暗自决定，回去的时候，给她买一百个不一样的玩具，最好的那种！

第十章 身世之谜

过往是假的,记忆是假的,卫子辰也是假的。

第二天一早，秦矕兴冲冲地去找卫子辰，只刚出门就看见了颜月翎。

秦矕自从知道了卫子辰的心上人是颜月翎之后，便会多看她两眼，想找出她吸引卫子辰的缘由。

只一眼，她便看到了颜月翎身上挂着的兔子，异常扎眼。

秦矕仿佛被人扇了一记耳光，脸上火辣辣的疼，她想也没想径自冲到颜月翎身旁，拽下了那只兔子。

颜月翎莫名其妙："你抢我兔子干吗？"

秦矕气得要命，却无法开口说话，拿着兔子就走。

颜月翎忙追了过去："把我的东西还给我。"

她抓住了秦矕的衣袖，却被秦矕反手拍了一掌。

闪避开后，她也不客气地向秦矕出手。

两人交战了一会儿，秦矕便落在了下风，本来她武学修为就不高，加上也不勤勉，自然比不上颜月翎。

就在这时，谢慕容提着二胡出现了。

他等的就是这个时候，他要在秦矕面前好好表现一番。

秦矕软下身子，一改之前的气势，以绝美的姿势跌倒之地，不胜娇弱地掩着口。

谢慕容二话不说，冲上前去对着颜月翎出手，同时还不忘关切地问秦矕："秦姑娘，你没事吧？"

颜月翎惊呆了，她没想到谢慕容居然会对她动手。

"谢慕容，我真想不到你是这样的人。"颜月翎掩饰不住失望，"我没有对不住你吧？"

谢慕容哪里听得进去，一心只想捂住颜月翎的嘴，出手更狠，招招都往致命处攻击。

颜月翎虽然武功不比他差，可是这几天她受风寒并未好转，气力不够，而谢慕容却拿出了全力对付她。

就在她快要招架不住之时，一道白色身影飞入，一脚踢中了谢慕容的胸口,谢慕容吃痛地翻滚在地。

谢慕容没想到卫子辰居然这么可怕,上回交手胜了卫子辰之后,他便不把卫子辰放在眼里,没想到卫子辰出手这么狠。

卫子辰浑身散发着迫人的杀意,冷冽的目光盯紧了谢慕容。

谢慕容心里一阵恐惧,眼前的卫子辰和他印象里那个爱美耍酷的男子完全不同,仿佛一尊修罗菩萨,人挡杀人佛挡杀佛。

他半蹲在地上,汗水浸透了他的衣裳,他不敢起来,只怕自己稍稍一动就会死于卫子辰的剑下。

他后悔极了,万万没想到卫子辰居然是这样的人,想来也是,卫子辰能毫发无损地将颜月翎从轻云山庄带回来,那绝不是简单的人物。

院子里面乱成了一团,就在这时,来送东西的郗夜莲看见了眼前的一幕,顿时误会了:"你竟然敢对卫子辰下手!"

郗夜莲一挥手,身后出现了一队人马,飞快地冲向两人,迅速将他们分开。

郗夜莲非常生气,指着谢慕容,吩咐道:"打他!"

所有人拉住谢慕容的手脚,对他一顿揍。

谢慕容很郁闷,高声喊道:"秦姑娘,秦姑娘,我这都是为了你啊!"

而秦鏧却早已不知所终。

郗夜莲上上下下地将卫子辰打量了好几遍,卫子辰被她看得发毛:"郗老板,你在看什么?"

"我看你有没有损伤。"郗夜莲很心痛,"这么完美的肌肤要是多了伤痕可就糟糕了。"

"我没事。"卫子辰拍了拍身上的灰尘。

"你要的东西我找到了。"郗夜莲拿出一只木箱,箱子里面装满了武功秘籍,接着又拿出了一柄剑,"此剑名为长相守,剑身乃是用玄铁打造。"

郗夜莲抽出了剑,剑身寒光点点,吹毛断发,确实是一柄好剑。

卫子辰眼前一亮，接过了剑便去寻找颜月翎，却发现她已不知所终。

"还有件事，你上次让我查的事，我已经有了眉目，估计今天晚上就能知道了。"郗夜莲说道。

卫子辰拱手道谢："多谢郗老板。"

阳光很暖，桃花开得如雾一般，万舟镇上的一切平静而美好。

除了颜月翎。

再也没有比今天更糟糕的日子了。

"在发什么呆？"一只温软的大手落在了她的头上，就势揉了揉。

"师父。"颜月翎微微一愣，她特意躲到了一个无人的角落里，没想到卫子辰居然找到了她。

卫子辰淡淡扫了她一眼，小脸虽然皱巴巴的，但是没有泪痕。

"伤心了？"

"我没想到他居然是这样的人。"颜月翎低下头，脚尖不断地踢着一块小石子。

"他本来就是这样的人。"卫子辰一想起谢慕容，怒意再次蔓延，他又审视了颜月翎一遍，"你受伤了吗？"

颜月翎摇头："没有，秦姑娘的武艺也一般。"她顿了下，拿起那只兔子问，"她为什么说兔子是她的？"

卫子辰有点心虚："昨天她塞给我的。"

颜月翎生气地将兔子塞进了卫子辰的手里："她送给你的东西，你干吗要给我？"

卫子辰赶紧解释："我以为她是为了道歉，这也不是什么值钱的物件，就随手收了。"

颜月翎冷冷道："她凭什么道歉？难道还是谢慕容让她送的？"

卫子辰眉头一挑，仿佛被点透了："原来如此，果然是谢慕容在搞鬼。"

颜月翎一头雾水："什么意思？"

"谢慕容知道这东西一定会落到你手里，而秦颦是个骄傲的人，她怎能容忍自己的东西被转手他人，到时候纷争难免，谢慕容就可以顺势向她表忠心，从一开始他就是为了讨好秦颦设计好了一切。"卫子辰的怒意更甚，若非刚才不是郁夜莲派人揍了谢慕容，他肯定要了这家伙的狗命。

颜月翎惊愕不已，没想到这件事如此复杂。

"谢慕容居然是这样的人。"

"你以为他是怎样的人？"卫子辰想起颜月翎之前一直帮助谢慕容，有点生气，不动声色地望着她。

"我以前刚认识他的时候，觉得他很像我，一直很努力，却没有什么结果。"颜月翎歪着头想了想说。

卫子辰面无表情地问："只是因为你觉得他像你？不是因为别的？"

"对啊，还能有什么别的？"颜月翎揉搓着鼻子抱怨道，"要不是你不肯努力，我也不至于这么辛苦。"

卫子辰心头一松，所有令他心底感到不安的怀疑揣测全都烟消云散："师父答应你，以后努力点。"

"哼，我才不信呢。"颜月翎撇撇嘴道。

"真的……这是我给你的礼物。"卫子辰将木匣递给她，眼波温柔道，"生辰快乐。"

颜月翎又惊又喜，她都忘了今天是她的生辰，接过木匣一看，里面摆着一沓厚厚的武功心法，还有一把长剑。

"这是真正的心法大全，不是那种杂牌书。"卫子辰笑道。

颜月翎抽出长剑，立即感觉到这和她平日用的剑完全不同，剑身透着寒意，吹发可断。

"这把剑很贵吧。"

"也还好，就值几十瓶桃花露吧。"卫子辰掰着手指算了算，他不肯白拿郁夜莲的东西,就和郁夜莲做了一笔交易。

"桃花露?"颜月翎疑惑地问,"你要开胭脂铺了?"

卫子辰点头:"就知道瞒不过你,郁老板说要以我的名义开胭脂铺,到时候我们赚的钱五五分账,以后我们就不会缺钱了,你想做什么都可以,再也不用去赚钱补贴家用了。"

颜月翎很感动:"但是胭脂铺真能赚到钱吗?"

卫子辰冷哼一声道:"江湖上不知多少人都想要我的美颜秘方呢!"

"这么多年了,终于要见到回款了。"颜月翎感动得要落泪,抱着卫子辰的腰,仰着头笑道,"师父,我们回霁月镇吧。"

卫子辰笑容温暖,摸着她的头发,轻轻点头:"好。"

一阵风吹来,桃花散落,落在了两人身上。

师徒二人一起回到谢家,打算收拾行囊马上离开谢家。

刚进门,就看见郁夜莲在门口候着。

颜月翎很好奇:"郁老板,你怎么在这里?"

郁夜莲的神情和平日里不同,她看了一眼颜月翎,对卫子辰说:"有些事,我需要和你单独谈谈。"

卫子辰心领神会:"是开胭脂铺的事吗?"

郁夜莲点头:"没错。"

"那你们聊吧。"颜月翎说,"我先回屋收拾东西。"

颜月翎离开后,郁夜莲没说话,只是神情古怪地盯着卫子辰。

卫子辰咳了一声:"郁老板,我没受伤,连头发都没掉一根,你可以说话了。"

"我今天得到了两个消息,第一个是关于谢慕容的,他不是谢家人。"郁夜莲说,"他原本只是个街头的地痞,在外省生活,后来也不知道从哪里搞来了谢家的东西,来了这里冒充谢家人。"

卫子辰微微颔首:"和我猜测的差不多,实在是破绽百出。第二个消息是什么？"

"第二个是关于曾经的武林第一世家霍家的事。"郗夜莲说。

"霍家的事和谢慕容没有关系。"卫子辰的目光不经意地扫过郗夜莲，不自然地站直了腰，淡淡地说，"他不是谢家人。"

"霍家是整个武林的传奇，到了这一代，更出了一个天纵奇才，名叫霍逐影，传说霍逐影的武功超越了每一代家主，然而这个人却在八年前失踪。巧合的是，这个人失踪不久后，谢家就离奇地被灭了整个宗门。"郗夜莲的目光盯紧着他。

卫子辰牵起嘴角道："这两者联系起来也太过牵强附会了。"

"我原本也是这么认为，"郗夜莲说，"可是那一年，还有个江湖宗门也被灭门，传说中那个宗门是被谢家人所害。这个宗门被害之后没多久，谢家就没了。"

卫子辰眉头微微一皱："我对谢家的过去不感兴趣，更不会替他们复仇，你要不去找谢慕容说说这段过去，以后他骗人的时候，故事会更真实点。"

"你就是霍逐影对不对？"郗夜莲单刀直入。

卫子辰看向了郗夜莲："郗老板，你都说了那霍逐影武功第一，我的功夫你又不是不知道。"

"那个被谢家所害的宗门姓'颜'，和颜月翎同姓。"郗夜莲说，"这天下巧合的事很多，但是太多巧合就不再是巧合了。"

"郗老板……"卫子辰刚要说话，却察觉身后有人，回头看时，却见颜月翎不可置信的眼神。

卫子辰心头一慌，刚要解释："月翎……"

颜月翎却捂着头蹲在地上一言不发，她面色苍白，满头是汗，仿佛被什么重击了一样，片刻之后，软软地倒在了地上。

八年前。

江湖第一排名的霍家。

这是整个江湖人的梦想。

霍家的每一位家主都是武林第一高手，无人可及。

十二岁的霍逐影站在祠堂前，准备向哥哥霍逐光挑战。

霍逐光比他大四岁，是难得一见的天才，未来的霍家家主。

霍逐影从小就听到大家对霍逐光的赞美之词，连母亲都认为霍逐光是最能干的。

他小小年纪便生出了好胜之心，要想和哥哥一较高下。

霍逐影悟性极高，又肯下苦功夫，武功进步神速。十二岁那年，他决定挑战霍逐光，希望能得到母亲的夸赞。

那一天，他们打得日月无光，从早上一直打到了深夜，他虽然年幼，但终究还是胜了哥哥一筹。

他满怀喜悦地向母亲报喜："娘，我打败哥哥了！"

母亲却神色大变，狠狠打了他一记耳光。

霍逐影茫然不解，不知道母亲为什么要打他，那一记耳光很痛很痛，比练功受伤时都要痛。

后来他才知道，按照霍家规矩，挑战赢了的人可以当上家主，而输掉的人却只能自废武功，离开霍家。

霍家只要强者，不要失败者。这也是霍家一代代能够独霸武林的原因。

他打败了哥哥，就意味着哥哥要自废武功离开。

他不想看到母亲伤心哭泣，也不想看到哥哥绝望的眼神。

就让他来承担这一切吧。

他按照霍家的心法封住了武功，在一个清晨悄悄地离开。从此世上就没有了霍逐影，而多了一个卫子辰。

离开霍家之前，卫子辰并不知道原来生活如此艰难。

他才十二岁,没有了武功,想要混口饭吃非常困难,仗着从前练功时留下的那身腱子肉,干起了苦力。

每天和大人们一起扛一样重的沙包,却只能拿一半的钱。

累得满手是泡,饭也吃不饱。

就在他饿得半死之时,突然有人端来一碗热气腾腾的羊肉汤,还有两个包子。

卫子辰顾不得许多,风卷残云般地吃了起来。

"娘,他好脏好丑哦。"一个小女孩的声音传了过来。

卫子辰循声看去,只见送他食物的人乃是一个三十上下的女子,穿着朴素,腰上挂着佩剑,看起来像是武林中人。女子身旁站着一个玉雪可爱的小女孩,正好奇地打量着他。

"月翎,不可以这样说话!"女子呵斥道,"娘和你说过多少回了,不可以以貌取人。"

颜月翎撇撇嘴,不敢和母亲犟嘴,只是偷偷对卫子辰做了个鬼脸。

颜母和颜悦色地对卫子辰说:"小女年幼,不懂事,请别放在心上。"

卫子辰笑了笑:"不妨事的。"多少人都把他当成乞丐,嫌他脏臭,躲着他走。

颜母又问道:"你小小年纪怎么流落街头?你的家在哪里?要不我送你回去?"

卫子辰心中一阵刺痛:"我没有家。"

颜母吃了一惊,看他的眼神更加心疼:"原来如此。如果你无处可投的话,不如先到我家去待些时日?"

卫子辰很警惕,江湖上也时常有些人贩子,他不敢轻信:"不必了。"

"唉,你小小年纪就流落江湖,实在是可怜。"颜母也看出他的提防,拿出一只荷包递给他,"这里面有些碎银子,你拿去买些干净衣裳和吃的，找个好地方落脚，如果你实在无处可投，你可以到风月山庄来找我，我是颜家人。"

卫子辰犹豫再三，还是接过了银子，并道了声谢。

"你一个人在外千万要好生注意，"颜母千叮咛万嘱咐，满眼心疼，"造孽啊，要是你娘亲看到你这样，只怕会心疼死了。"

卫子辰心头一颤，母亲若是看见他这样只怕也会无动于衷，她的心里只有大哥。

想想自己在外面这么混下去也没什么意思，就算对方是个人贩子，也可以吃两顿饱饭，将来做个饱死鬼。

"我跟你去。"卫子辰开口道，"去你们颜家。"

风月山庄。

这里和霍家完全不同。

卫子辰自进了颜家后就感觉到了，这里不像是武林宗门，气氛过于和谐。

山庄内景色宜人，不像其他武林宗门到处都设置了练武场，这里大多是优美的景色。

颜母最爱桃树，颜父便命人将山庄里种满了桃树，花开时节，桃李缤纷，整个山庄都裹在粉色的花雾里。

每个人的眼神都没有戾气，更无竞争之意。

他看得出来，颜家人武艺平平，而且都不勤勉习武。

他着实诧异，霍家所有的人都在拼命习武，生怕浪费一刻工夫。

可是颜家人却沉迷在那些无用的东西上，看书、喝茶、钓鱼、下棋、画画。

他不禁为颜家人感到担忧："你们这样怎么御敌啊？"

颜父乐呵呵地笑道："我们颜家在江湖上一向行善积德，没有仇家，又何来御敌？"

颜父所说不假，颜家在江湖中素来以公正公允、行善积德而闻名，若有不公处，自有颜家人在，在江湖中享受"武林包青天"之名。

然而，善良正义若是没有自保的能力也就意味着更大的危险。

像颜家这样有名却没有很强实力的门派，是无数想要扬名立万的人眼中的肥肉。

卫子辰被颜父的天真所震撼。

但他一个外人，也不好说什么，只是想办法让颜月翎练武。

颜月翎小小年纪，对习武之事并不感兴趣，卫子辰苦口婆心地劝她："你现在不好好练武，万一坏人来了怎么办？"

颜月翎很天真："有爹娘在呢，我才不怕。"

"他们要是打不过怎么办？"卫子辰问道。

颜月翎不相信，她小小的世界里，爹娘就是最厉害的人，怎么会有爹娘打不过的人呢？

然而，爹娘打不过的人真的出现了。

那是她一生挥之不去的噩梦。

那个原本籍籍无名的谢家，想要踩着颜家的血肉扬名立万。

只要出名就好，哪怕是恶名，也足以让人惧怕。

这是江湖人的生存法则。

谢家人先是悄悄下毒，而后再上门屠杀。

往日温馨的家瞬间变成了人间炼狱，颜母拼死护着颜月翎逃走。

卫子辰恨极自己封住了武功，然而他除了带着颜月翎逃走，也别无他法。

颜母临死之前握着他的手，将颜月翎托付给他："让她忘记这些，好好过日子。"

卫子辰狠狠心，按照颜母的嘱托，封闭了颜月翎的记忆。

颜月翎醒来之时，他出现在她面前，假装刚刚认识。

"你好，我是卫子辰。"

……

颜月翎不想睁眼,多年尘封的记忆席卷而来,这些年里在梦中都未曾看清过父母的模样,如今终于清晰。

眼泪不停地往外流,她竟像个傻子一样快乐了这么多年。

原来这一切都是假的,都是卫子辰给她编织的梦。

她欠下的眼泪和悲伤,终究都要还。

"月翎,"卫子辰轻声唤她,"起来吃点东西吧,做了你最喜欢的小酥肉。"

颜月翎没有应声,她只想和梦中的母亲多聚一会儿。

卫子辰轻叹一声,万万没想到郁夜莲会查到这些,更没想到颜月翎会听见。

当初他封闭了她的记忆,带着她到处游历,就怕她想起这些。

可命运注定,无法逃避,她还是鬼使神差地来到了这里,进了谢家。

"你的仇早就报了。"卫子辰说,"谢家早就没了,谢慕容也不是真的谢家人。"

"你既然早知道这一切,为什么不阻止我?"颜月翎想起之前自己为了谢家而努力,就好像无数的耳光打在脸上。

"我想带你回去,但是你不肯。"卫子辰苦笑一声,"我也不想你想起这些事,你娘亲希望你能忘了这些恩怨,快乐地过一生。"

颜月翎的眼泪不由自主地掉了下来,好恨自己的愚蠢,她无法将责任推卸给任何人。

"你真的是霍逐影吗?"颜月翎抬头问道。

卫子辰承认:"是。"

"那你为什么当初不救我们家?为什么不救我爹娘?"颜月翎红着眼睛抓紧他的衣袖泣不成声。

卫子辰心如刀绞,这八年来他并不好受,无数个夜晚辗转难眠,不止一次后悔过为什么会自废武功。

"我,我自废武功了……"

卫子辰艰难地将在霍家发生的事告诉了颜月翎。

颜月翎这才明白,他为何一直带着自己东躲西藏。

"月翎。"卫子辰擦去她的眼泪,柔声道,"你还有我呢,我们回霁月镇去。"

颜月翎没有说话,只是呆呆地看着窗外。

窗外的夜色正浓。

谢慕容趁着卫子辰不在的时候,偷偷溜进了颜月翎的房间。

颜月翎很意外:"你来干什么?"

"我不是谢家人!"谢慕容赶紧申明,"我以前其实就是个混混儿,有上顿没下顿的那种,后来遇见了一个老头,老头伤得挺重的,我看他可怜,就给了他一些吃的。他说他是什么江湖名门中人,问我要不要入他们家门派,还要传我家传武功秘籍,我本来混口饭吃不容易,听说有名门愿意收我,当然愿意了。后来,那老头很快就死了,我就按他说的找到了这里。"

颜月翎没有说话,这一切听上去那么荒谬,全是假的。

她连想为父母报仇都找不到对象。

"月翎,其实我的心里还是有你的,我一直都记得之前的事……"谢慕容故作深情。

"我不记得了。"颜月翎打断了他的话,那些过往她宁愿都忘记。

"不记得也没关系,你只要记着一件事,我真的真的不是谢家人……"谢慕容吞吞吐吐地说道。

颜月翎这才明白他的来意,他是怕她找他复仇。

颜月翎冷笑一声:"知道了。"

谢慕容误解了她的笑容:"还有,记得我的心里一直都有你……"

"谢慕容!"卫子辰推门而入,怒不可遏地看着他,"你来这里干什么!是不是想死?"

谢慕容急忙鼠窜,逃出门之前还不忘对颜月翎告白:"我的心里一直都有你的位置!"

"出去!"卫子辰追着谢慕容出去。

颜月翎看着这场闹剧,突然觉得万念俱灰,原来一切都是假的。

过往是假的,记忆是假的,连卫子辰也是假的。

这八年,她从未真正地活过。

她还是颜月翎吗?

还是只是个被卫子辰哄骗的傻子?他打着保护她的名义,骗了她整整八年,却从未问过她到底愿不愿意。

这样活着,好像很开心,但又有什么意义呢?

都是假象而已,她不是她,卫子辰也不是卫子辰。这一切都是他一手导演的一出戏,唯独骗过了她。

陡然之间,她心里有一股难言的滋味,她不愿意做他的傀儡,被他哄骗。

她宁愿痛苦清醒地活着,也不愿意被人欺瞒在幻境中像个傻子一样活着。

她是颜家的人,不是任人摆布的傻子。

颜月翎推开了房门,趁着夜色,悄悄离开了万舟镇。

为什么每次离家出走的时候,总会忘记带上盘缠呢?颜月翎很后悔,但是现在回去已经来不及了,只能大步往前走了,闯江湖嘛,哪有什么都准备好了才去闯的?

她还是很乐观的,只要找到集镇,有地方可以干活,她都不会被饿死。这些年武学修为练得不怎么样,但是生活技能绝对满分。老天饿不死瞎家雀,她肯定能活下去。

颜月翎先回到了风月山庄，那里却早已不是她记忆中的模样。

房屋早已破败不堪，到处都结着厚厚的蛛网。

唯有桃花一如往昔，茂茂叠叠，将整个风月山庄笼于花下。

当年颜家厚待众人，颜家出事后，不少人来替他们善后，将一众颜家人都埋在了山后的桃花林里。

颜月翎买来祭品，放在坟前祭拜。

消失的记忆再次浮现在眼前，颜家子嗣不丰，到了他们这一代，只有她一个女儿。

父母爱若珍宝，对她关爱备至，尤其是父亲，总是乐呵呵地抱着她说："其他都是浮云，人生那么短，爹爹就只想让你开心地过完这辈子，你想要做什么就做什么。"

别的武林世家的孩子三岁开始习武，但父亲心疼她，一直不让她习武，只让她在山庄里玩耍。

直到遇见了卫子辰，那是第一个叫她练功的人。

他忧心忡忡地提醒她要开始练功了，她很讨厌他。

父亲都不让她辛苦，他为什么要让她吃这个苦？

可是后来他一语成谶，那个大雪漫天的夜里，幼小的她心里生出悔意，倘若她勤奋习武，也许能保护家人吧？

即便后来她丧失了记忆，这个信念一直深深刻在了骨子里。

她怕自己不努力，就会失去所有挚爱的人。

她要拼命地努力，让自己变成最强的人，守护所有想要守护的人。

"爹，娘。"颜月翎轻轻抚摸着墓碑，眼泪一串串滑落，"我来看你们了。"

一阵风起，桃树摇曳，她仿佛看见了从前树下的身影正冲着她笑。

"我会好好的。"颜月翎擦去眼泪，"会按照你们说的，一直开开心心地活下去。"

船向东行驶了十天，停在了璃水城码头。

颜月翎朝着岸边一看，这里和别处的集镇不同，一看就是个很大的城池。

鳞次栉比的房屋上有大片的云朵飘过，阳光穿透厚厚的云层洒在街市上，街市上人头攒动，两旁挤满了卖各色货物的商贩，空气里散发着金钱的味道。

颜月翎决定就在此处下船，她撸起衣袖，打算先好好挣点钱。

璃水城果然繁华，城中人流如织，到处都是各种未曾见过的玩意儿，连糖葫芦的品种也比霁月镇多十几种，更别提其他的了。

颜月翎大开眼界，到处都看不够，恨不得能多生出几双眼睛来。

唯一痛苦的是，囊中羞涩。

她恨得直咬牙，那一两黄金若是在的话，她可以吃好多东西！

现在只能眼巴巴地看着别人吃。

肚子里的馋虫直叫，颜月翎决定先去找个地方上工，等赚了钱再吃也不迟。

颜月翎信心满满地去了最近的一家客栈，准备去应聘洗碗工之类的。

掌柜的看了她一眼问道："你是本地人吗？"

颜月翎摇头。

"不要。"掌柜想也不想地拒绝了。

颜月翎傻了眼："洗碗也需要本地人？"

"你知道我们这碗筷值多少钱吗？万一你打坏了，人跑路了，我上哪里找你去？"掌柜说道。

"不至于吧……"颜月翎觉得这掌柜有点毛病。

没事，此处不要，自有其他的地方要她，是金子迟早会发光的。

颜月翎信心满满地去了下一家，然而对方也拒绝了她。

颜月翎遭到就业以来最大的危机，跑了一整天，没有一个地方要她。

她不敢相信，这么大的城池，居然会找不到工作？！

夜幕降临,她蹲在路边看着满城的灯火,如星海闪耀,却没有一个能照亮她。

卖糖人看她可怜,给了她一根糖人,并告诉她城郊有间破庙,可以去那里暂时歇息。

破庙很旧,颜月翎刚一进庙门,就看到了当中摆着一口棺材。她吓了一大跳,本想离开,可是外面已经下雨了。

颜月翎大着胆子进了庙,走到棺材面前作揖:"无意打扰,实在是无处可去,请你多见谅……"

雨渐渐大了,破庙四处漏风,屋顶漏雨,只有棺材所在的位置没被淋湿,颜月翎硬着头皮站在棺材边,正打算和棺材再唠唠,却发现棺材居然是空的!

她心中惧怕,可眼见着风大雨大,天气越来越冷,索性爬进棺材,躲在里面。

她又累又饿,很快睡着了。

醒来的时候,她觉得有点不对劲。

外面似乎有些响动,她连忙起身打开棺材盖,就听到一声惨叫:"有鬼啊!"

颜月翎被尖叫声吓了一跳,低头一看,只见棺材面前跌坐着一个人,面色惨白,浑身瑟瑟发抖。

颜月翎站了起来,那人吓得连滚带爬往外跑:"救命啊!"

颜月翎忙喊道:"我不是鬼!"

那人半信半疑:"你不是鬼?那你为什么在棺材里?"

"我没地方待,就在这里睡了一晚上。"颜月翎跳到那人面前,"你摸摸我的手,是不是热的?"

那人大着胆子摸了下她的手,发现真是活人后,松了口气:"我还以为大白天闹鬼了呢!你这小姑娘胆子也真大,居然敢睡在棺材里。"

"要不是没地方待,谁想睡棺材?"颜月翎想起自己的处境就发愁。

那人打量了一番颜月翎："你没地方去吗？我倒是有个地方可以推荐你去。"

"好！"颜月翎两眼放光，太好了，总算有地方吃饭了。

经历了许多事后，她总算长了个心眼，问："你为什么要帮我？"

"我帮你也是帮自己。"那人毫不避讳，"实话实说，正好对方要找丫鬟进门干活，我能拿点抽成，都是为了生活嘛。"

颜月翎抬头看着大门上斗大描金的"无极宗"三个字，生出了一丝悔意。

她万万没想到，无极宗居然就在璃水城，更没想到要找丫鬟的人家就是无极宗！

她想立即转身离开，可是肚子却不争气地叫个不停。

宗门这么大，郗夜莲短期应该也不会回来，天大地大，吃饭最大，先混几顿饭吃再说。

那人带着她见了管家，管家问了她两句话，见她手脚俱全也很机灵，便顺手给了那人一小吊钱，让颜月翎进了门。

颜月翎看那人拿着钱美滋滋地离开，心里一阵纠结，早知道她自己来了，说不定这吊钱还能归她呢。

第十一章 此间无极

可恶,是谁想要害我这个与世无争的美少女?

无极宗果然是江湖排名第一的大门派，气派非常。

房屋无数间，上下里外四间大院子，另外还有一座藏经阁和一座藏宝阁，藏经阁里面收罗了天下所有武功绝学的秘籍，藏宝阁之中则广纳天下名器。

颜月翎看得眼热，这都是她做梦想得到的东西啊。然而她却不能靠近，被派去东院做粗使丫鬟，做些搬搬抬抬的粗活。

日子并不难熬，无极宗对待下人很宽厚，活不重，伙食也不错，还给几身衣服，除了不准偷学武功，规矩也不多。

她干活很利落，闲的时候会偷偷看人家练功，拎着两个水桶站在练武场旁边足足能走一个时辰，实在拖不过去了才离开。练武场上几个家传弟子都以为她对他们有意思。

颜月翎用心记下了一两招，趁着夜深人静的时候练习。

这天夜里，同屋的几个丫头都睡着了，她照例悄悄出门练功。

为了不被人发现，她会趁着夜黑人静的时候去旁边一个无人的院子里。

她观察了好几天，这个院子里一直都很安静，没有人进出。

她不明白无极宗为啥会有一个没人住的院子，转念一想，兴许这就是有钱人的爱好吧！

颜月翎偷偷摸摸地溜进了院子，院子里面空无一人，四周的房间里面也没有灯火，可以放心大胆地练功了。

万籁俱寂，正是练功的好时候，她闭上眼睛开始回忆白天偷学到的招式，随着回忆开始施展。

摆弄了好一阵子，总觉得哪里不对劲，但是又想不起细节。

要是师父在就好了，他肯定立即知道是哪里不对。

不行，不行，不能再依靠他了。

她摇了摇头，努力回忆白天看到的招式。就在这时，她听到了一点动静。

夜深人静，这声音显得格外瘆人。

颜月翎汗毛都竖起来了，拔腿就想跑，可眼睛一瞥却发现了一个奇怪的人影缩在回廊的柱子后面。

完蛋，被人发现了！

颜月翎心里一阵难过，她上哪里再找个像无极宗一样的地方呢？

慢着，如果能说服那个人不告发她呢？

颜月翎停下了脚步，径自朝那人走去。

她刚走进，那人立即往后退。

颜月翎追，他便往后躲，两人在回廊里面追逐着，始终追不上。

颜月翎累得气喘吁吁，没想到这个人居然这么难追，她看准了时机猛然停了下来，朝着相反的方向跑去。

那人吓了一跳，颜月翎一把揪住了他的衣袖："你跑什么啊？我快累死了。"

那人似乎被吓傻了，僵在原地。

颜月翎打量了他一眼，他个子很高，长相俊朗，五官线条若雕塑一般，穿着一身月白色的衣裳，满脸惊恐地看着她。

"你害怕？"颜月翎试探着问他。

对方不回答，只是感觉更加惊恐了。

"害怕就好。"颜月翎的一颗心放回了肚子里，既然害怕，说明他也怕被人抓住，那么他肯定也不是郗家人，这样一来她的饭碗就保住了。

"你是谁？怎么在这里？"颜月翎反客为主地询问道。

对方还是不开口，额角上渗出了一滴汗，颜月翎见他害怕得紧，忙安慰："你别怕，我不会告发你的，你实话同我说好了。"

见他依然不开口，颜月翎便开始猜测："你是干什么的？来这里做什么？这院子里面没人，难道你是来偷东西的？"

对方连忙摇头，颜月翎继续猜测："不是偷东西，你大半夜跑到这里干什么？"

那人不说话，只是盯着她，意思很明显——你大半夜在这里干什么呢？

颜月翎干咳一声："我，我是在练功，白天又不能练……莫非你和我一样，也是无极宗的下人？也是半夜偷偷练功的？"

那人挠了挠头，既没点头也没摇头。

颜月翎撇嘴道："唉，无极宗真的挺好的，待遇不错，就是不让练功这条太不厚道了！我们也有练功的自由嘛！你放心，既然我们同是天涯偷师人，我一定不会出卖你的，你以后只管来这里练功，我们还可以分享所学呢。"

那人听她自说自话了半天，终于点了点头。

"既然我们已经达成了一致，那就这么说定了。"颜月翎很开心偷师路上多了个伴，"对了，我叫颜月翎，你叫什么？"

那人想了想，从衣袖里掏出了几张纸，依次拿给她看。

颜月翎问道："阿霆？你叫阿霆？"

那人点点头，收回了纸。

颜月翎没想到他居然不会说话："好吧，阿霆，以后我们夜里就在这里见，我们约定一下，这是我们的秘密。"

她伸出了小指，阿霆傻傻地看着她。

"你不会拉钩吗？"颜月翎啧啧称奇，钩住了他的小拇指，"拉钩上吊，一百年不许变。好了，我们已经发过誓了，你要是敢骗我的话，你肯定会长胖的！"

阿霆愣了愣，从衣袖里面掏了半天，终于问了一句话："为什么会长胖？"

"因为食言而'肥'啊！"颜月翎叹气，"这都不懂，你到底是哪里来的？"

阿霆不好意思地低下了头。

"时辰不早了，我先回去了，明天晚上见。"颜月翎说完往前走了两步，想了想又回头和他说，"你记得从右边假山那里走，不容易被发现。"

阿霆站在原地没有动，见颜月翎离开院子后，他径自走进了其中一间房。

房间里面的东西不多，但每件都是上品，一色的黑檀家具，使的都是上等青瓷。

阿霆走到桌前坐下，桌子上摆着厚厚一摞洒金笺，每一张洒金笺都被裁成差不多的大小，他提起笔在纸上写下"颜月翎"三个字。

他俊俏的脸庞上浮现了一抹浅浅的笑意。

天还未亮，几个男仆出现在院子里面，安静地打扫卫生。

过了一会儿，他们安静地退了出去，一个穿着和他们不一样的男仆拎着食盒走了进去。

男仆将食盒放在门外，轻轻敲了三下门，就退到了院子外面。

男仆退出后，阿霆走了出来，阳光照在他脸上，显得越发苍白。他长得很俊朗，线条冷硬而立体，眼神却很温润。

阿霆拎着食盒进了屋子里，安静地吃饭，过了一会儿又将食盒放在门外，刚才的男仆照例来收走食盒。

男仆将食盒拎出去后，管家走了过来，问道："今天公子吃得如何？"

"比之前略多了些。"男仆将食盒打开看了看，略感惊奇，里面放的几道菜都动过了，"这么久以来，都没见他吃过这么多，今天公子好像心情不错。"

"那就好。"管家长长叹了口气，"如今大小姐一直在外面打理生意，老爷也不大管事，少爷这样子也不知道将来如何做郗家的掌门人。"

男仆安慰管家道："公子肯定会好起来的。"

"这都六年了啊。"管家唉声叹气，"别说我们，就连老爷也六年没见过他了，现在都不知道公子长什么样子了，大小姐要是和公子换换脾气就好了。"

男仆一时无言，作为公子郗夜霆的贴身男仆，他也六年没见过郗夜霆了。

第二天晚上郗夜霆等了好久，都没见颜月翎来，郗夜霆等得心焦，思来想去，决定出门看看。

他已经六年没有出过这个院子了，根本不知外面是什么样子。

走到门边几次，打开了房门，又合上。

开开合合无数遍后，终于走到了院门边。

手指搭在门上，掌心里全是汗，连额头上都沁出了一层薄汗。

他呆立在院门旁边许久后，一咬牙拉开了院门，院门外也是自己家，可他却觉得仿佛猛兽一般，一股冷汗冒了出来。

他还是不适合面对外面的世界。

他猛然退回院子里，关上了院门，不住地喘气，汗水顺着脸颊一滴滴滑落。

就在这时，颜月翎翻过院墙从天而降。

"抱歉抱歉，今天晚上有点忙，才干完活，来迟了。"颜月翎看了一眼郗夜霆不禁吓了一跳，他的面色苍白，额头满是汗，还喘着粗气，眼睛里仿佛泪光点点。

"你怎么了？被人欺负了吗？"颜月翎急忙问道，"谁欺负你了，告诉我，我去帮你报仇！"说着她拉着他当真要去揍人。

郗夜霆紧紧攥着她的手，纹丝不动。他既感动又内疚，她那么差的武功居然都想着要帮他报仇，而他却在担心她出事的时候，连出去找她的勇气都没有，复杂的情绪令他脸上的表情更加失控。

"你不会生病了吧？"颜月翎看着他的脸色不断变换，越发感到担忧。

郗夜霆越想越觉得羞愧，他一个堂堂八尺男儿，却比不上一个小姑

娘！他不禁加重了手上的力道，越捏越用力。

"……麻烦松下手，好痛……"颜月翎感到自己的手越来越痛。

郗夜霆松了手，颜月翎看了看手，肿了。

力气这么大，肯定没病。

郗夜霆手忙脚乱地摸出几个字摆在一起，颜月翎跟着念道："起……不……对？啊，是对不起啊，没关系，你人没事就好，练功吧！"

颜月翎时刻不忘自己的使命："今天太忙了，没时间去看人练功，你学到东西了吗？"

郗夜霆摇摇头，颜月翎想了想："那就复习昨天的吧。"

颜月翎一招一式地把昨天所学的武功练习了一遍。

她练得很认真，郗夜霆看得入迷，月光下，她英姿飒飒，仿佛一只小鹰。

他掏出纸片询问颜月翎："你为什么这么努力练功？"

"被人打怕了。"颜月翎拭去汗水，"想着以后能保护自己和自己重要的人。"

当年她若是听从卫子辰的话，早早练功，兴许可以保护颜家吧？

郗夜霆心中震撼，她年纪看着不大，却带着一股沧桑感，也不知经历过什么。

郗夜霆不擅长安慰别人，摆了一排字："以后我保护你。"

颜月翎摇摇头："谁也未必能保护得了谁，还是自己练好功稳妥些。"

郗夜霆闷头找字，又摆了一句话给她："武功再高有时也未必能保护得了自己。"

颜月翎不知郗夜霆的心头苦闷，只是淡淡地说："总之，我会很努力地成为一个武林高手。"

郗夜霆想了想，指着不远处的藏宝阁："那里有很多秘籍。"

"我也知道啊，但是进不去嘛。"颜月翎很郁闷，那里连无极宗的家传弟子都进不去,"何况偷东西是不对的。"

郗夜霆本想带着她进去,听她这么一说,也觉得不合适,毕竟那里也只有他和几个长老可入内。

第二天早上,颜月翎正要出门打水,就听到分管她的张嬷嬷过来嘱咐她:"你今天休息,不用干活了。"

颜月翎很高兴,反正闲着也闲着,于是捧着糕点兴冲冲地往练武场走去,无极宗的家传弟子们正在练武场习武。

她一边啃点心一边看着,心里偷偷将招式记下,准备晚上和阿霆分享。

正啃得欢时,突然一本书掉在她面前,她低头一看:《无极剑谱》。

她不禁吓了一跳,好家伙,听说过天上掉馅饼的,怎么会有掉秘籍的?

她拿起秘籍,连忙追上前面的人:"你的书掉了。"

那人却连连否认:"我没有书,别瞎说,不是我的。"

颜月翎心中纳闷:"这书如果不是你的,那是从哪里来的?"

"你管它从哪里来的?既然是你捡到的,就是你的了。"那人努力说完就一溜烟儿跑了,生怕被她追上似的。

颜月翎觉得此人很可疑,秘籍也很可疑。

她忍不住翻开看了看,居然是一本真秘籍!

这也太离谱了吧?

颜月翎本想将剑谱交上去,但是转念一想,该如何解释她有这本秘籍,她难道照实说是自己在路边吃东西的时候,秘籍落到了手里,估计谁都不会信,说不定还会怀疑是她偷的。

思来想去她只能将秘籍先收起来,回头再想法子。

那人躲在远处看见颜月翎收了秘籍,立即向远处走去。

晚上颜月翎带着秘籍去找郗夜霆。

郗夜霆白天已得到消息，说颜月翎收了秘籍很高兴，总算能送她一本秘籍了。

他不能明目张胆地直接送她，只能用这种方式送给她。

"阿霆，我今天遇见个怪事。"颜月翎一见到他，立即将秘籍拿了出来，"居然有人丢了本秘籍在我面前，我还给他，他还不要。"

郗夜霆装作吃惊的样子，颜月翎很苦恼，说："你说我怎么还给人家啊？"她将自己的苦恼尽数告诉了郗夜霆。

郗夜霆摆字："老天送你的，你先练。"

颜月翎吃了一惊："什么意思？"

郗夜霆继续摆字："练完再还。"

颜月翎顿时对郗夜霆钦佩起来，真聪明啊！

"这样能行吗？"颜月翎还是有些不放心。

郗夜霆连连点头。

本着听从天意的原则，颜月翎开始练剑。

这套剑法郗夜霆已经烂熟于心，看她练得磕磕绊绊，便指点她。

颜月翎进步神速，她的基本功很扎实，如今又有了郗夜霆的认真指点，如虎添翼。

一连数日，颜月翎莫名其妙地拿到好几本武功秘籍。

睡觉的时候，她摸到枕头下面多了一本书，打开一看，居然是一本《刀谱》。

吃饭的时候，自己的饭碗下面居然垫着一本《掌法》。

晚上和郗夜霆练功的时候，郗夜霆不小心摔了一跤，居然在摔倒的地方捡到了一本《心法内诀》。

……

"这太离谱了。"颜月翎拿着这几本武功秘籍忧心忡忡，"就算无极宗武功秘籍多得不要钱，也不能这样乱丢吧！"

郗夜霆摆了几个字："先练再说。"

颜月翎不同意:"万一这几本秘籍是假的呢？可恶，是谁想要害我这个与世无争的美少女？"

郗夜霆没想到她会这么警惕，早知道不该送那么多给她。

两人的争执没有结果，颜月翎想了很久，还是决定先将秘籍背回去，后面再想办法偷偷塞回到藏经阁去。

郗夜霆想了一夜，也没有琢磨出让颜月翎接受这些秘籍的办法。

之前送秘籍的手段似乎过于简单了些。

天亮的时候，郗夜霆才迷迷糊糊地睡去，可没多久之后，屋外传来了有节奏的敲门声，这是郗夜霆和他的贴身男仆约定好的暗号。

郗夜霆回敲了两下，表示自己在听。

门外传来了男仆的声音:"公子，不好了，颜姑娘被抓了。"

郗夜霆闻言当即打开了房门，男仆傻了眼，他已经六年没见过郗夜霆了，一时间回不了神，只是呆呆地看着他。

郗夜霆双手背在身后，轻轻跺了跺脚，目光冷冽地望着他。

男仆这才醒悟过来，将事情的原委告诉了他。

原来颜月翎回去后没多久，就被张嬷嬷带人给绑了，说她每天晚上人都不在，怀疑她有问题。

颜月翎本来辩驳了几句，却被张嬷嬷搜出了秘籍，这下就捅了大娄子了。

无极宗本就对秘籍看管得很严格，如今这几本秘籍居然出现在一个丫鬟的手里，这是极其严重的事，关系到无极宗的未来。

整个无极宗如临大敌，郗无极更要亲自审问她。

郗夜霆定了定神，提脚落地，走向了院门。

男仆震惊无比:"公子，你要去？"

郗夜霆深吸一口气，看着外面熟悉的地方，终于迈出了大门。

郗无极今年五十岁，作为江湖第一宗门的宗主，他看起来颇有几分

仙风道骨，留着一把漂亮的胡须，穿着一身灰色长袍，此时正在"慕贤堂"审问颜月翎。

当他看到颜月翎的那一刻很震惊。

这个小丫头看上去不过十七八岁的年纪，怎么有这么大的本事能进藏经阁偷书呢？

藏经阁是郗家守备最严的地方，足有二十个护卫日夜不停地看守，连只苍蝇都飞不进去。

他上下打量了颜月翎好几遍，吃不准她到底是不是个绝世高手。

无极宗有一个原则，绝对不会亏待高手。

郗无极思来想去，问颜月翎道："你叫什么名字？到底是怎么进的藏经阁？"

"我没有进过藏经阁。"颜月翎很委屈，"我都没有路过那里。"

"那这几本秘籍是从哪里来的？"郗无极不信。

"我捡来的。"颜月翎将获得这几本秘籍的过程照实说了一遍。

郗无极摸了摸胡须点点头："虽然如今我郗无极年纪大了，但还不傻，希望你能尊重我一点，编谎话也编得像一点。"

颜月翎长叹一声，就知道没人会信的，说："那你想听什么样的内容？"

"比如你是怎么混入藏经阁的？"郗无极还是很想了解自家安保的漏洞在哪里。

颜月翎无话可说："那要不你先带我去看看藏经阁是什么样的，我编一个给你？"

郗无极很生气："你个小丫头居然油嘴滑舌，还不说实话，是不是不怕用刑？"

颜月翎连忙否认："宗主，宗主，我怕用刑！"

"那你还不说实话！"郗无极见吓唬有效，赶紧逼问她。

"我已经说实话了啊。"颜月翎欲哭无泪。

"你！"郗无极气得胡须都翘起来了。

就在这时,门外闯进来一个人,郗无极还未看清楚来人,就听到一句话:"她……她说的……是真的……"

郗夜霆太久没有说话,吐字不清,声音又干又涩。

郗无极惊得抓着自己的胡须忘了放,六年了,他居然出来了,还开口说话了!

颜月翎也傻了眼:"你,你会说话啊?"

郗夜霆走到颜月翎面前,解开她身上的绳子:"抱……歉……"

"霆儿!"伴随着一声饱含深情的呼喊,屋子里响起了巨大的擦鼻涕的声音,郗无极老泪纵横,"你,你终于开口了啊!"

仙风道骨瞬间变成了个爱哭的老人,画面过于震撼,颜月翎看呆了。

郗无极哭得惊天动地,郗夜霆略有些尴尬:"爹,你别哭了。"

颜月翎再次遭到暴击:"等会儿,你叫他什么?爹?什么情况?"

郗夜霆不习惯说太多话,只得掏出字继续摆给她看。

颜月翎哪里等得及,连声催问:"你是郗无极的儿子?那郗夜莲是你……"

"我来说,我来说!"郗无极恢复理智,整个人突然变得喜气洋洋,"他是我儿子,夜莲是我女儿,也是他姐姐。他闭关六年,今天居然出来了!还开口说话了!老天真是开眼,我无极宗终于有未来了!"

颜月翎这才明白其中缘由,她还以为他和她一样只是个下人,没想到他居然是郗家公子,想不到自己又被骗了。她问:"那这几本秘籍是你让人塞给我的?"

郗夜霆难为情地点点头。

颜月翎很无语,差点被他害得挨顿打。

郗无极的眼窝一热,不住地打量儿子,六年未见,郗夜霆长高了许多,眉眼已经长开,不再是从前那个半大小子了。

自打六年前郗夜霆不肯出来后,郗无极遭到了极大的打击,他知道

儿子从小内向，多次遭歹人暗害，有点怕，只是没想到他居然会从此拒绝见人。

这些年郗无极只要一想到郗家的未来就忧心忡忡，本以为以后都没指望了，没想到郗夜霆居然出来了！还是为了一个姑娘！

郗无极目光老辣，一眼就看穿了郗夜霆的心事，自进门之后，郗夜霆的眼睛都一直锁在颜月翎身上，眼里满满的都是光。

儿子终于长大了！无极宗未来可期！郗无极长舒一口气，将六年来的郁闷尽数吐出。

郗无极笑眯眯地拈着胡须看颜月翎，越看越顺眼："颜姑娘，让你当丫鬟真是太委屈你了，从现在开始你别做了，以后你想练什么武功就练什么武功，藏经阁的大门对你敞开着，还有藏宝阁，你喜欢什么兵器只管去挑。"郗无极广开善门，仿佛一尊闪闪发亮的弥勒佛。

"谢谢宗主，不过还是算了吧。"颜月翎拱了拱手，"我还是先告辞了。对了，工钱要记得结给我。"

郗夜霆一听颜月翎要离开，当即抓住了她的手，急得满头是汗，却一个字也说不出来。

郗无极看在眼里，也很着急："颜姑娘，你先别走，我有话同你说。"说完，他拉开郗夜霆的手，拉着颜月翎去了内室。

"颜姑娘，夜霆的情况你也看到了，这么多年他不管怎么样都不肯出来，更不肯说一个字，但这次为了你他能出来，我们无极宗上上下下都感谢你，能不能请你多留些时日，等他再好些再说？"郗无极向颜月翎恭恭敬敬地拱手施了个大礼。

颜月翎很郁闷，当发现郗夜霆骗她时，她就想离开了，可是郗无极居然向她行这样的大礼，如果就这样一走了之似乎又太绝情了些，思来想去只得闷闷答应多待几天。

郗无极说服了颜月翎，又拉着儿子到了内室里面："夜霆，既然你已经出来了，宗主的位置，你就要考虑考虑。爹年纪大了，你姐志不在武学，她更喜欢做生意，这个家迟早都得你撑起来。"

郗夜霆想也不想地回绝道："我不当。"

"我知道你嫌当宗主麻烦，其实咱们家现在的体系完善，每项事情都有人负责，不累的。"郗无极循循善诱，"再者说来，你要是当了宗主，将来颜姑娘要是能嫁给你，就是宗主夫人，谁不想当天下第一宗门的宗主夫人？"

郗夜霆心动了，他知道颜月翎一直很努力，若是他能当上天下第一宗门的宗主，想必她会对自己另眼相看吧？

郗无极见儿子动心又接着说道："我已经和颜姑娘说好了，暂时留在咱们家，接下来咱们一起想办法让她一直留在宗门里，好不好？"

郗夜霆思量许久，缓缓点点头。

郗无极乐呵呵地捋着胡子，今天真是个好日子啊！

郗夜霆出来后，发现颜月翎人不在，急忙问道："颜姑娘呢？"

"颜姑娘说她回去了……"男仆答道。

"混账，那种下人住的地方，颜姑娘怎么能住呢？"郗无极很生气，"赶紧把'醉夏苑'打扫下，让颜姑娘搬过去。"

几个仆人应声而去。

郗夜霆转头对郗无极说："我那里有很多空房间。"

郗无极摇摇头："儿啊，心急吃不了热豆腐。对了，赶紧叫你姐姐回来，这种事她比我们擅长！"

颜月翎回到了原本住的地方，张嬷嬷看傻了眼："你怎么回来了？"

张嬷嬷是个小心眼，颜月翎从不阿谀奉承她，所以她一直记恨，想要把颜月翎除掉。

"我怎么不能回来？"颜月翎反问道。

"你，你不是偷东西了吗？"张嬷嬷不敢相信，上一个偷无极宗东西的人被打得好惨，她居然毫发无损地回来了！

"你不是问我有什么关系吗？"颜月翎笑眯眯地说，"告诉你，我

上头有人。"

这时候,一名丫鬟进屋请她,态度非常恭敬:"颜姑娘,宗主大人请颜姑娘移居醉夏苑。"

张嬷嬷吓得快尿裤子了:"宗……宗……主大人?"

颜月翎对她做了个鬼脸,高高兴兴地跟在丫鬟后面走了出去,总算出了口恶气。

出了门后,颜月翎问丫鬟:"醉夏苑是什么地方?"

无极宗宗门极大,内中房舍上百间,分为七间不同的院子,郗无极住在鼎阳居,郗夜莲住在问月居,郗夜霆住在摘星居,此外还有抚春、醉夏、闻秋、寻冬四个大院子,住着宗派内请来的师父和家传弟子。

其中醉夏苑是专门留给贵客居住的,院子里亭台楼榭一应俱全,当中有一个月亮形的湖,湖中种满了荷花。

此时正入夏,娇艳的荷花舒展身姿笑脸迎人,美不胜收。

颜月翎暂时抛下了一切不开心,进了这个院落,她像个游客一样一路啧啧地赞叹不已。

这一路全是回廊,回廊上面雕满了吉祥花纹,挂满了灯笼。

房间的设计也极为别致,所用的家具皆取暖色,大气又不至于太老气,设了几扇不同的窗户和门,不管从哪个角度往外看,都是一幅绝佳的景色。

她到处摸摸看看,不敢相信自己居然能住在这里面。

"颜姑娘,这是宗主吩咐让人准备的,请您看看还有什么需要,只管吩咐我们。"丫鬟指着一排托盘给她看。

托盘上面摆满了四季衣裳、胭脂水粉、簪钗环佩,样样精致,透着富贵。

颜月翎感到手足无措,这些东西她大多不会用,每件衣裳都是金针银线绢纱绸缎所制,按照她的走路风格,这些衣服恐怕还未穿出门就已经全被撕破了。

但她也不好为难别人，毕竟以前也算同僚，只得道谢收下。

丫鬟又说："宗主还派了五个丫鬟伺候您……"

"不用不用！"颜月翎坚决拒绝，"我不习惯！"

丫鬟很为难："但是……"

"颜姑娘说什么就是什么，"郁夜霆的小厮走了进来，"你们先下去吧。"

小厮赶走了所有人后，也跟着一起离开了。过了一会儿，郁夜霆独自走了进来。

颜月翎看见郁夜霆有点生气，这家伙居然一直在骗她。

"颜姑娘。"郁夜霆走到她面前，"之前，对不起……"

"你为什么一直不告诉我？"颜月翎问道，"害得我像个傻子一样……"

颜月翎想起自己借花献佛，天天给他带枣泥糕，更觉得自己傻。

郁夜霆赶紧摇头："你不傻……"他许久没说话，语言表达能力已然退化，想了半天也憋不出什么来，急得面红耳赤，"我，我傻……我怕……"

颜月翎看他的模样甚是好笑，气也消了一半："你怕什么？"

"我怕你知道了，不理我。"郁夜霆像只小狗一样眼巴巴地望着她。

颜月翎倒是没想到郁夜霆会有这个担心，她之前只觉得他故意隐瞒。

郁夜霆可怜巴巴地说："我没有朋友……"

颜月翎心生同情："其实没朋友也没关系，有时候朋友也会骗你。"

郁夜霆听到心坎里："对！我以前的朋友都骗我，他们并不是真的想当我朋友。只有你，你不一样……"

颜月翎明白他的意思，同是天涯沦落人，对他又多了几分同情："算了，不过我最讨厌别人骗我了，下次你不可以再骗我了。"

郁夜霆喜出望外，疯狂点头，掏出了好几本武功秘籍递给她。

颜月翎一看全是《形意八卦掌》《洛女剑法》之类极度珍贵的秘籍，坚决拒绝："你可再别再给我秘籍了，万一你爹再把我抓了怎么办？"

郗夜霆举手向天发誓："抓我……也不抓你！"他死活要将这几本秘籍塞给她。

"这些太难了，我也学不会啊。"颜月翎哭笑不得，她外家功夫都没练好，内功底子也薄，这些高深的东西根本学不会啊。

郗夜霆拍拍脑袋，是他考虑不周，过了一会儿他又背了一大堆《内功心法入门》《九十天练气速成法则》《从菜鸟到剑仙——三百六十五招剑法成为大师》来。

颜月翎看着标题感到眼熟，这些分明都是武林书局里面售卖的秘籍，卫子辰说过许多内容都是错的。

颜月翎没说话，郗夜霆想了想继续去藏经阁搬书。

没几天时间，醉夏苑成了藏经阁分阁，无数武功秘籍堆满了屋子，颜月翎被埋进了秘籍当中，一时间不知所措。

郗夜霆勤勤恳恳地搬完秘籍又要搬藏宝阁里面的武器。郗无极怕他来回奔波辛苦："你直接带颜姑娘去选吧，你再搬武器过去，颜姑娘连吃饭的地方都没了。"

郗夜霆觉得甚是有理，高高兴兴地请颜月翎去藏宝阁选武器。

郗无极看着儿子的背影忧心忡忡，追女孩不送花不送珠宝光送武器和秘籍，水平堪忧啊！算算日子，郗夜莲也快回来了，只能等她来拯救了。

第十二章
她的未来

午夜梦回的时候,她又回到了霁月镇,在桃花树下练剑,不远处站着的白色身影正拈着一枝桃花对她微笑。

五天前，郗夜莲得到父亲的消息后，惊得下巴都快掉下来了。

郗夜霆居然出来了，还开口说话了！

而让他说话的人居然是颜月翎！

颜月翎怎么会去了无极宗？又怎么会和郗夜霆认识？

郗夜莲来不及想太多，只是让人立即通知了卫子辰。

颜月翎离开后，卫子辰就疯了一般四处寻人，已经造成了不少集镇围观。

郗夜莲收拾东西，准备回无极宗。

就在这时，秦颦突然上门，郗夜莲很意外，她已经失踪了不少时日，怎么突然回来了？

秦颦凄凄切切地靠在门边，鬓发蓬乱，衣裙上也有破洞，似乎受了不少委屈。

"秦姑娘，你怎么了？"郗夜莲只刚问了一声，秦颦的眼泪就掉了下来。

那日她离开谢家后，已感后悔，江湖之大她却没处可去，卫子辰不搭理她，连谢慕容也不在，她没办法和别人说话，生活和从前一样困难。

她在外面流落了数日，听说颜月翎失踪之后，本想着这是个好机会，便去找卫子辰。

哪知卫子辰只一心寻人，她想要表现一下，便跟着一起帮忙寻人，谁料被一些嫉妒她在卫子辰身边的女侠们"不小心"推倒打到了，连珠钗发簪都丢了，衣服也被扯破了。

秦颦从未觉得如此孤独，偌大的万舟镇里，竟无人可以依靠，思来想去，倒是郗夜莲对她最好，便试着投奔郗夜莲。

郗夜莲并不知晓她的事，一心急着回去，见她可怜，便决定带着她一起回无极宗。

数日后，三人一起抵达璃水城，重返无极宗。

秦颦被无极宗的宏大所震撼，而无极宗的人则被郗夜莲带回来的两

个人间绝色所震撼。

郗无极定力尚好,拉过女儿小声嘀咕:"我们家做的是正经生意,不做人口贩卖。"

"爹,你想到哪里去了?这两个都是我朋友!一位是武林帅哥榜排名第一的卫子辰,他是颜月翎的师父!还有一位是武林美女榜上第一的秦矍。"郗夜莲连忙解释清楚。

"颜月翎的师父?"郗无极喜上眉梢,不愧是自己的爱女,办事效率就是高,这么快连家长都找到了,这下子婚事更有希望了。

郗无极笑眯眯地看着卫子辰:"那个,师父好!"

卫子辰着急见颜月翎,也不及细想,问郗无极:"敢问宗主,小徒月翎人在何处?"

"颜姑娘在醉夏苑,我带师父去。"

卫子辰觉得郗无极的态度有点奇怪,特别殷勤,连走路也要搀扶着他,还各种介绍自家产业,实在过于细致。

秦矍在旁听得仔细,她感慨于这个世界的参差,秦家的格局真是太小了,同样是想买秘籍实现家门振兴,秦家穷得叮当响,而无极宗却富得流油。

卫子辰无心听郗无极絮叨,一门心思只想着颜月翎,这死丫头居然说跑就跑,待了这么久也不留句话给他,害得他差点疯了。

这一个月以来,他找遍了万舟镇附近所有的集镇,挨家挨户地寻人,鞋子都磨破了。

他放下骄傲和自尊,向每个路人求助,期待能有奇迹出现。

然而却一无所获,卫子辰担忧得几天几夜没合眼,听人说万舟镇附近的山里有土匪,便去土匪窝附近搞活动,引得无数江湖女侠连夜上山,平了几个土匪窝。

接着,他又带着人去柳叶河搞了一场"大型表演秀",轰轰烈烈地除掉了附近的水匪。柳叶河附近的居民都对他感激不尽,他却心情低落,

颜月翎不在水寨。

他径直奔向醉夏苑,心都快要跳出来了。这一个月来,他仿佛被人掏空了,水寨找不到颜月翎后,他摇摇晃晃差点倒在了地上。

幸亏郗夜莲提醒他:"颜姑娘不在这里是好事啊,说明她肯定平安的在别处。"

郗夜莲的话让他心存一线希望,这才咬着牙继续寻人。

从前不觉得,如今的日子真难熬,每一天从希望到失望,最后竟忘了失望的滋味,只是麻木地寻找。

直到得到了颜月翎在无极宗消息的那一天,他才感到又有了心跳,狂喜之下差点吐出了血。

一连几个日夜,他马不停蹄地赶往无极宗,只盼着能早一刻确定她平安。

卫子辰飞奔到醉夏苑时,颜月翎睡着了。

卫子辰本想好好训斥她一番,在她脑袋上敲两下,可是当看见她的那一刻,他的心软成了一摊水。仔仔细细地打量了她一遍,她还是和之前一样,长长的睫毛垂落在雪白粉嫩的脸上,她嘟着嘴,似乎在念叨着什么。

她小小的身躯倚靠在窗边一堆武功秘籍上,怀中还有一本摊开的武功秘籍,一只手死死地握着秘籍。

他的心跳加速,眼前起了一层薄雾,修长的手指因为用力握紧而泛青。

他一步步地走到颜月翎面前,缓缓弯下身子,轻轻撩起她因贪睡落下的长发。

躁动不安的心终于有了着落,他终于知道,自己的归宿就是这粉粉嫩嫩的一个她。

就在这时,卫子辰感到有人靠近,掌风自身后袭来,他怕那掌风伤到颜月翎,没有躲避,反手抓住对方的手腕,往上一抬,卸掉了对方的气力。

而另一掌又向他劈来,卫子辰再次躲开了对方的攻击。他虽然自废了武功,但身手还是比一般人快,连着几招下来,对方都没有占到便宜。

两人打得激烈,颜月翎被惊醒了,抬头一看,眼睛瞪得快掉出来了:"师……师父?"

颜月翎心头猛然一跳,捂住嘴看着眼前的两人,自言自语道:"我不会在做梦吧?"

卫子辰见她傻站着不动,心里着急,对她喊道:"你先走,我来对付他。"

"对付谁啊?郗夜霆?"颜月翎这才缓过神来,诧异地望着两人,"你们两个怎么打起来了?"

郗夜霆听到颜月翎叫"师父",赶紧停手,咧开嘴露出一个人畜无害的笑容,和刚才的凶狠判若两人。

卫子辰很诧异,目光一转:"他是郗夜霆?"

郗夜霆连忙点头,露出了八颗牙齿。

颜月翎却依旧震惊不已,呆呆地望着他:"师父,你怎么在这里?"

她的心情很复杂,那天离开万舟镇之后,她以为自己可以和过去一刀两断了。

她努力开始新生活,尽力忘掉一切,可是往事却如影随形,午夜梦回的时候,她又回到了雾月镇,在桃花树下练剑,不远处站着的白色身影正拈着一枝桃花对她微笑。

甚至好多次她在无极宗看到了白色的背影,都会心头一紧,旋即明白自己认错了,心里总有些空荡荡的。

她逼着自己不停地干活、练武,告诉自己时间长了就会好了,忙碌起来就会忘记了。

可是卫子辰真的出现了,她以为能够放下的,又回来了。

她认真打量着他,卫子辰的变化极大,人清瘦了许多,面色憔悴,

眼睛四周泛青，头发也不似从前那般一丝不乱，带着颓靡凌乱的气息。

卫子辰满腔怒火早已消散，淡淡地说："我来找你。"又用审视的目光打量着郗夜霆。他来之前心里记挂着颜月翎，并没有仔细听郗夜莲的话，只知道她有个弟弟。

"你怎么会和他认识？"卫子辰不动声色地再次看向郗夜霆，这小子长得倒是周正，眉宇之间没有浮夸的气息，穿着银灰色云纹长袍，头上束着金镂白玉冠，虽有些畏缩，但一见便知是富贵人家子弟，"无极宗不需要你扬名立万吧？"

颜月翎眼底泛起了光，她急忙抹去眼泪，故意装作不在乎的样子道："那可不，我可是颜女侠，哪里都需要我！"

卫子辰又好气又好笑："颜女侠，敢问如今在江湖排名几何啊？我有一个门派，也需要你帮忙拯救下，能否伸出援手啊？"

"那我要考虑考虑。"颜月翎扬起了头，趁着他不注意的时候，飞快擦去了眼泪。

还是从前熟悉的感觉，未曾改变。

一旁的郗夜霆不知所措，他还是不习惯和陌生人相处，虽然这个人是颜月翎的师父，但是他也好难受，尤其他们的关系一看就非比寻常。

这时郗夜莲带着一群人风风火火地进了门，郗夜霆差点没扛住，想要找地方躲起来。

郗夜莲直奔郗夜霆面前，欢喜地想要抱住他，又怕吓到他，只喊了声："夜霆？"

郗夜霆僵硬地点点头，突然面对这么多人，他只想逃跑，满脸都写着抗拒。

"你说话啊，别光点头。"郗夜莲很着急，"我赶回来不是为了看你点头的。"

郗夜霆憋得满脸通红，这满屋子的人都看着他，他的心跳快停止了，求助地看向颜月翎。

颜月翎用鼓励的眼神看着他："你可以的！"

郗夜霆也不知哪里来的勇气："姐！你回来了！"

郗夜莲差点落泪，紧紧抱着郗夜霆不撒手。郗夜霆差点喘不过气来，用求助的眼神看着颜月翎。

颜月翎咳了一声："郗老板……"

郗夜莲松开郗夜霆，又过去抱紧了颜月翎，这下轮到颜月翎喘不过气来。

"既然郗老板一家团圆了，我们也不多打扰了。"卫子辰发现郗夜霆总是看着颜月翎，警惕心起，这小子不对劲。

想起当初谢慕容的教训，他当机立断，决定带颜月翎离开无极宗。

"不行！"三个郗家人异口同声地喊道。

卫子辰瞅了瞅郗家三人："怎么不行？"

"颜姑娘现在不能离开无极宗。"郗无极先开口道。

"为何？她欠你们饭钱？"卫子辰问道。

郗无极连连摇头："颜姑娘不欠我们无极宗的，相反颜姑娘是我们无极宗的大恩人。"

"既然是恩人，那怎么不能走？"卫子辰猜不透他葫芦里卖的什么药。

"颜姑娘如果走了，我弟弟恐怕又不能说话了。"郗夜莲在旁边说道。

卫子辰呆住了："这都什么毛病？秦瓘说话要人弹乐器，你弟弟说话难道要月翎在？"

郗夜莲这才将郗夜霆的事简略地告诉了他。卫子辰一听便觉更加不妙："你们也不可能把月翎留在这里一辈子吧？他迟早得自己说话。"

"要不问问颜姑娘吧。"郗夜莲见卫子辰态度坚决，转而问颜月翎，"夜霆才刚刚出来，他还不适应，你能否在这里多待些时日陪陪他呢？"

颜月翎很纠结，她不知道该不该留下。

"颜姑娘，你要是走了，夜霆说不定又和以前一样了，我们已经六年没见过他，没听过他说话了，你能不能多留几天？我们无极宗里面所有的东西任你使用，所有人任你驱使。"郗无极急切地说道。

郗夜霆也拉着颜月翎的衣袖不肯松手，可怜巴巴地看着她，仿佛她要遗弃他。

颜月翎心中不忍，这些天无极宗对她是真的好，秘籍随便翻，武器随便用，每天的饭菜都换着花样来，着实是欠了一大笔人情，她只好说："既然这样了，我还是再待几天吧。"

卫子辰目光冷冽，缓缓问道："你真的不走？"

颜月翎摇摇头，她以为卫子辰会强行带她离开，没想到卫子辰往旁边一坐："那我也不走了。"

郗无极大喜："不走好，都留下！来人，快设宴！"

颜月翎惊愕地望着他："师父？"

卫子辰却懒懒散散地坐了下来，打定了主意："就这样吧。"

见师徒二人都同意留下，郗家人心里都很欢喜，长舒了一口气。

郗夜莲拉着郗家父子一起离开，准备好好叙叙旧。

偌大的醉夏苑只剩下卫子辰和颜月翎，他定定地望着她，千言万语不知该从何说起，最终问出了心头那个想了千百遍的问题："你为什么要离开？"

"我想做颜月翎。"颜月翎答道，"真正的颜月翎，不是你给我编织的生活，我虽然很快乐，但是像个傻子，我没有过去也不会有将来。"

"那你现在有了吗？"卫子辰沉默了片刻问道。

颜月翎抬起头看向远方，一只野鹤展翅掠过青黛色的天空："现在没有，但是我知道未来一定会有。"

卫子辰亦顺着她的眼神看向天空，许久又问了她一个问题："你的未来里面有我吗？"

郗家团聚欢喜，但郗夜莲也没忘记安顿秦鏊，本想给她另外寻一处院落，秦鏊却道："我想和颜姑娘住在一起。"

郗夜莲想了想同意了，家中确实没有更好的院子了，若是换到别处，倒显得他们冷落了秦鏊。再者她们原本就相识，也不算别扭。

颜月翎心里有气，没料到秦鏊居然找了把琴边弹边对她说："上次的事，对不起。"

秦鏊垂眸，目光凄楚，琴弹得断断续续，更显凄凉。

颜月翎本就心善，见她如此，气消了几分："事情已经过去，算了吧。"

秦鏊住进来后，一改在谢家时的养尊处优，变得温柔体贴，经常主动帮颜月翎做事。

颜月翎自己做习惯了，本来多了几个丫鬟帮忙就已经很别扭，她再三拜托郗夜莲，千万别再派人来伺候她了。

秦鏊来了之后，也殷勤地要帮忙。可是她天生不会做事，每次做完颜月翎还得重新做一遍。

"秦姑娘，真的不用了，我自己整理就可以了。"颜月翎口水都快说干了。

秦鏊却依然坚持要帮颜月翎收拾秘籍，她用可怜的眼神看着颜月翎，随着凄惨的乐声说道："就让我为你做点事吧，当作我以前做错事的补偿。"

颜月翎无奈，只得看着秦鏊把剑谱和拳谱放在一起，刀法和内功心法堆在一边。

颜月翎强行收回视线，努力克制想要提醒秦鏊的念头，转身去了院子里："我先去练功。"

郗夜霆拎着一大包东西进来的时候，秦鏊正光着脚丫在屋子里面走

来走去。

　　天气热,她裹着一身轻薄的素色纱衣,长发编成辫子斜斜垂落在肩上,她没有戴发饰,白生生的脚丫如玉雕一般,只在脚腕上挂着一只金色铃铛,走起路来丁零作响。

　　秦鼙一转头便看见了郗夜霆,冲着他浅浅一笑,走到他面前拨动随身带的琴:"郗公子好。"

　　郗夜霆慌忙转移视线,也不知道为何,他看到秦鼙时总会非常紧张,可能是她太美了吧?听姐姐说,她是江湖第一美人。

　　他也觉得她美,第一次看到的时候,他目瞪口呆,脸红心跳,差点被魅惑了,自此,他不敢再多看秦鼙一眼。

　　郗夜霆将东西放在桌子上,又向四周寻找颜月翎的身影。

　　颜月翎正在院子里练功,卫子辰躺在旁边的椅子上闭目敷脸,旁边还搁着一盘樱桃。

　　卫子辰明明闭着眼睛,却像是睁开的一样,随着颜月翎的动作准确地背出武功心诀,还能察觉出她动作中的对错:"左手指地,右手的剑指向不对。"

　　郗夜霆站在一旁看了许久,心中暗自震惊。他听郗夜莲说过卫子辰的真实身份,也得知卫子辰自废了武功,只是没想到卫子辰的耳目还是如此灵敏。

　　颜月翎不信:"我明明记得是左手指天。"说着就要去翻看秘籍。

　　卫子辰指了一下身后:"秘籍在里面,你自己去找吧。"

　　身后的秘籍堆积如山,根本无从下手。

　　"要不你问问郗公子,这是郗家的剑法,他应该知道。"卫子辰依然闭着眼睛。

　　郗夜霆又是一惊,颜月翎一转头才看见他:"阿霆,你来得正好,这招是不是手指指天?"

　　卫子辰目光一凛:"阿霆?你叫他阿霆?"

颜月翎不觉有错："对啊。"

卫子辰额角青筋暴出，语气也变得生冷："这么叫无极宗未来的宗主不合适吧？"

"我认识他的时候，他就告诉我叫这个名字。"颜月翎振振有词。

郗夜霆在旁附和着点头。

"哦？"卫子辰似笑非笑地看了看郗夜霆，"郗公子还挺平易近人的嘛。"

郗夜霆挠挠头，嘿嘿一笑。

颜月翎不觉有异，只是拉着郗夜霆要求他展示武功。

郗夜霆知道卫子辰说的是对的，却依然坚定地点头，招式错了有什么要紧？重要的是支持颜月翎。

颜月翎扬扬得意地对卫子辰说："看吧，我就说我记得对。"

卫子辰冷哼一声，对郗夜霆说："郗公子，要不请你把整套招数演示一遍吧。"

郗夜霆看了看颜月翎，她正满心期待地看着他："太好了，师父不肯练给我看，说这是你们家的功夫，他不能学。"

郗夜霆点点头，走到中间开始给她演示，练到颜月翎练错的那一招时，他生生收住了向下指的动作，改向指天。

卫子辰突然睁眼，从盘子里捡了颗樱桃扔了过去，郗夜霆来不及躲避，樱桃打在了他的脸上。

"看到了吗？指天之后，中间便空了，后续招数接不上，就会露出破绽。"卫子辰边说边看向郗夜霆。

颜月翎若有所思："看来你家的这套剑法需要改进，破绽太大了。"

郗夜霆只得点头，他更想把这个帅哥师父赶走了。他和自己的年纪相仿，又比自己长得好看，天天跟在颜月翎身旁寸步不离，实在是令人讨厌。

这时，秦鐾端着三盏茶和西瓜，款款地走到三人面前，卫子辰拿过

茶盏饮了一口，才将剩下的一杯递给颜月翎。

郗夜霆也没看秦鏧，只顾着挑西瓜籽，挑完后才将西瓜递给颜月翎。

秦鏧本想借机展露风情，结果却白忙活了一场，被两人当成了丫鬟。

她有些怀疑自己是不是变丑了，为何两人的眼里都没有她？

秦鏧闷闷地回到屋子里，找了面镜子左看右看，也没觉得自己哪里丑了，此时身后传来一声赞美："真是芙蓉不及美人妆啊，秦姑娘真是人间绝色！"

秦鏧回头一看，却见郗夜莲站在不远处："今天秦姑娘打扮得格外清丽娇俏。"

秦鏧一见是郗夜莲便心中欢喜，笑吟吟地迎向她。进了无极宗之后，郗夜莲待她更是无微不至，一应吃穿用住皆是上等，能用丝的绝不用布，能穿金的绝不戴银。

她一生未曾过得如此舒心，而这一切都是郗夜莲给她的。

"秦姑娘怎么一个人在这里？卫公子他们呢？"郗夜莲问道。

秦鏧想了想指指外面，郗夜莲很诧异："他们出去了？"

秦鏧点点头，拉着她往外走。

郗夜莲猜测道："你也想出去？你还没有逛过璃水城吧？我带你逛逛。"

秦鏧喜不自禁，那天来的时候，她就想去逛逛了。

璃水城比万舟镇大了数倍，城中繁华喧嚣，秦鏧看花了眼。

许多未曾见过的东西，每一样她都爱不释手。

郗夜莲也痛快，只要秦鏧多看一眼的东西，全都买下。秦鏧很开心，这辈子没有这么舒畅地花过钱。

两人买了足足一马车，又去了璃水城最大的饭庄"百味堂"吃饭。

秦鏧心中感慨良多，想要向郗夜莲说话，却苦于没有人弹奏乐器。

这时不知从何处传来一阵二胡声，秦鏧终于开口："郗姑娘，你为何对我这么好？"

郗夜莲一笑："你是郗家的贵客,自然该好生招待你,这不过是些小钱罢了,算不得什么。"

秦犟想了想问道："郗姑娘,你对每个客人都会这样吗?"

郗夜莲看了她一眼笑道："倒也不是,只是觉得和你投缘罢了,我娘死得早,我爹醉心武学,很早就将家业交给我打理。不瞒你说,我过过很穷的日子,曾经站在衣饰店门口恋恋不舍看了好久,没钱买,很难过。我觉得好看的人就该配好看的东西,后来我有钱了,就给自己买了很多东西,弥补上以前的亏欠。"

秦犟心中一动,郗夜莲说了她的感受,她也觉得自己该配那些最好的东西,但是买不起。

郗夜莲笑道："我觉得那些东西在秦姑娘身上才是值得的。"

两人说话之时,谢慕容不知从何处钻了出来,他一身脏污,没了之前装腔作势的模样,像个街头的混混,手里还拿着那把二胡："秦姑娘!真的是你!我找你找得好苦啊!"

自秦犟离开后,谢慕容就到处找她,大家都不在,他也没钱吃饭,吃了不少苦头才来到璃水城。如今终于找到了她,谢慕容热泪盈眶:"你怎么说走就走?我一直担心你出事了。"

秦犟装作不认识他,拉着郗夜莲离开。谢慕容连追数步,眼睁睁看着两人乘着马车离开了。

谢慕容站在原地,恨不得砸碎二胡,他像只狗一样一直拼命追逐着秦犟,最后还是被她无情的抛弃。

他突然感到一丝后悔,如果当初他不见色起意,好好和颜月翎重振谢家,现在也许还在万舟镇过着岁月静好的日子。

"听说无极宗最近来了个姑娘,上上下下都围着她转,是刚才那个吗?"一旁传来了议论声。

"不知道,听说那姑娘长得好看,还是个武痴,每天都在习武。宗主把藏宝阁和藏经阁都给她打开了,任她随便挑选。哦,对了,听说那

姑娘还有个师父,是武林帅哥排行榜第一名!"

谢慕容一惊,抓着聊天的两人问道:"你们刚才说什么?无极宗来了个姑娘?"

"对啊,现在无极宗最红的人就是她了,宗主放话出去,说要高价收购武林秘籍和兵器。"

"你说那姑娘的师父是武林帅哥榜第一名卫子辰?"

"传闻是这样说的。你问这些干吗?"

谢慕容冷静了片刻,问道:"无极宗在哪里?"

颜月翎已累到麻木,当初到处寻找武功秘籍学武,如今秘籍堆积如山,练都练不完。

要不是卫子辰阻止,郗无极能给她安排二十个师父排队教她练武。

她突然有点怀念从前的日子,除了练功外,还有些其他的小幸运。

"颜姑娘,有人送了武器来,请您过目。"小丫鬟吃力地扛着武器上门。

颜月翎一阵郁闷,自打她留下来之后,除了郗无极和郗夜霆父子两人天天让人往这里塞东西,还有些无极宗的弟子、门客之类的也来她这里走门路,奉上各种各样的武器、秘籍。

"放在那里吧。"颜月翎瞥了一眼武器,忽然觉得眼熟,再一细看,竟然是鸳鸯镖!

"这是谁送来的?"颜月翎问道。

"是一位姓谢的公子留下的。"丫鬟答道。

谢慕容?他怎么会在这里?颜月翎很疑惑。

"姑娘有什么话要和他说吗?"丫鬟很会察言观色。

颜月翎愣了愣:"不必了。"

有什么好说的?过去的都过去了,现在想起那段时光,她都觉得自己像是被下了降头,当初怎么会这么执着?

第二天，丫鬟又送来了东西，这次是一笼包子。

包子馅和当初她在万舟镇与谢慕容初识的时候一样。

颜月翎看了一眼，对丫鬟说："麻烦你把这些包子和昨天的鸳鸯镖一起还给他，让他别再送东西来了。"

"什么东西？"卫子辰从里面走了出来，看见丫鬟手里的鸳鸯镖和包子，顿时明白过来，"谢慕容？"

卫子辰一抬手把包子全都掰碎了，又抽出一把重剑重重砍在鸳鸯镖上，鸳鸯镖应声而断，他冷声对丫鬟道："你把这些还给他。"

丫鬟捧着东西走了，颜月翎无所谓，继续埋头研究秘籍，也不知是秘籍写得太深奥，还是她的武功天赋低，这些书她看得费劲。

"月翎，我看那郗夜霆也可以说话了，咱们也该回去了吧？"卫子辰思量再三对颜月翎道，最近无极宗的人向他套近乎的越来越多，这完全不对劲。

"回去吗？"颜月翎托着腮，神情有些恍惚。

"我们回雾月镇吧。"卫子辰见她心动，趁机提议，"回卫颜派，今年的年度武林比武大赛也快开始了，我们参加吧，这次我保证一定不再是倒数第一。"

颜月翎撇撇嘴："你上回也是这么说的。"

"上回不一样。"卫子辰说。

"有什么不一样？你不还是没练过功吗？"颜月翎摊手，每天勤勤恳恳为了门派的未来努力的就只有她。

"上回我没认真打。"卫子辰说道，"打架太伤衣服了，那些人太野蛮，动不动就划破我的衣服，衣服多贵啊！我这也是为了咱们门派着想嘛，省钱那就是赚钱！"

颜月翎无语："你不是武林帅哥榜第一，你是吹牛皮第一！"

两人说话之际，郗无极亲自来了，一进门便客客气气地向卫子辰施礼："卫师父好！这几天家中事务有些繁忙，怠慢二位了。"

卫子辰还礼:"宗主大人怎么亲自来了?"

郗无极笑道:"卫师父在我们无极宗也待了几日,觉得可还好?还有什么需要?"

"宗主大人费心了,一切甚好。我们师徒叨扰多日,正准备向宗主辞别。"卫子辰拱手道。

"辞别?"郗无极一愣,"二位要去哪里?"

"我们师徒自然是要回我们的门派。"卫子辰答道。

"不不,你们不能回去。"郗无极急了,"我今日来是想和二位商量婚事的。"

"婚事?"卫子辰和颜月翎都大吃一惊。

"正是,小儿郗夜霆对颜姑娘钟情许久……"郗无极的话还没说完就被卫子辰打断。

"不行,不可能,绝不可以。"卫子辰面色阴沉,断然拒绝道。

郗无极一愣:"为何不可?我无极宗无论家业还是在武林的地位,均是一等一的,小儿郗夜霆也是未来宗主,和颜姑娘也算般配吧?"

"与此无关。"卫子辰不想听郗无极炫耀家世,现在他终于明白从开始就觉得的不对劲在哪里了,敢情这老头从开始就把他当成颜月翎的家长,拿他当亲家!

他很想问郗无极,他有这么老吗?看上去像是颜月翎的长辈吗?

郗无极碰了钉子,又去问颜月翎:"颜姑娘,你意下如何?"

颜月翎一脸蒙:"啊?"

她一直把郗夜霆当朋友,没考虑过感情,怎么突然就有人来提亲了?这题太难了,她回答不了。

郗无极看她一脸震惊的模样,也知道得不到自己想要的答案,顿觉不妙。他以为这段时间的相处,颜月翎肯定早已动心,没想到居然是这反应。

郗无极为人老到,说:"我今日提得有点唐突,两位再思量思量,莫要着急。"

"多谢宗主美意,我们师徒恐怕承受不起,还是请宗主另择他人与令郎共结良缘。"卫子辰冷冷道。他恨不得立即把颜月翎带走,离开这个地方。

"卫师父那么着急干什么?今天的皇历上写了,不宜外出,就算要走也要选个好日子嘛。"郗无极摸了摸胡须,干笑两声,"不着急。"

郗无极走后,卫子辰目光微冷,转身便拉着颜月翎:"月翎,我们马上走。"

颜月翎一阵阵发愣:"咱们怎么走啊?"

郗无极离开的时候,下令无极宗的顶尖高手将这里团团围住,美其名曰为了他们的安全。

"堂堂武林第一宗门的宗主居然用这种阴招!"卫子辰眸光冰冷,浑身都散发着杀意,若是他武功尚在,谁能拦得住他?

两人从座上宾转眼变成了阶下囚,而唯一不受影响的是秦矍。

秦矍这几日心中烦躁,恨不得能将颜月翎剥皮抽骨好好瞧瞧,到底她有何不同之处。

论长相,颜月翎万万不及她,只是个俏丽可爱的小姑娘,怎及她倾国倾城,若只是卫子辰一人也就罢了,可为何连郗夜霆也想娶颜月翎?她刻意讨好过郗夜霆,想不到也被无视。

不是人人都会为她的美貌倾倒吗?为什么每个男人到最后都只是虚情假意?甚至连那个口口声声可以为她死的谢慕容,居然也来求颜月翎了?

她不明白,为什么每个人选择的都是那个颜值不如她的颜月翎呢?

她的心里仿佛被一根刺越扎越深。自认识他们以来,她的自尊心一直备受打击。先是卫子辰,后是郗夜霆,让她深深怀疑自己的魅力,怀疑自己是否还是那个"武林第一杀器"。

她要亲手拔去这根刺,用踩踏他们的方式。

第十三章 怦然心动

「月翎。」卫子辰的声音沙哑，将她拢入怀中，「我想照顾你一辈子。」

谢慕容以为自己看错了，居然是秦釐站在自己面前。

这些天他像狗一样地蹲在无极宗门口，绞尽脑汁讨好守卫，托他们传话递东西，然而却没有人搭理他。

本来已经绝望了，没想到秦釐居然出现了。

"秦姑娘，你怎么来了？"

秦釐目光幽怨地望着他，谢慕容顿时醒悟过来："你等会儿，我去去就来。"

不一会儿工夫，谢慕容拿了把二胡开始演奏。

秦釐开口问道："你想见颜月翎吗？"

谢慕容疑惑地看着她："你是什么意思？"

"我带你去见她。"秦釐说。

谢慕容心中刚燃起的小火苗又灭了："为什么要带我去见她？"

"你不是想见她吗？"秦釐问道。

谢慕容自嘲地笑了笑，亏他刚才瞬间还痴心妄想地以为秦釐回心转意了。

他也不是个傻瓜，既然秦釐不要他，他还可以努力追追颜月翎，她现在在无极宗这么红，只要她肯出言帮他，那他以后的日子就会大大不同了！

"那就多谢秦姑娘成全了。"谢慕容向来能屈能伸。

谢慕容跟在秦釐的身后进了无极宗。

无极宗里的一切都令他眼花缭乱，他不禁想入非非，如果颜月翎能和以前一样听他的话，他就可以问无极宗要些好处。

到了醉夏苑门口时，守门的护卫看了一眼秦釐，又看了看他，问："你是什么人？"

谢慕容忙道："我是帮秦姑娘拉琴的人。"说着拉动了琴弦。

秦釐冲着护卫甜甜一笑，向他们开口道："麻烦各位大哥了。"

众守卫哪经得住这个，立即被迷得晕头转向，让他们入了内。

谢慕容进了醉夏苑,更觉得此处迷人,正想多看两眼,秦犟示意他跟着自己走。

秦犟将谢慕容藏在自己房内,然后出去看看情况。

正好此时卫子辰在房里睡觉,颜月翎练功练累了,正在湖边赏荷花。

正是午后,微风吹过湖面,荷花随风摆动,如身姿姣好的女子在湖面舞蹈。

颜月翎悠闲地坐在廊下,两只白生生的小脚轻轻地摇晃,手里拿着一串晶莹的紫葡萄正往嘴里塞。反正跑不掉,着急也无用,倒不如好好欣赏风景,她还未曾好好看过这里的风景。

"月翎!"谢慕容怕吵醒卫子辰,小声地喊道。

颜月翎手里的葡萄掉了一地,她警惕地往后退了几步:"你怎么在这里?"

谢慕容深情款款地看着她:"自我们分别之后,我就一直在想你,梦见我们之前在谢家的日子……"

"停!"颜月翎像驱赶苍蝇一样连连摆手,"拒绝肉麻,少说废话,健康你我他。"

"月翎,我知道你遇到了很多事,但是我一直都在你身边,你别害怕……"谢慕容强行煽情。

"我没事,我过得非常好,"颜月翎打断她,"我这辈子过得最糟糕的时候就是在谢家。"

"你是不是在害怕什么?"谢慕容挥舞起拳头,"如果有人威胁你,你告诉我,我保护你。"

颜月翎笑出了声:"你保护我?你怎么保护我?是有人来踢馆,你让我替你挡?还是你接了最危险的镖,让我替你送?"

"月翎,我就知道你没有原谅我,过去是我不好,请你再给我一次机会……"谢慕容很努力地说服她,"为了我们共同的未来……"

"你的未来是什么我不知道,但是我的未来一定没有你。"颜月翎

态度很坚决，"谢家和我没关系，我也和你没关系！"

谢慕容撩起衣袍，甩了下头发，上前一步拉住她的衣袖，摆出一副深情款款的模样："月翎，我还记得第一次在万舟镇遇见你的时候……"

颜月翎翻了个白眼，使劲拽回自己的衣袖，嫌弃地擦了擦被他拉过的地方："请保持安全距离，否则的话……"

谢慕容继续朝她逼近："月翎……"

突然，一个人影自旁边斜冲出来，狠狠踢了谢慕容一脚，谢慕容来不及躲避，骨碌碌滚到了荷花池里。

郗夜霆急忙上前问道："你没事吧？"

颜月翎看了看在池子里面扑腾的谢慕容，很满意地点点头："下次可以踢远点，水花有点大。"

郗夜霆虚心接纳了颜月翎的意见，说："那我下去把他捞上来再踢远些。"

"算了，太麻烦了。"颜月翎摆手。

"不麻烦。"郗夜霆当真叫人把谢慕容捞了上来。

谢慕容还没来得及道谢，又被郗夜霆一脚踢飞，这次飞得很远，没有水花溅到他们身上。

"不错！"颜月翎的两只小手拍得啪啪响，"这一脚出神入化，踢得甚是高明，既不太重，也不会太轻，力度拿捏得很到位！"

郗夜霆听到颜月翎夸他，嘴都咧到了耳朵边，叫人再去捞谢慕容，准备给颜月翎多表演几次。

颜月翎连忙拉住他的衣袖："看多了就腻了。"

郗夜霆想了想问道："要不换个花样？"他捡了根长枪，在空中划出了一道长线，"打飞也可以。"

郗夜霆举着长枪朝谢慕容走去，谢慕容顿时吓得满脸惨白，尖声惨叫："救命啊，我再也不敢了！月翎，月翎，你饶了我吧！"

颜月翎捂住耳朵，对郗夜霆说："吵死了，让他走吧。"

郗夜霆从善如流，挥舞着长枪将谢慕容打向门外，谢慕容爬起来就跑，生怕被人追上再当球踢。

颜月翎心情大好，总算出了一口恶气。

郗夜霆见颜月翎心情变好，也跟着高兴起来，忙向她展示自己带来的东西，全是一堆昂贵又无用的装饰物。

"我姐说，女孩子可能会喜欢这些东西。"

颜月翎打量了一眼，全都是金银玉石所制，连面具都是纯金打造的。

"你不喜欢吗？"郗夜霆小心翼翼地问，"那你喜欢什么，你直接告诉我吧。"

颜月翎摇摇头："这些东西都很好，如果换个地方，我肯定会非常喜欢。"

"换个地方？你不喜欢这里？那你想住在哪里？"郗夜霆问道。

颜月翎指向了远方："外面。"

郗夜霆沉默了，颜月翎的意思他明白。

"这是我爹的意思……我和他说……"

"阿霆，我知道你很重视我，作为朋友，我也很重视你。"颜月翎说。

郗夜霆点点头，苦笑一声："我明白。"

他的心拔凉拔凉的，垂头低眉满脸愁容，眼里隐隐可见泪光，显得十分可怜无助。

颜月翎捂住脸哀叹，她最见不得这个："再等些日子吧。"

郗夜霆立即喜笑颜开，伸出了小拇指，要和她约定。颜月翎也伸出了手指："拉钩上吊，一百年不许变。"

围在醉夏苑的守卫们被撤走了，尽管郗无极忧心忡忡地劝郗夜霆，但郗夜霆还是坚持这样做。

撤走人的那天，郗无极悄悄派了一队人马在醉夏苑外面观察，结果一直没等到颜月翎和卫子辰出来，这才放了心。

郗夜霆整理衣冠，兴冲冲地去了醉夏苑。今日他特意打扮了一番，一身银灰色的长袍，长发束冠。

到了醉夏苑却看见卫子辰站在门口。

郗夜霆想了想，打算从旁边进去，却被卫子辰挡住了。

他换了个方向，卫子辰也跟着换了。

郗夜霆疑惑地看着卫子辰。

卫子辰打开了一张纸，上面写着：谢绝入内。

"从今天起，你们无极宗的人谢绝入内。"卫子辰说道。

郗夜霆身后的小厮说："卫师父，这也太荒唐了吧，不说别的，这醉夏苑可是咱们无极宗的，怎么能不让我们少宗主进入呢？"

卫子辰慢条斯理地说："你说得对，只要我们离开了这里，他可以随便进出。但是只要我们在这里，他就不可以。"

小厮气急，对着里面喊道："颜姑娘！颜姑娘！你家师父太欺负人了！"

卫子辰只防了郗夜霆，没想到他身后还带了个多嘴的大喇叭。

那小厮的声音又亮又响，很快就惊动了颜月翎。

颜月翎看着门口的情形，有点不明所以，问："发生了什么事？"

卫子辰眉头一挑，淡淡地说："没事，你进去练你的功。我有话和郗公子讲。"

颜月翎更疑惑："你们有什么好说的？"

"这是男人之间的话题。"

卫子辰一摆手，对郗夜霆说："走，我们去那边聊聊。"

郗夜霆却不肯，拿出了一张纸条递给颜月翎。

颜月翎一看："你要带我去参观藏宝阁？"

郗夜霆连连点头。

卫子辰冷笑一声："你们无极宗是不是没东西了？一个藏宝阁、一个藏经阁，来来回回都去了那么多次了，还好意思拿出来显摆？"

颜月翎忙打圆场:"虽然去了那么多次,但里面的东西还是有很多没见过。"

"那是你,里面的秘籍我都背下来了。"卫子辰懒洋洋地说。

"吹牛不打草稿,那么多秘籍能背得下来?"颜月翎压根儿不信。

卫子辰看了一眼郗夜霆:"要不我们比比?藏经阁里面的秘籍你应该都看过了吧?如果我赢了,你从此别再进醉夏苑的门,如果你赢了,我就再也不拦你。"

郗夜霆压根不信卫子辰的话,他从小泡在藏经阁里长大,到现在还没有完全背下藏经阁里的武功秘籍,卫子辰才来了几天,居然敢这么吹牛!

这场比赛肯定稳赢,郗夜霆心中笃定,对卫子辰郑重其事地点点头。

一场背诵秘籍大赛在醉夏苑正式举行。

颜月翎随机拿出一本秘籍,选择其中一段,然后两人背诵,且要按照秘籍内容展示相应的招式。

为了防止郗夜霆焦虑,除了他们三人,不允许任何人入内。

颜月翎翻开一本刀谱,只刚念了一句:"唯有刀……"

卫子辰立即接了下去,一口气念了一大串,颜月翎照书看都没有他快。

卫子辰一边背诵刀法,一边按照刀法摆了一套招式。

郗夜霆本来说话就慢,根本来不及开口,只能跟着卫子辰一起练招式。

两人练起招式,一白一灰,衣袂翩翩,甚是好看。

颜月翎看得入迷,竟忘了喊停,一直到两人把刀法背诵完了才想起来:"哎呀,都对。"

"什么都对?明明是我一个人背的!"卫子辰不服气,"他一个字都没说。"

郗夜霆很无辜："我刚才背了。"

"背了？那我怎么没听见？"卫子辰掏了掏耳朵，眯着眼睛看他。

郗夜霆指着自己的心："我心里都背了，如果我不记得的话，招式怎么能不错？"

"说的是背刀法，你心里背算什么？那我还在心里比画招式呢！"

"你背得那么快，谁知道是不是全对还是你在胡编乱造？"

两人大眼瞪小眼的各不相让，最后让颜月翎裁定。

颜月翎想了想："既然是背书，这局师父赢了。"

卫子辰的嘴快咧上了天，郗夜霆则面色沉郁："我说话没你快，我们比其他的。"

"你要比什么？我奉陪到底。"卫子辰自信满满。

"我们比武。"郗夜霆说，"背秘籍不算本事，能练好才有意义。"

"可以。"卫子辰眼都不眨。

颜月翎却很担心，她很清楚卫子辰的武功，连忙阻止："比武不好，很容易受伤！你们换别的比吧！"

郗夜霆不为所动，他早就想光明正大地挑战卫子辰了。

"我们习武之人不比武比什么？"说罢，他拔出了随身的长刀，二话不说就朝卫子辰砍去。

卫子辰一个帅气的闪避，躲过了这一刀，轻笑道："郗公子的眼神似乎不大好。"

郗夜霆被激怒了，他沉着脸回手一刀，这一刀又快又狠，卫子辰险些没避过。

颜月翎有点紧张："点到为止，点到为止。"

卫子辰绝不允许自己在颜月翎面前丢人，他坚决不肯退让，虽然武功尽失，但是本身底子还不错，且速度很快，尤其是轻功，躲闪功夫绝对一流。

然而郗夜霆的武功却是货真价实的，作为郗家未来的掌门人，郗夜

霆从小就接受过许多一流高手的指点，武功极高。卫子辰靠着轻功和他周旋了数十招后，就被他看出了破绽，一刀劈向了卫子辰的右臂。

颜月翎的心提到了嗓子眼，想也不想地冲向卫子辰，郗夜霆急忙收刀。

卫子辰单手回转，将颜月翎护在怀中，额头上渗出了一点薄汗，皱眉嗔道："胡闹。"

颜月翎的心"怦怦"跳动不已，她都不知道自己为什么会扑向卫子辰。

郗夜霆望着两人，满心不是滋味。

这一局卫子辰输了。

然而卫子辰却很高兴，仿佛心里一直抓不住的东西，突然间抓到了，他的心情陡然大好。

郗夜霆则心情烦躁不已："我们比喝酒吧。"

"好。"卫子辰心情愉悦。

颜月翎很诧异："你不是说喝酒有损皮肤吗？"

"今天心情好，陪郗公子多饮几杯无妨。"卫子辰嘴角上扬，只差将"得意"写在脸上了。

郗夜霆拿过酒壶先饮了一壶，卫子辰也跟着一起喝。

两人喝酒如饮水，一人一壶灌入口中，很快桌子上就堆满了空酒壶。

"再来，再来。"卫子辰已经醉得舌头打结，却不忘挑衅郗夜霆。

郗夜霆也喝多了，两眼通红地瞪着卫子辰，继续灌酒。

"你们别喝了。"颜月翎劝不动，眼睁睁看着两人喝得酩酊大醉，倒在了地上。

郗夜霆已醉得神志不清，他努力挪到卫子辰面前，想要揍他，刚抬起胳膊，胳膊却落在了卫子辰身上。

卫子辰隐隐觉得有杀气，抬腿想要踢郗夜霆，奈何气力全无，腿刚抬起来又落在了郗夜霆的腿上。

两人的姿势最终变成了抱在一起。

极其暧昧,不忍直视。

颜月翎好不容易将两人拆开,让人把郗夜霆背走了。

她看了看喝醉的卫子辰,想要把他抬回房间去。

她将卫子辰的胳膊搭在自己的肩膀上,费了九牛二虎之力才将他拖到了房间的床上,正打算离开,却被一股力道拉住,将她抱入怀中。

颜月翎用力推他却没有推开,卫子辰像只八爪鱼一样将她牢牢抱在怀中。

他的脸离她很近,颜月翎从未如此近距离地看过,和平常完全不同,多了几分柔软和脆弱。

她的心像被什么挠了下,轻轻地抬起手指,依次抚过他的眉眼,高耸的鼻梁和唇。

就在她抚摸卫子辰的嘴唇时,卫子辰突然睁开了眼,她想缩回手,却被卫子辰捉住,歪着头看她:"被我抓到了。"

他的眼神朦胧,带着醉意,似笑非笑地看着她。

颜月翎的脸发烧,心跳加速:"没,没干什么。"

卫子辰撇嘴:"还不承认,我都抓住了。"他握紧她的手心,拉到了胸口按住,喃喃道,"这次抓紧了,不会再弄丢了。"

他攥得很紧,恨不得将她的手塞进身体里,露出了心满意足的笑容。

颜月翎吃痛,轻轻喊了一声,卫子辰连忙松开,将她的手拉到嘴边,轻轻吹了吹,哄孩子似的,问道:"痛不痛?"

颜月翎心情很复杂:"我又不是小孩。"

"我知道。"卫子辰露出了笑容。

"那你干吗每次都把我当孩子?"颜月翎愤愤不平。

卫子辰眨了眨眼,郑重地问:"你讨厌这样?"

颜月翎愣了愣神:"也不是很讨厌,但是觉得你像对待孩子一样。"

"我没把你当小孩子,我也不知道该怎么办。"卫子辰目光深深地望着她,"面对别人的时候,我知道该如何做卫子辰,可是面对你的时候,我不知道该如何才好。"

颜月翎的心更加混乱,这到底是什么意思?

"月翎。"卫子辰的声音沙哑,将她拢入怀中,"我想照顾你一辈子。"

颜月翎心跳如雷,一个轻轻的吻落在了她的额头上。

许久后,卫子辰没了动静,她睁眼一看,却见他已经沉沉睡去。

颜月翎悄悄转过身,望着外面的月光,一夜未眠。

郗夜莲很忙。

作为无极宗的财政主管,她统揽着整个无极宗的买卖,每天都有无数的事要她亲自定夺。

大到未来的项目选择,小到下个月最新款磨刀石的样式设计,都要她来决定。

人生那么短,总要找些乐子,除了工作之外,郗夜莲最大的爱好就是追星看美人。

不论是卫子辰还是秦礐,都够养眼,令她心情大悦,缓解了压力。

回到无极宗后,她的事情更多了。

夜幕降临,她还在翻看账本,喊了一声:"茶。"

来人递上了一盏茶,郗夜莲接过茶盏,瞄了一眼端茶的手,那双手白嫩如玉,不像是丫鬟的手,抬头一看,果然秦礐正笑吟吟地看着她。

"你怎么来了?"郗夜莲又惊又喜,张罗秦礐坐下,又拿过一把小琵琶,"我闲的时候也学了这个,以后你和我在一起的时候,可以说话了。"

秦礐又惊又喜,随着郗夜莲生疏的弹拨开口道:"郗姑娘,你真好。"

郗夜莲笑道:"你老是给我发'好人卡',我要是个男人估计都得伤心死。"

秦礐摇头,"我是说真的,你是我见过最好的人。"

郗夜莲笑道："恐怕很多人不能赞同你的意见。"

秦蘩望着她，语气真诚："我上回说过，你是这世上对我最好的人。我觉得我也应该对你好才对，但是我又做不了什么。"

郗夜莲边弹边笑道："你不必刻意做什么。"

秦蘩顿了下，道："我或许帮不上你什么，但是有些话想对你说。我前两天看到郗公子被颜月翎拒绝了，他很伤心。"

郗夜莲收敛了笑意，琴声越发生疏，音符随着她的指尖蹦出来。

"我看得出郗公子对颜月翎一往情深，颜月翎对他似乎也并不讨厌……我虽然不懂，但也知道郗公子对无极宗很重要……我觉得为了无极宗好，你可以去劝劝颜月翎。"秦蘩说道。

"劝她嫁给我弟弟？"郗夜莲问道。

秦蘩点点头："只有郗公子好了，无极宗的将来才会更好。"

"那月翎怎么办呢？"郗夜莲问，"有谁管过她的感受吗？"

"那无极宗和郗公子怎么办？"秦蘩不解地问道。

"这是我们无极宗的事，不能因为我们的利益，就强行让一个女孩背离她的意愿，做她不愿意做的事。"郗夜莲正色道，"这天下谁都有自己的难，但若以牺牲他人利益来换取，这样的利益也不会长久，我无极宗不会做出这种事。"

秦蘩睁大眼睛看着郗夜莲，这和她设想的结果不一样，没想到郗夜莲居然是这样光明磊落的人。

七夕将至。

卫子辰更加烦躁不安，他想早些离开无极宗。

郗夜霆真是狡诈，当发现对颜月翎装可怜很有用之后，每次都用这个法子对付她。

一拖再拖，竟然拖到了七夕。

"月翎，你到底打算什么时候走？"卫子辰第一百零三次询问颜月

翎,"难道你想要在这里过年吗?"

最近一两个月,他心急如焚,虽然无极宗明面上不再设防,可是暗地里设置了不少人,他半夜曾偷偷出去寻路,但只要出去醉夏苑,就会被几个"偶遇"的宗门人拦住,要和他谈心切磋。

更让他感到心烦意乱的是颜月翎的态度,自打他和郗夜霆比武喝醉的那一夜之后,她对自己的态度有点奇怪,经常躲着他。

中午时分,小丫鬟照例送来饭食,满满当当摆了一大桌。

秦矍也一直没有离开醉夏苑,和他们住在一起,每日里也一起饮食起居。

天气热,三人将饭食摆在回廊下,吹着徐徐的风。

无极宗为了留下颜月翎,极尽讨好之能,饭食一律都是他们喜欢的。

秦矍扫了一眼饭桌,有几样她也喜欢的菜蔬,明白是郗夜莲吩咐的,心里有了几分感动。当所有人的目光都关注在颜月翎身上时,只有郗夜莲没有忘记她。

卫子辰没心思吃饭,只是看着坐在对面的颜月翎,她近来每次都选择距离卫子辰最远的位置坐着。

颜月翎埋头吃饭,不敢抬头,生怕碰到卫子辰的视线,就会想起那一夜落在她额头上的吻。

她的心乱极了,一直以来叫他"师父",突然之间才惊觉他也不过比自己略大几岁,心里有种奇怪的感觉。

她不知道自己到底对卫子辰是什么,也许是依靠?她拿不准。

秦矍冷眼旁观两人,小心揣测着两人的心意,一双眼睛不住地在两人身上来回打量。

卫子辰夹了一块糖醋里脊放进了颜月翎的碗里,这是颜月翎很喜欢的菜,以前卫子辰不会给她吃,甚至还会强调一句:"糖油混合物,肯定会长胖。"

若是从前颜月翎肯定会非常开心,可是她现在却不想吃,卫子辰现在太顺着她了，这让她有种微妙的困惑，仿佛又把她当作一个孩子了。

卫子辰见她不动筷子，却夹了她很少吃的丝瓜，便问道："怎么改口味了？"

颜月翎低头吃着丝瓜："想换换口味。"

多日来的委屈终于忍不住爆发，卫子辰看了她一眼，冷冷地放下筷子："也是，东西吃久了会腻，人看久了会烦。"

颜月翎的筷子落在了碗里，半晌未动。

原本无话不说的两人突然之间变得陌生而复杂，谁也猜不透对方的心思。

卫子辰枯坐良久后，起身离开。

颜月翎胃口全无，怅然坐在廊下，望着不远处的荷塘。

秦颦见两人默然不语，便也放下筷子抱着琵琶弹奏，她近来新学了琵琶，想说话的时候，便自己弹奏乐曲。

秦颦指法生疏，一首曲子弹得支离破碎，颜月翎的心也随着曲子破碎飘摇。

她历来没心没肺，可这一年来却多了许多心事。

"秦颦，"颜月翎轻声道，"我能问你个问题吗？"

秦颦有几分好奇，指尖划过琴弦："你想问我什么？"

"什么才是喜欢？"颜月翎问道。

秦颦的手指停在了琴弦上，望了颜月翎半晌，确定她不是为了讽刺自己，才轻轻拨动琴弦："我不知道，我只知道被喜欢是什么样的。"

"像谢慕容那样对你吗？"颜月翎想了想问道。

"不是，他只是讨好罢了，只是为了满足他的私欲。"秦颦不屑道。

"那什么样才是喜欢？"颜月翎满脸都是困惑。

"从前有个人和我说过，喜欢是成全，而不是占有。"秦颦再次撩动琴弦，"我不明白是什么意思。"

"你没喜欢过别人吗？"颜月翎想想问道。

秦孽思量良久，缓缓地摇了摇头，问道："你为什么问这种问题？"

颜月翎讪讪地抱着双腿，红着脸道："不能问吗？"

"别人问不稀奇，可你怎么会问？"秦孽弹奏得毫无章法，"郗公子待你如宝如珠，无极宗有钱有地位，这是多少女人都羡慕不来的，你还纠结什么？"

颜月翎神色越发困惑："很多人羡慕我？"

秦孽的牙都咬碎了，颜月翎这一脸无辜困惑的样子真是可恶至极，她按捺再三，道："还能找到比郗家更好的人家吗？嫁人就是要寻个高枝。"

颜月翎这才隐隐发现秦孽的梦想并不是行走江湖，而是寻找一个高枝。

"我觉得不是这样。"颜月翎想了想说。

秦孽冷冷一笑："这是人之常情，人往高处走，谁想一辈子做滚地龙呢？"

支离破碎的琴声随着午后的风悠悠飘向了远方。

站在回廊后的白色身影，仿佛凝固了，许久后才缓缓离去。

傍晚时分，郗夜莲来了。

秦孽一见就欢喜地拨动琴弦："你来了？"

"马上七夕了，璃水城里有烟火会，到时候会有很热闹，我来告诉你们一声。"郗夜莲说完，又让人拿了两身衣裳给她们，"这是最新上市的衣裳，按照你们的尺寸定制，你们试试。"

秦孽开心地接过衣裳，郗夜莲向四周看了看问道："卫公子呢？"

"我师父在睡觉吧。"颜月翎不确定，卫子辰如今除了郗夜霆来的时候出现外，其他时间都在房中待着。

"卫公子不是生病了吧？要不要找个大夫来瞧瞧？"郗夜莲关心地问道。

"应该不会。"颜月翎想了想早上卫子辰吃饭的样子,和往常一样挑三拣四,面色红润健康,不像有病。

"我去瞧瞧吧。"郜夜莲还是放心不下,去了卫子辰的房间。

秦颦看了一眼颜月翎,弹动琴弦:"郜姑娘对你师父也是一片赤诚呢。"

颜月翎微微一惊,她倒是从未这么想过,她总觉得郜夜莲像是他们的朋友,如今细细一想,自从他们遇见郜夜莲以来,她对他们真的很好。

她略微想象了下卫子辰和郜夜莲在一起的画面,心里说不出的难受。

她的心里不舒服,鬼使神差地跟在郜夜莲后面去了卫子辰房门口。

郜夜莲敲了半天门,卫子辰才缓缓打开门,半倚在门边懒懒问道:"什么事?"

郜夜莲一惊,眼前的卫子辰长发凌乱,形容颓靡,脸色惨白,一扫往日清俊风雅的姿态,平添了几分沧桑,额头上还隐隐可见汗珠。

"卫公子,你病了?"郜夜莲忙问道。

颜月翎也很吃惊,半天没见面而已,他怎么会变化如此大,仿佛老了十几岁,整个人颓靡不振。她急忙问道:"师父,你怎么了?"

"没事。"卫子辰知道自己此时容颜难看,转头朝向屋内,又问了一遍郜夜莲,"有事?"

"我没事,卫公子你有事吗?"郜夜莲关切地问道。

"若是没事的话,今天不便,容后再见。"卫子辰说完,匆忙进屋关门。

卫子辰回到屋子里,瘫坐在地,浑身是汗,刚才他的功法未练完,一直都忍着剧痛。

这段时间以来,他一直偷摸在房中练习武功。

上回他偶然在郜夜霆送来的秘籍里面发现了其中一本,这本秘籍里面提到可以恢复被废掉的武功。

他不禁心动,当初他按照霍家的秘法封住了自己的经络,无法运气,每每练功浑身便如千刀万剐般疼痛,自此后他便极少练功。

这几年来，他也曾想尝试恢复，然而不得其法，如今却得到了这本秘籍，如获至宝，便悄悄练习。

只是恢复武功的功法极为痛苦，每每练习都疼得犹如拆骨割肉，他咬牙坚持，一声不吭。

为了不让颜月翎担忧，他每天出去吃饭的时候，会仔细妆扮，遮住自己的颓靡之色。

门外再次传来了敲门声，卫子辰不耐烦地问道："谁？"

"师父你怎么了？"门外传来颜月翎担忧的声音。

"我没事，没睡好罢了。"卫子辰放缓声音，隔着门道，"我再睡会儿就好了。"

等了许久，没有再听到屋外的动静，卫子辰这才忍着痛继续练功。

他一口气练到了第二天天明，仔细妆扮好后，正准备出去透透气，一打开房门，却看见门口趴着一个身影，是颜月翎。

卫子辰心头一软，暗自长叹，本来他心里还有些怨念，可是见她傻乎乎地睡在门外一夜，怨念全没了，只剩下心疼。

卫子辰低头看她，颜月翎正在打瞌睡，他俯身正要抱她起来，还没碰到她，颜月翎却突然醒了过来，她急忙起身，却因为脚被压麻了，打了个趔趄，一头扎进了卫子辰的怀中。

卫子辰扶住她，暗自好笑："你做什么？"

"师父你没事吧？"颜月翎顾不得其他，抬头看他，却见他面色如常，没了昨天的颓靡之色，顿时安心了许多。

"你在门口守了一夜？"卫子辰问道。

颜月翎眨眨眼道："我怕你有事。"

"傻瓜，师父怎么会有事？"卫子辰揉了揉她的头发。

颜月翎双手紧紧拽着卫子辰的胳膊，两只大眼睛里隐隐有着泪光，委屈地看着卫子辰。

卫子辰双手将她拥入怀中，软声哄道："别怕，师父不会丢下你的。"

颜月翎埋在卫子辰的胸口,心里一阵悸动。昨天她以为卫子辰出事之后,心仿佛被油煎一样,焦灼了一夜。

她本想不管不顾地闯进去,可是又怕卫子辰会生气,便守在了门外。一夜惴惴不安,胡思乱想,直到天快亮时才迷迷糊糊睡着了。

卫子辰无恙,颜月翎这才感到极度的疲倦,很快靠在卫子辰的怀中睡着了。

卫子辰打横将她抱起,放在了床上,指尖掠过她的脸,微微笑了。

第十四章 从中作梗

他们最大的问题，是彼此都会为对方考虑。误会这件事一旦产生，想要解除就不那么简单。

七夕。

璃水城装扮一新，家家户户门口张灯结彩，处处流光溢彩，把璃水城点缀得如白昼般。

街市上更是热闹，新鲜的果子、头面、冠梳之类的商品琳琅满目，还有卖药、卖诗文字画、算命打卦之人，亦有沿街叫卖茶汤、甜汤解渴的贩卒，各种从未见过的吃食从热气腾腾的锅里捞出，并伴有杂耍嬉闹，街上人群接踵摩肩，热闹非凡。

秦夔一早就要拉着颜月翎出门，卫子辰本不想去，但看颜月翎有兴致，便也跟着一起出来了。

三人见着这份热闹都很兴奋，左瞧右看的看不完。

颜月翎兴奋地挽起衣袖，想要找一家摊子帮着吆喝卖货赚钱，这可是她的拿手活。以前在雾月镇的时候，每逢有夜市，她就会去给人家面摊或者小吃摊吆喝，每次都能免费得碗面或者几样小吃。

"你要干吗去？"卫子辰发现颜月翎已经开始往人家小摊边挤去。

"去当托儿啊，这可是挣钱的好时候，顺便还可以弄点吃的。"颜月翎说道。

卫子辰一听，立即也挽起衣袖，准备跟颜月翎一起去赚钱。

秦夔听到两人的打算，不禁一呆，这两人莫不是有什么毛病吧？无极宗要什么有什么，多少钱都给，怎么会想着去赚这种钱？

师徒二人去了家生意略有些冷清的面条摊子，颜月翎不费吹灰之力就拿到了活——自打卫子辰站在面条摊边，就开始有人往这里涌，甚至连旁边的点心摊子也占了几分好处。

师徒二人齐心合力，开始为面条摊老板宣传，颜月翎负责吆喝，她的声音又甜又脆，格外好听，卫子辰则只需要坐在桌边假装吃面即可。

秦夔本来觉得丢人，不想跟在他们身后，但想了想自己的目的，只得跟在两人旁边，立即吸引了众多人的目光，宣传的效果惊人，老板的面条迅速清空，依依不舍地挥别三人。

几家店铺发现了这个宣传代言的好处，只等两人离开面条摊子后，便一拥而上，拉扯他们去自家店铺做宣发。

颜月翎心情大悦，从来没有发现这么好赚钱！唉，还是自己没有商业头脑啊，早就该让卫子辰出来干活了，他可比自己挣钱多了！

三人最终以十五两的高价谈妥，一起去了百味楼。

沿途一路引起轰动，无数人不由自主跟着去，三人刚抵达酒楼，酒楼里面便坐满了。

"老板，人已经满了，我们就撤了吧。"颜月翎喜滋滋地要钱。

"那怎么能行，他们都才刚坐下，还没点菜呢。"老板不同意，"你们再等一会儿。"他怕几人等不及，又令小二给三人上了一桌酒菜，"你们慢慢吃，吃完了再走不迟。"

颜月翎欢呼了一声："我就说会有好吃的吧！"

卫子辰眼中充满笑意，竖起了大拇指。

师徒两人欢欢喜喜地埋头吃饭，秦矍则随意动了几下筷子，不住地往外瞧。

"秦姑娘，你在看什么？"颜月翎好奇地问道。

秦矍怀抱琵琶轻轻弹拨："看牛郎织女星。"

银河两边，双星遥遥相对。

"今日七夕，佳人相会，传说今天能在一起看烟花的有情人，会永远在一起。"秦矍边弹边道。

颜月翎心中一动，放下了筷子，趴在扶栏边悠悠地望着星空。

秦矍撩动琴弦问道："你想和谁一起看烟花？"

颜月翎望天："这个嘛……"

秦矍看了一眼卫子辰，玉指勾过琴弦："莫非是郗公子？"

卫子辰心头一紧，目光转向了颜月翎，颜月翎却被不远处热闹的人群吸引："咦，那里好热闹啊！哇，那个人会喷火！"

卫子辰走到她身旁，朝她手指的方向看了一眼，只见许多人在看杂耍。

正说着话，那喷火的人朝前方猛吐了一口火，就听到"嘭"的一声，不知从何处发出炸裂声。

颜月翎受到惊吓，不禁闭上眼睛，随即双耳就被一双手捂住了。

"别怕，我在呢。"卫子辰轻声说道。

颜月翎的心猛烈跳了几下，这句话他说过很多次。

每每遇见危险，他就会站在她身旁说，别怕，有我在。

虽然无数次抱怨过他没用，可是却很安心。

因为知道，不论何时他都会永远站在她的身后。

她终于知道了自己的答案，她希望她的余生里都有他。

又一次的炸裂声，她连忙伸手捂住自己的耳朵，却直接覆在了卫子辰的手上。

他的手微凉，带着好闻的味道，让她心安。

炸裂声结束，卫子辰缓缓放下了手："你的脸怎么这么烫？"

颜月翎连忙转移话题："刚才的爆炸声是什么？"

卫子辰道："那人大概不小心点燃了谁的爆竹，你既怕爆竹声，还看什么烟花？"

颜月翎不服："我偏要看。"

"一会儿你要害怕，我可不管。"卫子辰悠悠说道。

"不用你管！"颜月翎气呼呼地鼓着小脸。

卫子辰忍不住捏了下颜月翎的脸，颜月翎更气，轻轻捶了他两下，卫子辰不禁笑了起来。

秦罄冷眼旁观，目光悠悠地投向了街市上。

街上人山人海，她的目光飘忽不定，似乎在寻找谁。

"走，我们去下一家。"颜月翎放下筷子，摩拳擦掌，立誓今夜要挣钱挣个够。

卫子辰看着颜月翎掰着手指兴奋地算着今天晚上能赚多少钱，嘴角始终泛着淡淡的笑意。

秦鏨拨琴连忙提醒他们："我们今天不是出来看烟花的吗？"

"哦，对，把这事给忘了。"颜月翎这才想起本来的目的，"不过现在应该还早，我们最少能再去两家。"

秦鏨很无语，越发觉得不能理解颜月翎，郗夜霆送来那么多昂贵的东西，她都不在意，倒是对这几两碎银看得重，于是扣响琴弦："你想要什么，和郗公子说不就行了吗？干吗要自己赚钱？"

颜月翎头摇得拨浪鼓一样："那不一样，我自己赚的钱花得舒心有底气。"

秦鏨越发不解，同样都是银子，自己赚的和别人给的，有什么区别呢？别人愿意给你钱还不是因为别人觉得你值得吗？那和自己赚的钱性质不都一样吗？

颜月翎笑道："秦姑娘，你有你的道理，我有我的想法。"

卫子辰亦点头："我们卫颜派的人绝不吃软饭。"

秦鏨略略感到不快，卫子辰的话里话外似乎总是瞧不上她，从前那份想要征服的心思又涌了上来。

颜月翎带着卫子辰又去了两家店，赚了二十两银子，这才心满意足地准备去看烟火。

一扭头，却发现秦鏨不见了。

"秦姑娘去哪里了？"颜月翎很着急，"她不会有事吧？"

卫子辰并不担心，淡淡道："她能有什么事？"

"她那么美，万一有人看上她，欲行不轨怎么办？"颜月翎很担忧。

"她认识我们之前，也是独自行走江湖的，你是不是忘了她'武林第一杀器'的名号？"卫子辰道。

"我们还是分头找吧。"颜月翎放心不下，"今天夜里璃水城里的人多，万一有什么意外就不好了。"

卫子辰满脸不悦："你一个人到处乱跑出事了怎么办？"

"我功夫比以前好多了。"颜月翎说，"这段时间的武功可不是白练的。"

"她有那么重要吗？"卫子辰眉心紧蹙。

"我们一起出来的，自然要一起回去才好。"颜月翎郑重其事地说道，"否则人家会觉得我们卫颜派的人太没责任心了。"

卫子辰见她心意已决，便改口道："我们约个地方见面。"

"听说一会儿在璃水码头放烟花，我们半个时辰后在码头见吧。"颜月翎说完就奔向了人潮。

卫子辰看着她的背影微微摇头，真傻。

但他喜欢的就是她的傻。

她的一切。

卫子辰寻了半天也不见人，正琢磨着该想个什么法子时，秦礐却突然出现了。

"你跑哪里去了？"卫子辰不禁皱起眉头。

秦礐弹拨琴弦对他道："刚才我看见了谢慕容。"

卫子辰眯起眼睛，态度变冷："谢慕容？"

之前谢慕容闯进醉夏苑的时候，他正在房中练功，听到了外面动静，本想出来，却一时着急险些走火入魔，昏死在地。

醒来后得知谢慕容被郁夜霆打出去了，他的心里一直憋着一股火。

"他人在哪里？"

秦礐弹拨琴曲，扬起下巴示意："在码头那边。"

"走，你带我去找他。"卫子辰掌心发痒，今天一定要狠狠揍他一顿才好。

秦礐引着卫子辰往码头走去，此时来看烟火的人也越来越多。

两人凭着惊人的颜值，一路顺畅，很快就到了璃水码头附近。

秦鼙带着他往码头上的茶楼走去，手中不停弹奏："我刚看到他就在二楼。"

卫子辰不禁皱起眉头："他也来看烟火？"

秦鼙指了指所有人："都是来看的。"

卫子辰想了想，决定还是去看一眼。他按照秦鼙所指，去了茶楼。

茶楼今夜高朋满座，这里是观赏烟火最佳的位置。

卫子辰上了二楼，走到了朝向码头那边的栏杆处，影影绰绰地看到一个人影站在栏杆边。

卫子辰屏住呼吸，悄然靠近，就在他一掌拍过去的时候，突然发现不对，这是个女人！

卫子辰来不及收回招式，身子急忙朝旁边一闪，撞到了女人身旁的栏杆，对方也被吓了一跳："卫公子？"

"郗老板？！"卫子辰的身子狠狠地撞了一下栏杆，疼得他倒吸了一口气，只能变换姿势半倚在栏杆上问道："你怎么会在这里？"

"这话应该是我问的吧？"郗夜莲很诧异，"这里是我们负责本次烟火大会的所在地。"

卫子辰渐渐明白过来："秦鼙知道你在这里？"

郗夜莲点点头："是她叫你来的？"

就在这时，一枚暗器自暗处朝着郗夜莲飞去，卫子辰不假思索地推开郗夜莲，接下了暗器。

回廊处狭窄，两人没处躲闪，挤在了一起。卫子辰担心还有暗器，护着郗夜莲往后退。

就在这时，橙色、蓝色、紫色的烟火升腾至夜空，伴随着人们的惊呼声，在宝蓝色的天空上绽放出花朵。

河面上，一艘小船正对着茶楼停泊，船首处站着两个人。

正是郗夜霆和颜月翎。

颜月翎找秦釐的时候，遇见了郗夜霆。

"你找秦姑娘？我刚才听人说她去了码头。"郗夜霆指向了码头。

颜月翎望向码头，去往码头的路上人山人海，她知道郗夜霆害怕，便向他告辞："我先去那边了。"

郗夜霆忙拉住她："这么多人，你一个人去，很危险的，我和你一起去吧。"

"但是人那么多，你去不合适吧？"颜月翎拒绝道。

"没事，我已经比以前好多了。"郗夜霆生怕颜月翎小看他，拍着胸脯道。

颜月翎还要推托，郗夜霆倒是比她快一步，她只得跟着去了。

去往码头看烟火的人很多，嬉戏打闹的人也不少，好几次她差点被人撞到，郗夜霆拉着她躲开。

好不容易走到了码头边，两人四下寻了一遍，没有看到秦釐，而郗夜霆也撑到了极点。

他浑身止不住地颤抖，手脚冰凉，脸色很难看，连一句完整的话都说不出来。

"你怎么样了？"颜月翎急忙问道。

"我没事，就是胸口有点难受。"郗夜霆捂着胸口，不住地冒着冷汗，"去个没人的地方就好了。"

"没人的地方？"颜月翎四下环顾，到处都挤满了人。

"船……"郗夜霆指向了河面，只见河面上划来一艘小船，船身上挂着无极宗的标记。

颜月翎心头一喜，赶紧上前拦住了船，带着郗夜霆上了船。

船上除了船夫外，空无一人，郗夜霆在船上待了半天才缓过来。

颜月翎松了口气，对郗夜霆道："我先下船，你在船上好好歇息。"

郗夜霆一把拉住了她的胳膊："你去干什么？还去找秦姑娘吗？"

颜月翎看了看天，说："天色已经暗沉，马上就要放烟火了，我和

师父约好在码头见的。"

"我陪你去吧。"郗夜霆站起来,陪着她走了出来。

"不用了,我自己去就行。"颜月翎心急如焚,只希望尽快找到卫子辰。

她先一步跳出了船舱,郗夜霆紧随其后,她正要吩咐船夫将船靠岸时,烟花在她的头上绽放。

颜月翎呆在原地,一时间竟不敢往上看,她不想和郗夜霆一起看烟火。

"咦,那不是我姐和你师父吗?"郗夜霆突然说道。

颜月翎急忙抬头,只见船正对面的茶楼上,郗夜莲和卫子辰紧紧地站在一起,一起抬头看向了夜空。

颜月翎的心像被人重重捶了一下,她看着茶楼里的卫子辰和郗夜莲,止不住地轻颤。

她恨不得马上冲过去质问两人,却又觉得凭什么质问呢?

他是她的师父。

他只是她的师父而已。

她没有资格去过问这些。

真是好笑,一直都觉得只会是自己离开卫子辰,没想到有一天他可能会离开自己。

他只是把她当孩子吧?所以才一直对她这么好。

郗夜霆恍然大悟:"原来你师父和我姐在一起!他们可真般配啊。"

颜月翎浑身冰凉,微微轻颤,眼泪止不住地往下流。

"你怎么哭了?"郗夜霆大为震惊。

"我太高兴了,终于有人要收了我师父了。"颜月翎擦去眼泪,"真是可喜可贺。"

颜月翎没有看烟花,死死地盯着茶楼上的两人,他们一起抬头看向烟火,多么美好的一幕。

她含着眼泪笑了。

"师父,我会有师娘吗?"十二岁的颜月翎问卫子辰。
"不会。"十六岁的卫子辰答得异常坚定。
"为什么?"颜月翎很奇怪,"别人都有师娘,我为什么不能有?"
"我养不活啊。"卫子辰说,"我养活你一个就很不容易了。"
"那找个能养活我们的师娘呗。"颜月翎一派天真。
"你这个想法不错,我努力努力找个能养活你的师娘。"卫子辰同意了。
"好!我要师娘给我买最好吃的包子。"颜月翎嚷嚷道。
……

颜月翎本想离开,却被郗夜霆拉上了岸,还见到了卫子辰。

卫子辰见到她和郗夜霆在一起,不禁皱起了眉头:"不是说半个时辰码头见的吗?"

颜月翎双目通红,躲开了卫子辰的目光:"我和阿霆在船上。"

卫子辰目光冷冽地掠过站在她身后的郗夜霆,冷冷道:"郗公子不是最厌人多吗?"

郗夜霆深情款款地看向颜月翎:"今天不同,是七夕,有情的人都要在一起。"

颜月翎以为他说的是卫子辰和郗夜莲,心中微微泛起涟漪,却还是勉强笑了笑。

卫子辰的心陡然坠到了冰点,两人一唱一和,仿佛已经成了一对。

郗夜莲忙完了手头的事,走过来招呼他们:"玩累了吧?我让人准备了一桌饭菜,过来吃点吧。"

颜月翎看向了郗夜莲,她还是和以前一样周到,做任何事都妥帖细致,让人如沐楚春风,所有人都很高兴。

唯独颜月翎高兴不起来，她看着郗夜莲忙前忙后，心情更差了。

"月翎，你想吃什么？"郗夜莲笑着问道。

颜月翎耷拉着眉，不想看她，淡淡地问道："我想吃包子，有包子吗？"

郗夜莲一愣："你想吃包子？"

"嗯，想吃最好吃的包子。"颜月翎说。

众人都觉得颜月翎有些奇怪，一直低着头，情绪不高，面对着一桌的美味佳肴却想要吃包子。

卫子辰不动声色地望着颜月翎，轻扯眉头，却没有说话。

面对颜月翎的无理取闹，郗夜莲只是微笑道："好的，我让人去买最好吃的包子。"

颜月翎挤出了一抹笑容，抬头望向卫子辰。他还是如常般坐在灯下，公子如玉，天下无双。

颜月翎扯动嘴角，对卫子辰道："郗姑娘要给我买最好吃的包子了！"

她说得很慢，"最好吃"这三个字说得很重。

而卫子辰早忘记了多年前的胡话，不明白颜月翎的意思，只是望着她和她身旁的郗夜霆。

颜月翎又强调了一遍："最好吃的包子哦！"

卫子辰盯着郗夜霆，琢磨着该如何将他们两人分开，根本没听见颜月翎说什么。

颜月翎抬着头大声说道："郗姑娘人真好，又周到又妥帖又有钱，真是个完美的人啊。"

她说得很大声，仿佛在说服自己，心里又隐隐希望有人反驳。

卫子辰终于找到了机会，趁着上楼的时候，巧妙地挤到前面，将颜月翎和郗夜霆隔开，顺口应道："世上能有几个人比得上郗老板？"

颜月翎用力握紧掌心，微微一笑："师父说得是。"

一顿饭彼此各怀心思，卫子辰和颜月翎都没怎么动筷子。

郗家姐弟却忙个不停，郗夜霆不住地给颜月翎布菜："这个好吃，你尝尝。"

卫子辰冷冷道："那个油脂太多了。"

郗夜霆又换了一样，卫子辰拦下："晚上吃烧烤对身体不好。"

郗夜霆想再换一样，卫子辰眼明心快："辣椒炒肉的辣椒太多了，伤胃。"

"糖醋排骨太甜，容易长胖。"

"松鼠鱼刺太多了，容易卡住。"

郗夜霆想了想把鱼肉夹入自己碗里，剔掉了鱼刺再放入颜月翎碗里。

卫子辰看得直咬牙，不都说郗夜霆六年没和人打过交道了吗？怎么跟个人精一样？

郗夜莲也忙个不停，烟火会刚结束，不少事需要她处理，还不忘记安顿他们。

过了一会儿，有人端来了热气腾腾的包子，郗夜莲对颜月翎道："这是蟹黄包，你尝尝看。"

蟹黄包皮薄如纸，灌满汤汁，包裹着肥腻的蟹黄和肉，入口鲜香。

连卫子辰都没有挑剔这个是糖油混合物，默默吃了两个。

"这个包子真好吃啊。"颜月翎放下筷子，再次看向卫子辰，"这是世上最好吃的包子了吧！"

"喜欢你就多吃几个。"郗夜莲说，"以后天天给你买。"

"郗姑娘你真好。"颜月翎抬头看向郗夜莲。灯火下的郗老板笑容温软，温柔可亲，她真的很好，好到颜月翎想找碴儿都找不到，"谢谢你。"

"客气什么，我们都是一家人。"郗夜莲笑道。

这话卫子辰和颜月翎听得各自品出一番滋味，郗夜霆恍若不觉，犹自忙着给颜月翎剥虾。

窗外传来琵琶声，不知是谁在船上弹奏了一曲《喜相逢》，正应着

这七夕佳节。

秦礜在醉夏苑等了很久。

她不知道自己的这一个小小计谋是否能得逞。有时候计谋不必过于复杂，只需要对症下药即可。

她知道颜月翎看似大大咧咧的性格下藏着一颗敏感的心，她也看得出卫子辰表面什么都不在乎，心里对颜月翎却很在意。

他们最大的问题，是彼此都会为对方考虑。误会这件事一旦产生，想要解除就不那么简单了。

她赌的便是这一点。

果然两人回来时，气氛有些微妙，卫子辰刚想开口说些什么，颜月翎却心不在焉地回了房间。

秦礜站在暗处，看着茫然困苦的两人，心里开始盘算着下一步。

颜月翎翻来覆去睡不着，卫子辰和郗夜莲在烟火下的画面不断在脑海中重复。

记得第一次看他和郗夜莲在马车里时，也没觉得如何。

但偏偏今夜，心里怎么都觉得别扭。

一时想要骂他，一时又觉得自己有病。

从前只觉得卫子辰烦，现在却想起他许多的好来。

之前不能原谅他骗了自己，现在也能体会到他想保护自己的心情。

无论发生多少事情，他一直都在，所以自己才可以这么肆无忌惮地离开，因为内心深处一直都相信，他不会抛下她。

她不愿去想象，他离开自己会怎么样。

卫子辰也很烦恼。

这丫头到底是怎么回事？

他这么一个大帅哥死活看不见，老是和其他人在一起！

当年她第一次见他嫌弃他又脏又臭，此后多年他一直让自己始终保

持干净清爽，身上没有异味。

他自小习武，双手都是厚厚的老茧，她年幼时，他牵她的手，总是可以看到她露出不适的神情。

于是，他便开始热衷于护肤，将自己手上粗糙的皮肤一点点打磨得细腻光滑。

她在街上随口指了一个打扮得帅气好看的公子，他便开始捯饬自己的容貌，打扮成最好看的模样。

全武林的人都夸他好看，为他着迷，他并不在意，他只想成为她眼中最好看的那个。

可是她就是看不见。

他都有点对自己的容貌不自信了，对着镜子看了又看，到底哪里不如郗夜霆？

或者是因为无极宗太好了？

她一直都渴望摆脱倒数第一的名号，能成为武林第一门派之人，她应该会很开心吧。此后再也无须为生计发愁了，无极宗能为她提供所有想要的一切。

不，不，她不是这样的人。

那她到底为什么一直拖拖拉拉不离开无极宗？为什么还要在今夜和郗夜霆一起看烟火？

思来想去，天色大明，他还是得不到答案。

唯一确定的是，必须得抓紧时间恢复功力，才能给她想要的。

秦瞾起了个大早，等着颜月翎起床。

颜月翎今日却一反常态，日上三竿尚未起床。

秦瞾想了想，去了她的房间。

颜月翎很意外："你怎么来了？"

"看你起得晚，就来看看你怎么了。"秦瞾拨动琴弦，"你没事吧？"

"没事。"颜月翎无精打采地答道,"昨夜睡迟了。"

"昨天晚上的烟花好看吗?"秦鏊问道。

一提起烟花,颜月翎低着头闷声道:"还行吧。"

"书上说和喜欢的人一起看烟花一辈子都会在一起。"秦鏊满眼都是期待,"你和谁一起看的?"

颜月翎翻过身背对着秦鏊,闷声道:"这就是骗人的,难道还能当真啊,看烟火的人那么多,难道都能在一起一辈子?"

秦鏊一边弹着新学的一支《双飞燕》一边说道:"这事虽然是杜撰的,但是人心是真的,那一刻想和谁一起看烟火,那是骗不了人的。"

颜月翎心中更加难受,闷在床上不说话。

"听说昨夜郗姑娘和你师父在烟火下定情,真的太浪漫了,我早就看出来了,他们两个人对彼此果然有情。"秦鏊叮叮咚咚地弹着琴,只差唱出来了。

颜月翎一骨碌翻身起来反驳道:"郗姑娘是我师父的朋友。"

秦鏊说道:"她对他多好啊,亲娘也不过如此,我若是你师父,能遇见这样的人,我也会珍惜的。"

颜月翎有点慌,说好的是只是朋友,怎么会一转眼就成了爱人?

"郗姑娘不是你说的那样的。"颜月翎无力辩驳。

秦鏊笑得妩媚,勾动琴弦问道:"她凭什么对他那么好呢?"

颜月翎被问住了,对啊,凭什么呢?

秦鏊离开后,颜月翎躺在床上许久回不了神。

离开颜月翎的房间后,秦鏊看到卫子辰从屋子里面走出来。

卫子辰叫住了她,面色生冷地问道:"昨天晚上是怎么回事?为什么郗老板在那里?"

秦鏊无辜地眨眼,勾了两下琴弦:"我不知道啊。"

"你不是说看到谢慕容了吗?"卫子辰眼神冷冽,眼里闪过一丝愠怒。

"我是看见了呀。"秦颦再次勾住琴弦,"你没找到他,又不是我的问题。"

卫子辰眼神越发冰冷:"这一切是不是你设计的?"

秦颦抬头看他,露出了绝美的笑容,指尖勾动琴弦:"卫公子,这样做对我有什么好处?"

卫子辰面色沉沉地望着她,他不相信这些会是郗夜莲的算计,郗夜莲不是这样的人。可是这一切与秦颦无关,她为何要这样做?

秦颦浅笑一声拨响琴弦:"卫公子,我知道你因为颜姑娘和郗公子去看烟火心情不好,但是别把气撒在我身上。"

杀意自卫子辰的眼里一闪而过,他不想再与秦颦说话,转身便要离开。

秦颦却拨动琴弦追在他身后大声说:"像郗夜霆这样多金、家世好、长得帅气,还很温柔体贴的男人简直是完美,颜姑娘可真是找到宝了。"

卫子辰停下了脚步,目光沉沉地望着她:"既然你这么羡慕,干吗自己不去嫁给他?"

秦颦的指尖在琴上一顿,缓缓道:"可惜郗公子对你徒弟情根深种,我再美也是无用。"

卫子辰欲走,秦颦又撩起琴弦道:"不如你试探试探她吧。"

卫子辰再次停下脚步,用询问的眼神望着她。

秦颦随着音乐循循善诱:"话本里面都说了,说话是会骗人的,但是反应不会,你若想知晓她的心意,不如试探一番。"

卫子辰垂眸,并未说话,半晌后再次提起脚尖往前。

"你是怕试探出来的结果无法接受吗?"秦颦故意激他。

卫子辰扫了她一眼,淡淡道:"秦颦,我的忍耐是有限度的,你别再激怒我。"

"为什么不敢试试呢？"秦蘩的声音魅惑至极，"说不定有惊喜呢？"

卫子辰似乎没听见，大步向前，只留下一道白色的身影。

秦蘩望着他的背影，嘴角上扬，知道给他的心里埋下了一颗种子。

整整一天，卫子辰都没有心思练功，秦蘩的话仿佛恶鬼的声音，反复在他耳边回荡。

试试吧。

卫子辰心中烦闷，走到屋外，却看见郗夜霆又来献宝。

这个小子怎么回事？和颜月翎说话时候像个情场老手一样，不仅话说得好，还很有眼力，给颜月翎端茶送水剥葡萄，就差捶腿按摩了。

卫子辰刚准备上前教训他两句，就听到了郗夜莲的声音："啊，这该死的破碎感！真是太动人了！"

方才，郗夜莲刚巧进门，一眼就看见了卫子辰站在屋檐下，遗世独立，美得仿佛一幅画。

卫子辰偷瞄了一眼颜月翎，发现她居然看向了他们，便故意笑得春风拂面："夜莲，你来了？刚巧，我还正想着去哪里找你。"

郗夜莲有些奇怪地看着他："你找我？"

卫子辰微微颔首，仔细打量了郗夜莲一番后，笑道："今天你穿的这身是新衣裳吧？"

郗夜莲笑眯眯道："你眼光真好，确实是这一季的新款。"

"剪裁得当，款式新颖，尤其腰线收得很好。"卫子辰以专业的口吻说道。

郗夜莲更加开心："卫公子，想不到你居然这么懂衣饰，我刚收购了几家成衣铺，都想请你帮我了。"

卫子辰一笑，走到郗夜莲面前拔下了她头上的一根金簪，对她道："这个簪子有些多余了。"

郗夜莲也很赞同："刚才我就觉得哪里有些不对劲，果然还是多了，卫公子的眼光真是不错啊。"

两人站得很近，聊起当下的服装款式很是投机。

颜月翎也不知心头哪里来的火，故意大声对郗夜霆说："阿霆，你看我这招练得怎么样？"

她故意和郗夜霆凑得很近，郗夜霆轻轻触碰她的手腕，修正她的姿势，口中全是赞美："练得真好！"

卫子辰瞥见了两人的动作，目光里闪过一丝阴霾，取出了一沓纸递给郗夜莲："这些是之前你说过要的。"

郗夜莲一看，全是一些美容护肤的方子。郗夜莲喜笑颜开："这个肯定能热卖！"

"恭喜郗老板发财。"卫子辰淡淡笑道。

他一抬手在郗夜莲的面前虚捏了一下后再次展开手心："蚊子。"

郗夜莲笑道："我一会儿让人多送些艾叶来熏熏。"

卫子辰含笑致意："劳烦了。"

两人仿若一对夫妻，闲话家常，憧憬着未来店铺的生意。

颜月翎丢下剑，跺脚转身离开了醉夏苑。

卫子辰见颜月翎离开，没有再和郗夜莲说话，只是看着她远去的背影，心里更加混乱。

第十五章 师父抢亲

我所有的东西都可以给她,包括这条命。

郗夜莲真的挺好的。

颜月翎找不出什么理由挑剔，郗夜莲性格好，为人好，家世好，又聪明能干，简直完美。

唯一不合适的地方，大概是觉得卫子辰配不上她，可是只要郗夜莲喜欢，自己也没办法反对。最重要的是，卫子辰愿意啊。

颜月翎心里一阵难受，他不是说好了，这辈子都和她在一起吗？

骗子！

颜月翎突然离开，郗夜霆也赶紧跟在她的身后。

两人一前一后漫无目地在无极宗内走了很久。

谁也没开口，一直到颜月翎走得脚酸，停下了脚步。

郗夜霆这才问道："你怎么了？"

颜月翎摇了摇头，情绪低落地说："没什么。"

郗夜霆没说话，只是挪了挪自己的位置，过了一会儿，他又挪了挪。

颜月翎很奇怪："你干什么？"

郗夜霆腼腆地指着天空说："有太阳。"

颜月翎这才明白郗夜霆挪来挪去是为了给她挡阳光，不禁有些感动。

郗夜霆对她也是真的无可挑剔。

"你们二人站在这里做什么？"郗无极打此路过，见两人站在太阳底下暴晒，不禁奇怪，"今天太阳这么大，也不去躲躲。"

郗夜霆向郗无极行礼："爹。"

郗无极心头宽慰，应得格外响亮，又对颜月翎说："自从颜姑娘来到我们无极宗，我总算能听到他叫几声爹了，要多谢你啊。"

颜月翎有点尴尬，郗夜霆腼腆一笑，目光亮亮地看着她，像只无辜的小狗。

郗无极见状又提起旧话："颜姑娘，上回老夫提的建议，你考虑得如何？"

颜月翎一愣，郗无极又道："不说我无极宗待你如何，就说阿霆，他对你也是真心实意的，这样的男人也不差吧？"

颜月翎不语，只是习惯性地朝着醉夏苑的方向看了看，却看见卫子辰陪着郗夜莲漫步而来。

两人如一对璧人，郗夜莲脚下不稳，差点摔了一跤，赶紧扶住卫子辰的胳膊："抱歉。"

"无妨。"卫子辰淡淡一笑。

两人相携而行，在偌大的无极宗内行走，身后是高大华丽的楼宇，他们仿佛行走在自己的宫殿里，般配而完美。

颜月翎的掌心里都是指甲印，她垂下头对郗无极说："我答应。"

颜月翎答应得太突然，郗无极愣了一会儿才反应过来，喜上眉梢："当真？颜姑娘，真是太好了！来人，快！马上准备婚礼！不不，婚礼太仓促了，还是先订婚吧！今天晚上就订！"

郗无极生怕颜月翎反悔，恨不得马上把生米煮成熟饭，连声吩咐下去。

郗夜霆傻傻地看着颜月翎，幸福来得太突然了。

"月翎，你说真的吗？"

颜月翎挤出了一抹笑意，缓缓地点点头。

颜月翎后悔了。

她怎么能一时冲动答应这种事呢？

越想越觉得自己太冲动了，可是事情已经朝着她不可控制的方向发展了。

郗无极非常有效率，无极宗很快被装扮一新，到处都挂着红灯笼、红帷幔、铺着红地毯，向所有人宣布无极宗有喜事了！

郗无极还很贴心地安排了八个丫鬟陪在颜月翎身旁，帮她更衣上妆。

颜月翎很崩溃，想溜都溜不掉，走到哪里都有人跟着。

更崩溃的是卫子辰，他得知颜月翎要和郗夜霆订婚后，惊怒交加，目眦欲裂："不可能！"

郗无极笑眯眯地捋着胡子说："颜姑娘同意了。"

卫子辰怒意极盛，连声音都变得宛如刀锋一样锐利："我不同意。"

郗无极笑道："卫师父，他们晚辈情投意合，你做长辈的，难道不该成全吗？"

卫子辰一挥袖："我没看出她和郗夜霆情投意合。"

郗无极一摊手，脸上虽然带着笑，眼神却锐利了几分："事实就是如此，卫师父，你何必处处阻碍？"他带着警告的口吻说道，"这是我们无极宗的大喜事，我可不希望有任何意外发生，否则不论是谁，我无极宗绝不会轻易绕过。"

郗无极告诫完卫子辰后，命人将他拦在了醉夏苑外面，不允许他和颜月翎接触。

卫子辰悔恨至极，他万万没想到自己的试探，结果竟是这样。

她怎么能答应嫁给郗夜霆？她不可能爱上郗夜霆！就冲着她今天看到自己和郗夜莲的反应就该知道了。

他真傻，怎么还需要试探呢？

在一起八年的时光，她的心什么时候离开过他？一次次把她赶走的人是自己啊。

他一定要带她离开，不论付出什么样的代价。

夜幕降临，月上中天。

无极宗内铺天盖地的都是红色，整个宗门都透着喜气。

无极宗上下所有人都挤在鼎阳居中，都翘首以待未来无极宗的宗主和宗主夫人。

郗无极更是老泪纵横，终于等到了这一天。

郗夜霆既开心又紧张，只想躲到院子里去。

"爹，咱们能不办这个吗？"

"胡说，这可是大事，必须得办！"郗无极安慰他，"没事的，你只管露个脸就好，其他事都不用你管。"

郗夜霆还是深深感到恐惧，对他来说，在那么多人面前露脸简直就是一种刑罚。

"今天只当是一个练习，日后你办婚礼的时候，全武林的人都要来参加，人会更多。"郗无极拍着他的肩膀慈爱地说，"你是未来的宗主，迟早都得面对这些。"

郗夜霆一想到郗无极说的画面，几乎要昏过去："爹，我不想要这样。"

郗无极叹气："我也知道你不容易，但这是你的责任，你想想颜姑娘，是不是就好多了？"

郗夜霆闭目想了想颜月翎，不禁微微松了口气。

郗无极很欣慰："为了颜姑娘，你要做个更强的人才行。"

郗无极安慰完郗夜霆后，向众人道："今天是我们无极宗的大喜日子，小儿夜霆和颜月翎姑娘将要结为连理，请大家认一认人，日后颜姑娘就是我们无极宗的人，大家都要谨记，绝不可以对她无礼！"

颜月翎被丫鬟们众星捧月般地送了进来。

她一身金丝石榴红裙，金线锁边，裙幅宽阔，以金线绣满大朵芙蓉，梳着式样繁复的牡丹髻，鬓发高耸，蓬松光润，当中插着赤金拔丝丹凤口衔四串明珠宝结，右边簪着一支映红宝石的绛桃，还插着一支金雀玉搔头，累累璎珞珠钗摇曳，身上挂满了璎珞、玉环，走起来叮当作响。

她原本就长得娇俏可爱，如此打扮更是富贵逼人，光彩夺目。众人交头接耳，纷纷称赞她与郗夜霆是郎才女貌。

颜月翎觉得浑身上下都不自在，脑袋沉重得抬不起脖子，身上的衣服一层又一层捆得她走路困难，她满脸都写着不情愿。

人群里面突然骚动起来，原本夸赞颜月翎的声音全都消失了，所有人的目光都集中向同一个人。

卫子辰一身白衣走进了婚礼现场,径自走到颜月翎面前,抬起一只手对她粲然一笑:"月翎,走。"

众人一惊,热闹的订婚现场陡然变了气氛,连奏乐都停了。

颜月翎一愣:"师父?"

她情不自禁地抬手,却被郗夜霆一把拦住,沉着脸对卫子辰道:"卫师父,你想干什么?"

"如你所见,阻止这场不该有的婚礼,带她离开。"卫子辰平静地看着郗夜霆。

郗夜霆怒道:"你凭什么说这是不该有的婚礼?"

"凭她不愿意。"卫子辰再次看向颜月翎,"她的心里从来都只当你是朋友,而你却利用她的善良,一而再,再而三地满足你的私心。"

"我没有!"郗夜霆大怒。

卫子辰眉头一挑,指向了众人:"正好今天所有人都在,你敢对他们发誓你没有利用过她吗?"

众人都看向郗夜霆,郗夜霆陡然心理压力增大,结结巴巴地说道:"没,没有!"

"既然没有,干吗这么心虚?"卫子辰逼问道,"你敢说和月翎的婚事你当真没有动过手脚?"

"没,没有!"郗夜霆更加结巴。

"卫师父!我一直敬你是颜姑娘的师父,对你百般忍耐,但是你如今这种做法实在是太欺负人了!"郗无极大怒,"你是当我无极宗没人了吗?"

"郗宗主,在下卫颜派掌门卫子辰,今天是来带我的徒弟颜月翎离开的。我们两家门不当户不对,无法联姻。"卫子辰不卑不亢朗声答道。

郗无极捋着花白的胡须,满脸愠怒之色:"卫子辰,你不要欺人太甚。来人,把他拿下!"

一众人将卫子辰围在中间,雪亮的刀光晃得满屋子都很扎眼。

颜月翎心头一紧,飞身拦在卫子辰面前:"别伤害我师父!"

"慢着!"郗夜莲连忙喝止众人,"爹,卫公子到底是颜姑娘的师父,你要是抓了他,颜姑娘也不会开心的。"

郗无极想了想,沉声道:"卫师父,你若是不再胡闹,我便当此事没有发生过。"

卫子辰嘴角扬起弧度:"多谢宗主宽宏大量,但此事我不可能不管。"

郗夜莲上前劝道:"卫公子,我知道你爱徒心切,但是我家夜霆对她一片赤诚,你何必处处阻拦?"

"凭我了解她。"卫子辰目光投向颜月翎,不禁扬起一抹笑意,"我知道她所有喜好憎恶,知道她心性善良,她是个连小猫小狗都不忍心伤害的人,对郗公子的不是爱,而是怜悯。"

"胡说八道!"郗无极的胡须不住地颤动,"我儿子不需要任何人怜悯!"

"如果真的不需要,他为何屡屡装可怜留下她?"卫子辰反唇相讥,"郗夜霆,你自己说,你是不是个男人?"

郗夜霆被问呆了,条件反射性地点了点头。

卫子辰又说:"那你既然是个男人,是不是该尊重她?而不是用手段欺骗她?"

郗夜霆点头:"我待她是真心的。"

"好,那你能为她做什么?"卫子辰问道,"别说什么无极宗的人供她驱使,财物任由她选,那都不算什么。你敢不敢把你的命给她?"

郗夜霆一愣:"命?"他从未想过这个问题,对他而言,所有的东西都是准备好的,理所应当的,不值得他去用命相拼。

"我可以。"卫子辰粲然一笑,看向了颜月翎,目光温柔,"我所有的东西都可以给她,包括这条命。"

郗夜霆也看向了颜月翎,许久没有开口。

卫子辰再次看向颜月翎："月翎，你若是想嫁他，我绝不阻拦，但若是不愿意，就算拼了这条命，我也会带你离开。"

颜月翎一团混乱，她本来并不想嫁人，卫子辰来闹事，她隐隐觉得开心，可是眼下这种情况她该怎么办？

若是说不愿意，郁无极恐怕会杀了他们吧！

可是若说愿意，心里总有些不情愿。郁夜霆的态度，她心里了然，虽然能理解，但是她明白这份感情并没有那么深。

但是看到郁夜莲在这里，之前的种种始终在眼前浮现。

郁夜莲见颜月翎神色犹豫，便对卫子辰道："这么多人，你这么问她，叫她如何自处？"

她拉着颜月翎走到一旁悄声问道："颜姑娘，你悄悄告诉我，你愿不愿意嫁入我们家？若是你愿意，我去告诉你师父；若是你不愿意，我送你离开。"

颜月翎咬住嘴唇片刻后问道："你要做我师娘吗？"

郁夜莲很意外："谁说的？"

"那你们之前……"颜月翎吞吞吐吐地问起之前两人的暧昧。

郁夜莲听了，心下了然，反问道："你师父说他最了解你，那你不了解他吗？"

颜月翎一愣，她如何不了解？！

"那你觉得他这样的人，会和我这样的人在一起吗？"郁夜莲看着她的反应了然，"我现在知道什么叫感情使人蒙住眼睛了，你们两个原本是互相最了解的人，现如今却成了最不了解对方的人。"

颜月翎似懂非懂地望着郁夜莲，当真是她不懂吗？

郁夜莲转身对郁无极道："爹爹，这桩婚事还是算了吧。"

郁无极大惊失色："你说什么？"

"卫颜派还是不适合与我们无极宗联姻。"郁夜莲说，"再说了，夜霆不是个孩子，颜姑娘也不是玩具，不能为了让他开心，就绑了另外

一个人,这也不符合我们无极宗一贯以来的做法。"

郗夜霆万分委屈:"我,我没有绑架她……"

"夜霆,你是将来无极宗的宗主,做事要三思,颜姑娘待你到底如何,你难道不知道?"郗夜莲问道。

郗夜霆不说话,他心里何尝不知,她一直只是把他当作朋友相待,并无男女之情。

他脸色惨白,说不出话来,只是目光幽幽地看向颜月翎。

颜月翎见他神情不好,亦有点担心:"你还好吧?"

郗夜霆的眼泪差点夺目而出,她无数次问过这句话,每次他都会点头露出笑容,就算她对自己没有男女之情,可是自己却是真的喜欢她啊。

"喜欢一个人,不是非得要和她在一起,最重要的是她开心啊。"郗夜莲说道。

郗夜霆不自觉用力点了点头,深吸一口气,对郗无极道:"爹,让他们走吧。"

郗无极难以置信:"你……"

"姐姐说得对,我是未来的宗主,不能把所有的希望都放在别人身上,我得自己站着。颜姑娘很好,但是我不能绑着她。"郗夜霆心如刀绞,却努力挤出一抹笑意,"多谢你。"

颜月翎有点意外:"你……"

"快些走吧,趁我还没改变主意之前。"郗夜霆不敢看她,转过头看向郗夜莲,"日后我们江湖再见!"

月至中天。

一红一白的两个身影走在路上,仿佛两个厉鬼,远处的行人吓了一跳,纷纷找地方躲起来。

待两个身影靠近,这才瞧见是两个绝色之人。

红衣新娘打扮,白衣容颜绝世,正是颜月翎和卫子辰,两人自无极宗出来后，就一路狂奔，生怕郗无极改了主意又派人追上来。

两人一路奔到了码头，卫子辰问道："月翎，你想要去哪里？"

"回霁月镇。"颜月翎一脚踏上了船。

卫子辰紧随其后也上了船，船夫见到两人后，默默地把晚上不出船的话咽回了肚子里。

卫子辰定了定神，正要开口问她是不是当真想回去。

颜月翎却一转身抱住了他，卫子辰愕然，怀中人伏在他的胸口，微微颤抖。

卫子辰没说话，只是张开双臂将她环在怀中。

小船无声无息地在夜色中缓缓驶出了璃水城。

卫子辰怕她伏在胸口久了窒息，这才松开她，抬起她的头一看，脸上的妆容都哭花了，伸手替她擦眼泪，柔声哄道："没事了。"

颜月翎的小手紧紧抓着他，眼泪不住地往下掉："你怎么这么大胆？郗宗主要是让他们动手怎么办？"她一阵后怕，若非郗夜莲出声阻止，后果不堪设想。

卫子辰轻轻摸着她的头，淡淡笑道："谁让他们逼你做不想做的事，如果有下回，我还敢。"

颜月翎眨巴着眼睛，抬头看他。眼前的卫子辰立于月光之下，月光染了他一身的银色，连双眸都闪着银白色的光。

她低着头结结巴巴小声地问："你，你怎么知道我不想？"她不敢提嫁人，怕卫子辰生气。

卫子辰眉头一挑，指尖掠过她的脸颊，轻轻捏了捏她的小脸："我就是知道。"

颜月翎心里没来由一甜，再次埋首在他怀中。

"你下次就算再生气，也不可以拿婚姻赌气了。"卫子辰一想起今夜她差点嫁给了郗夜霆，恨就不打一处来，本想好好教训她，但是心又软了。

颜月翎没反驳,她也觉得自己太冲动,差点让卫颜派灭了门。她可怜巴巴地看向卫子辰道:"但是我忍不住嘛。"

卫子辰一时没听懂,眉头拧成了一团:"你还想再这样?"

"那要看你。"颜月翎没头没脑地说道。

"看我?"卫子辰惊愕不已。

"对啊,看你,谁让你和郗姑娘那么好!"颜月翎回想起那幕还是气鼓鼓的,"都说你们两个才是最般配的,我当然要成全你们了。"

卫子辰又好气又好笑,她果然是吃醋了,心里一阵欢喜。他屈起手指在她的头上轻轻敲了下:"我不用你成全,我会成全我自己。"

颜月翎似懂非懂地看着他:"什么意思?"

卫子辰叹气摇头:"我觉得你应该看点话本子,别老看武功秘籍了。"

他不等颜月翎抗议,再次圈住颜月翎,轻轻在她耳畔道:"我再也不会让你跑掉了。"

颜月翎伏在他的胸口,不敢抬头,脸上红得快要烧起来了。

银亮的月光洒满了江面,小船朝着远方漂去,身后的璃水城越来越远。

回到雾月镇之后,一切都是熟悉自在的。

颜月翎还是和之前一样,不同的是她逼着卫子辰把之前看过的秘籍默写下来,否则就不给他买护肤品。

卫子辰惊呼:"那么多秘籍,默写到什么时候去啊?"

"那我不管,反正你得默写下。"颜月翎在他面前堆了小山高的纸和好大几块墨。

卫子辰痛苦地闭上了眼睛,长长地叹了口气。

"做点师父该做的事吧!卫颜派的前途就在你手里!"颜月翎说,"我们在无极宗看过那么多秘籍,总不能白看吧?"

卫子辰心中腹诽，大部分秘籍他都看不上，奈何徒弟凶悍，他也只得照办。

"对了，我已经报名了武林大赛，这次无论如何我们都不能再垫底！"颜月翎卷起衣袖，摆出奋斗的姿势，"你也要有师父的样子，努力练功！"

卫子辰一边敷衍一边笔走龙蛇地默写秘籍："早知道如此，当初就该在无极宗拿几本秘籍走。"

"是啊，无极宗多好啊，"颜月翎故意说，"每天吃喝不愁，护肤品管够，要什么有什么。"

卫子辰眉头一挑，笔尖一顿，眯着眼睛看向颜月翎："想回无极宗了，还是想那个阿霆？"

"阿霆怎么了？难道你不想郗老板？"颜月翎瞪了他一眼，"她可是帮你实现了护肤品自由呢，你不是说她的安排总是最好的吗？"

卫子辰瞥了一眼颜月翎，她扬着头，小脸气鼓鼓的，可爱极了，不禁笑了起来。

"你笑什么？"颜月翎更气了。

"笑你可爱。"卫子辰眉眼里都是温柔。

颜月翎面上一红，假装愠怒，转身往外跑："今天若是你默写不完这本秘籍，就不准吃晚饭！"

卫子辰连声喊道："记得买鱼，不能再吃红肉了！"

"哼，我偏要买肉！"颜月翎直奔猪肉摊，"老板，给我来块五花肉！要肥多瘦少的那种！"

老板很开心，最近因为减肥思潮盛行，猪肉销售遭到重创，尤其是五花肉更加滞销，他切了一块五花肉给她，还多搭了一块猪板油。

颜月翎拎着猪肉正要往回走，突然看到了一个熟悉的身影站在不远处的点心铺门口，还是穿着一样的衣袍，手摇折扇，摆出一副翩翩公子的模样。

269

颜月翎不禁皱眉,想不通谢慕容为何在这里。

点心铺的老板看见了她,指着她对谢慕容道:"颜姑娘不就在那儿吗?"

谢慕容朝着颜月翎看过来,颜月翎如临大敌,莫非他是来复仇的?

"好久不见。"谢慕容微微欠身拱手,"近来可好?"

"你有什么事?"颜月翎冷冰冰地问道。

"我听说了之前无极宗发生的事了,特意来看看你。"谢慕容满脸关切,"你还好吧?"

"我好得很。"颜月翎往后退了半步。

"至于要这样吗?我们之前好歹也一起努力奋斗过。"谢慕容很伤感。

"别再提从前。"颜月翎一想起从前就恨不得狠狠抽自己,"有话快说,有屁快放!"

谢慕容原本还想上演一套煽情戏码,却见她软硬不吃,只得将自己来的目的和盘托出:"我是来和你们联合的,我知道你们参加了本年度的武林大赛,我想和你们一起。"

"我们为什么要和你联合?"颜月翎冷笑一声。

"我打听过了,你们的实力加在一起,比倒数第二名还差很多,如果加上我,你们才能保证不会名落孙山。"谢慕容说道。

"不必了,我们卫颜派和谢家永远不可能联合。"颜月翎断然拒绝。

"哪怕你们被江湖除名?"谢慕问道。

"你怎么知道我们一定会被江湖除名?"一道身影自两人身后缓缓现身,白衣胜雪,风采过人,只是一双眼睛冷若冰霜。

卫子辰不期然地出现,吓了两人一跳,尤其是谢慕容,不禁后背发凉。

谢慕容有点害怕卫子辰:"我,我只是个建议……"

"你的建议?你还是担心担心你自己吧?如果你还是想做谢家后人,那就先得过我这一关。"卫子辰冷冷说道。

谢慕容很明智地退后了三步，撒腿就跑。

"他跑那么快干什么？"卫子辰眉头一挑，看着谢慕容的背影，满腹狐疑地望向了颜月翎，"他刚才做了什么对不起你的事吗？"

"没有，他大概是害怕你吧。"颜月翎耸了耸肩膀，懒得再管谢慕容，转而问他，"你怎么出来了？"

"某人说去买菜，结果半个时辰还未回来，"卫子辰握住了她的手，"我还以为我又要出去贴寻人告示了。"

颜月翎小声嘀咕："连一炷香的时间都没到，哪有半个时辰？"

"我说有就有。"卫子辰以不容反驳的口吻说道，"回家了。"

他牵着颜月翎的手，慢慢往自家小院走去。

阳光倾泻，落在两人的身上，一路和风，吹向远方。

第十六章 仗剑江湖

我不在乎做不做武林第一,只要在你心里是第一就行了。

一个月后。

武林大赛再次开启。

又是一年武林盛事，所有的武林门派都来参与。

这次比赛和往年一样，还是由无极宗赞助，一进会场，随处可见无极宗的摊子，售卖各种兵器、铠甲等，甚至连磨刀石也有。此外还有各种热门选手的同款衣服、武器等。

吸引客人眼球的，还有今年推出的秦鏊同款衣服、首饰、胭脂等，一经推出立即售罄。

"郗姑娘真厉害啊。"颜月翎啧啧称赞，"你如果留在无极宗，现在护肤品也应该推出赚翻了吧。"

卫子辰赞同："是啊，我为了你少赚了好多钱。"

"你现在后悔还来得及。"颜月翎指着不远处的郗夜莲，嬉笑道，"她就在那儿呢。"

"你眼睛倒是尖，是不是因为看见郗夜霆了？"卫子辰指着郗夜莲身旁的郗夜霆问道。

两人针尖对麦芒，互不相让。这时会场里面一阵骚动，秦鏊身着盛装款款入内，身后还跟着谢慕容，谢慕容怀中抱着二胡，很显然他已经找到了新的就业方向。

秦鏊美貌的杀伤力无敌，她在谢慕容的伴奏下，向众人打了声招呼，迷倒了无数人，更多的人涌向了店铺，预订秦鏊同款产品，连同款琵琶都卖光了。

毕竟谁不想成为武林第一美人呢？

秦鏊见销售形势良好，满意地离开了。

一转身看见了颜月翎和卫子辰，便朝着两人走来。

"秦姑娘生意兴隆啊。"颜月翎笑道。

秦鏊勾起了小拇指，谢慕容立即拉奏琴弦，秦鏊笑道："还好，做生意比习武更开心。"

她一直留在郗家，帮着郗夜莲做生意，赚钱的感觉实在太过美妙，如今她完全放弃了习武，专心打理生意。

"你来比武吗？"秦氅扫了她一眼，"你还真是执着呢。"

颜月翎点点头："我们卫颜派今年一定不会再垫底了。"

秦氅看了一眼颜月翎身后的卫子辰，目光微微一闪："那就祝你们旗开得胜吧。"说完又想起什么似的，"对了，我在那边有个贵宾席，不如到我那儿坐坐？看比赛现场特别清楚。"

卫子辰拒绝道："不必了，我们就在场边看看。"

秦氅笑道："那个座位不是郗家的座位，离他们远着呢。"又对颜月翎说，"知己知彼，百战百胜，看得清楚才好迎敌啊。"

卫子辰警惕地问："你干吗要帮我们？"

"说什么我们也是一场故交，若非你们，我也不会和夜莲认识，更不会有今天这么好的日子，算我谢谢你们。"秦氅笑吟吟地说道。

秦氅没有骗他们，从前她渴望寻一个高枝有所依，可是遇见郗夜莲后，她却渐渐发现自己的人生有另外一种可能。

她问郗夜莲能否和她一样做生意，郗夜莲爽朗地答应，并帮她出了许多主意。

秦氅很感动："郗老板，你为何这么帮我？"

"你是我见过最美的姑娘，"郗夜莲笑道，"我不想看你走弯路，美貌总有一天会消失，想要依靠别人照拂你一生，终究不是长久之计。"

秦氅明白了郗夜莲的意思，自那之后，她跟着郗夜莲学做生意，渐渐也找到了门路。

颜月翎有点心动，比赛场地旁边人山人海，她无法靠近，看不清楚。她说："师父，要不我们就打扰下秦姑娘吧？"

卫子辰的目光落在秦氅身后的谢慕容身上一言不发，秦氅又笑："你要是觉得他碍眼，我也可以让他离开。"说着她挥了挥手。

谢慕容见状，虽然面上有些不甘，但还是立即退下了场。

眼见秦矍如此，他们也不好再拒绝，便跟着秦矍去了她的贵宾席。

不差钱的武林门派每人都有一间贵宾席包间，当中设置了软榻、桌椅等，方便坐卧休息。此外还配有武林书局最新出版的武林秘籍等。

秦矍的贵宾包厢距离看台很近，视野开阔，看得非常清楚。

颜月翎兴奋地站在包厢边看向远处，两眼放光："哇，这也看得太清楚了吧。"

卫子辰站过去一望，却发现无数双眼睛都看向了他们这里，这也难怪，毕竟颜值太高，容易引起轰动。

他们包厢的正对面，还有一道炙热的目光追随着颜月翎，正是郗夜霆。

卫子辰皱眉对颜月翎道："你到后面去坐着。"

颜月翎没有看见郗夜霆，说："为什么？我也要看。"

卫子辰道："没什么可看的。"

"我们要了解对手啊。"颜月翎不服气。

卫子辰眼见着郗夜霆要和她打招呼，急忙伸手蒙住她的眼睛，将她转身按在了椅子上。

"你乖乖在这里等着，为师看完了再给你分析。"

颜月翎气得满脸通红："我为什么不能看？"

卫子辰拿过一本武林秘籍递给她："你先看看书，一会儿再说。"

颜月翎还是无心看书，一心只想看比武现场。

"月翎！"郗夜霆不期然地出现在包厢门口，"我还以为刚才看错了呢。"

颜月翎很意外，看着郗夜霆半晌后打了个招呼："郗公子？你好像和之前不一样了。"

郗夜霆笑着点头："托你的福，我现在比之前好多了。"

颜月翎感到一丝尴尬，上回订婚的事她也有错。

卫子辰不动声色地插到两人中间:"少宗主有什么事吗?"

郗夜霆看见卫子辰脸色微变:"来看看月翎。"

"我们很好,多谢你。"卫子辰故意强调了我们。

郗夜霆恨得牙痒痒,假装没听见,只问颜月翎:"你们什么时候上场?"

"我们早着呢。"颜月翎答道,"按照上一回排名的成绩顺序上场的话,应该是最后上场。啊,对了,无极宗已经比过了吧?"

"嗯,我比的。"郗夜霆点头。

颜月翎更加吃惊:"你?这么多人面前?"

郗夜霆摸着两手的护臂:"我想成为更好的人,才能配得上更好的人。"他虽没有说"更好的人"是谁,但却含情脉脉地看着颜月翎。

卫子辰一听,浑身上下都散发着杀气,这小子之前在人前连话都不敢说,现在居然敢当着他的面调戏颜月翎?

郗夜霆也感到了杀气,不怕死地继续挑衅,又对颜月翎道:"你要不要去我那边?比这边看得清楚些。"

颜月翎很识趣地摇头,"这边也挺好的。"

"那好,比武结束后我们再会。"郗夜霆看了看桌子上面,只摆着几样水果,都是颜月翎不爱吃的,吩咐小厮道,"上点心,还有最好的毛峰,算在无极宗的账上。"

卫子辰刚要反对,秦矍却笑吟吟地致谢:"多谢。"

郗夜霆着人送来了八样点心后,这才依依不舍地离开。

这八样点心都是颜月翎最爱吃的,卫子辰目光紧紧地盯着颜月翎。

颜月翎撇撇嘴:"我没吃。"

卫子辰生怕她吃了郗夜霆买的东西,又令人上来一份一模一样的:"吃这些。"

颜月翎想翻白眼:"这有什么区别吗?你不是说甜食使人发胖变笨吗?"

"嗯，那是别人买的，我买的不会。"卫子辰不假思索地说道。

颜月翎不想理他，秦犟倒是很愉快，随手拿起点心享用，还示意颜月翎吃。

颜月翎见她吃得香甜，没忍住也拿起了一块千层酥。

秦犟见她吃东西，便将手边的茶推给了她，颜月翎也没客气，接过茶盏喝了起来："这是什么茶？味道不一样呢。"

秦犟笑了笑，又递了一块点心给她。

两人坐在桌旁吃点心喝茶，仿佛来郊游。

卫子辰不吃，这才安心地去看向擂台。

擂台上已经打得热火朝天，各家门派都已经进入了白热化状态，一瞬间便决定了输赢。

卫子辰看得很紧张，这些人的功夫，他一看便明白，但是以现在的功力无法化解，须得想法子用最简单的办法化解才行。

他想得聚精会神，却不妨身后传来一声轻微的呻吟。

卫子辰急忙转身一看，却发现颜月翎趴在了桌子上，满脸痛苦之色。

"月翎！你怎么了？"卫子辰心头一沉，抬手抱住她。

颜月翎面色苍白："我肚子不舒服……"

"你吃坏东西了？"卫子辰额头上渗出了汗，一抬头看见秦犟好整以暇地坐在对面，没有任何影响。

"我带你去看大夫！"卫子辰打横抱起颜月翎往外走去。

颜月翎抓住他的手腕，摇了摇头："不行，马上要到我们上场了。"

"都什么时候了，还惦记上不上场？"卫子辰怒极。

"我没事，"颜月翎努力挤出一抹笑意，"只是肚子有一点点痛而已，卫颜派不能输，这是代表我们名字的。"她抬头看着他，捏住了他的手，"'卫'是你，'颜'是我，我们组建的一个门派。"

八年前的那场雪，两个小小身影依偎在一起，立誓不让这世间小看。

"月翎,你真的没事吗?"卫子辰紧锁着眉,深深地注视着她。

颜月翎摇了摇头,挤出一个笑容:"真的没事啊,师父,你快去吧,我等你回来。"

"你等着我。"卫子辰缓缓松开她,"等我把属于我们的荣誉拿回来。"

卫子辰离开后,秦颦这才噙着笑脸看着颜月翎,她等这一刻好久了。

为了骗颜月翎喝下那盏茶,她故意先引他们来到自己的贵宾席,她料定郗夜霆会来,特意没准备茶水,等到郗夜霆着人送来茶后,她才悄悄在茶盏里面加了点东西,再若无其事地陪着颜月翎吃点心喝茶。

颜月翎看着秦颦嘴角边浮起的笑意,心下了然,原来这是她设的局。

"秦姑娘,你为什么这么做?"颜月翎很不解,"我们师徒二人没有得罪你吧?"

"一个小小的玩笑而已。"秦颦拿过琵琶顺手弹奏,露出了一个绝美的笑容,却看得颜月翎心惊肉跳。

秦颦拨动琴弦,含着浅笑对颜月翎道:"我等这一天很久了。"

颜月翎难以置信:"你这么恨我们?"

秦颦的双眸露出了恶毒的神情:"遇见你们之前,我从未被人这样对待过,我纡尊降贵愿意加入你们小小的卫颜派,却被你们拒绝。我从未对别人低过头,却给卫子辰倒过茶、送过水果,可他却不曾正眼看过我。还有你,明明什么都不如我,为什么所有男人都只看见了你?卫子辰这样,郗夜霆也是如此,他们居然都看不见我!"

"谢慕容不是眼里只有你吗?"颜月翎小声反驳道,"还有好多人。"

"他们不一样!他们有卫子辰好看吗?他们像郗夜霆那样有钱有势吗?"秦颦怨怒至极,琵琶的声响也变得可怕,她用力抬起颜月翎的脸,恶狠狠地问,"我到底哪里不如你?"

颜月翎叹气:"秦姑娘,你这么美,自然比我好多了。"

"你的意思是他们瞎了眼?"秦颦双目圆瞪,琴声戛然而止。

颜月翎不知该如何说起:"这可能只是个人喜好问题……"

秦矍冷冷一笑,两指勾弦,发出了暗哑难听的声音:"个人喜好?好啊,我的个人喜好就是让你们卫颜派除名。"

"你为何一定要我们卫颜派除名?"颜月翎难受地趴在桌边。

秦矍浅浅一笑,再次拨响琴弦:"我乐意。"

擂台边传来阵阵惊叹声和嘲笑声。

惊叹声自然是以郗夜莲为首的女人们为卫子辰所发出的,而嘲笑声则是男人们发出的。

卫子辰站在了擂台中央,而对面站着的是倒数第三名的十方宗。

十方宗的武学一般,但他们的宗主张智森气力极大,号称"小号鲁智深",鲁智深可以倒拔垂杨柳,他则可以倒拔栀子花。因为他生得丑陋,故而特别憎恨帅哥。

张智森看见卫子辰心生恨意,拎起坛子一般大的拳头砸向了卫子辰。

卫子辰往后闪避,张智森不停向前追着揍他,两人越逼越近,逼到了擂台旁边,眼见着卫子辰就要坠到擂台下面。

张智森狞笑一声:"绣花枕头去死吧!"说着铆足了劲,朝着卫子辰猛砸过去。

一拳砸了个空,张智森不敢相信自己的眼睛,四下里寻人,哪里也见不到卫子辰。

卫子辰站在了张智森的身后,一脚踢向了他的屁股。

张智森失去了平衡,哇哇惨叫着直接摔下了擂台。

众人皆惊,卫颜派主要靠颜月翎在战斗,卫子辰极少上场,他们一向只知道他帅,武学修为不怎么样,没想到他的闪避速度竟然如此快。

卫子辰轻松拿下第一分,准备下一轮的比武,这一轮比武的对手乃是弥勒帮的帮主。

弥勒帮全是人均超过两百斤的胖子,一个个肥头大耳,自称弥勒佛,故而名为"弥勒帮"。

弥勒帮帮主王月半走向擂台的时候,仿佛响起了一串雷声,地面都在震动。

不少人大惊失色:"地动了?"

王月半费了半天力气才爬上擂台,他仿佛一座肉山挡在了卫子辰面前。

卫子辰不禁倒吸一口气,想把这个人打下擂台不是件容易的事。

王月半看着卫子辰,身上没有二两肉,满不在乎地哈哈大笑:"长得这么瘦,没饭吃吗?"

卫子辰小声嘀咕了一声,王月半没听清:"你大声点,饿得没力气说话吗?"

卫子辰向王月半招招手,王月半迟疑了片刻,还是向他弯下腰。

卫子辰贴在他的耳朵边忽然一声大喊:"你该减肥了!"

王月半猝不及防,差点摔倒在地,他恼羞成怒,一掌劈向卫子辰,却哪里还看得到卫子辰的人影。

卫子辰像只滑不溜丢的球一样在擂台上左闪右避,不断出现在不同的位置,王月半跟在后面追,他的身躯沉重,很快就跑得晕头转向,大骂道:"你个死苍蝇,往哪儿躲!"

他一掌猛劈向卫子辰,千钧一发之时,卫子辰跳到了高处,双膝对准他的脖子猛然一降,王月半应声倒地,昏迷不醒。

众人再次发出了惊叹声,卫子辰站在擂台当中,看向了颜月翎,她似乎好多了,正微笑着看着他。

一连比了数场,卫子辰体力消耗极大,但是没有第二个人可替换,他坚持又比了几场,凭借着速度和灵巧不断获胜。然而后面的对手实力越来越强,光靠机巧难以胜利。

下一场的对手是飞鹰派。

江湖排名前二十,且高手如云,也是武林赫赫有名的门派,这次来比武的乃是他们的掌门大弟子孙皓。

孙皓年轻,擅使一套飞鹰铁爪,是未来飞鹰派的掌门人。他一上场,便亮出了自己的武器———一对铁爪。铁爪的一头是极长的两根铁链,铁爪尖端异常锋利,碰到非死即伤。

孙皓二话不说,向卫子辰飞去铁爪,卫子辰不慌不忙地往旁边闪避,另外一根铁爪也紧随其后飞了过来,卫子辰再次避开。

两根铁爪像两条活蛇,不断从各个角度向卫子辰进攻,卫子辰渐渐被逼到了角落里,毫无退路。

孙皓颇为自得:"我看了你前面的比武,你速度很快,的确很会闪避,但是现在你没办法逃出我的铁爪范围了。"他亮出了铁爪,"还是自己投降吧,我的铁爪可是不留情的。"

卫子辰站定,对孙皓突然一笑:"哦?我可不这样觉得。"

他笑得极魅惑,周身仿佛散发着一股柔光,令看到的人都挪不开眼。

孙皓看傻了眼,忘了攻击,只是目不转睛地看着他的一举一动。

只一刹那,他身子一晃,使出了绝学"逃得漂亮",自角落里飞身而出,落在了孙皓的身旁。

孙皓尚未缓过神来,就听到卫子辰在他耳畔轻声说道:"累了吧,下去休息吧。"

孙皓像着了魔一样,应声道:"好。"

卫子辰用力一推,孙皓跌落擂台,许久后才回过神来。

刚才那是什么?他怎么会被一个男人摄了神志?不行啊,他还要娶师姐呢!

师姐啊,我对不起你!

卫子辰一路披荆斩棘,郗夜霆也一路大刀阔斧地前进。

原本无极宗不必他上场,但是郗夜霆不肯,他要亲自拿下武林第一来证明自己。

两人各自赢了自己的对手,最终在决赛时刻相逢。

这是所有人万万没想到的，卫颜派，一个武林倒数第一的门派居然能逆袭一路杀入决赛。

而郗夜霆第一次参加武林大赛，居然不输任何人，无极宗的未来掌门人果然不是等闲之辈。

两匹黑马的决赛引来了所有人的关注。

卫子辰心中担忧颜月翎，正待要去寻她，却见她站在了擂台旁边，他连忙上前问她："你怎么样了？"

"我没事了，刚才就好了。"颜月翎怕他分心，没告诉他，秦釐给了她解药。

秦釐的目的只是想拖住颜月翎，让她无法参加比武，希望卫颜派依然是倒数第一，她想要亲眼看着卫颜派解散。

然而自从卫子辰赢了第一场比武后，秦釐的希望就破灭了。

秦釐很明白，如果到后面让卫子辰逼她交出解药，只会让自己在郗夜莲那儿留下不好的印象，便索性把解药给了颜月翎："你们这两个人，真是无聊透了。"

她把解药交给颜月翎后，便带着谢慕容离开了，江湖这么大，该赚的钱还没赚够，何必执着于一两个人呢？

卫子辰这才放了心："等我拿下武林第一。"

"月翎！"郗夜霆走了过来，满脸都是笑容，"你来看我比武吗？"

颜月翎点点头："你们点到为止啊，千万别伤着对方。"

郗夜霆看了一眼卫子辰："想不到你居然能到这一步，看来你躲闪的功夫确实不错，不过你想用那些功夫对付我，恐怕不行。"

卫子辰冷冷地看着他道："擂台上见。"

两人都恨不得手撕了对方。

比试就在此时拉开了帷幕。

郗夜霆丝毫不客气，对着卫子辰就是一通火力输出。卫子辰对郗夜

霆的武功有些了解,勉强可拆解他的招数。

两人你来我往,过了数十招,不相上下。

擂台边的众人看得大气都不敢出,看得出郝夜霆明显占上风,他不仅手速快,力量强,且还有内力。

而卫子辰明显没有什么内力,全靠速度勉强应付郝夜霆的进攻。

郝夜霆见卫子辰吃力,便使出了内力向卫子辰拍去,卫子辰果然躲不过,生生挨了他一掌,往后退了数步,险些落到了擂台外。

郝夜霆见状,又连续向卫子辰拍了数掌,卫子辰只避开了一掌,又挨了两下,支撑不住倒了下来。

一口鲜血自口中喷出,落在雪白的衣裳上,散开出点点血花。

颜月翎大惊失色,她还从未见卫子辰受过这样的伤,急忙喊道:"别打了!"

卫子辰朝她一笑,缓缓摇头:"那不行,我答应过你,要拿第一名。我们卫颜派,要当武林第一!"

郝夜霆冷笑一声,朝着他又重重击了两掌。卫子辰不肯退,牢牢抓住了郝夜霆的胳膊,唇角滴血:"我可没那么容易认输。"

郝夜霆一拳打向了卫子辰的脸,卫子辰急忙避开,一掌打在了郝夜霆的胸口上。

然而他的掌力不足,郝夜霆丝毫没有受到影响,再次打向了他。

卫子辰被击飞,重重地落在了地上。

郝夜霆跳了起来,朝着卫子辰发出最后一击,他一掌拍过去,却看见一个身影猛扑向卫子辰。

收回已经来不及了,颜月翎生生挨了这一掌。

郝夜霆大惊失色:"月翎!"

颜月翎只顾着看卫子辰,看他没有被打中,这才扑倒在他的怀中,晕了过去。

卫子辰抱紧了颜月翎,心中悲痛不已。

他守着她这么多年，不曾让她受到过一丝丝伤害，可现在她却因为自己倒下。

巨大的悲痛笼罩着他，全身也像火烧一般痛苦，仿佛置身地狱之中。

他将颜月翎小心翼翼地放在旁边，转身冷冷地望向了郗夜霆，眼眸仿若寒冰。

郗夜霆陡然觉得遍体生寒，还未来得及细想，卫子辰一掌重重击向了他。

郗夜霆来不及躲避，被打了个正着，整个人往后退了数步，差点摔倒在地。

郗夜霆惊愕不已，卫子辰的掌力和之前不一样了，很明显力道变强了许多。

卫子辰冷冷地看向他，继续出手，这次轮到郗夜霆勉强应对了。

卫子辰的招数和之前并无不同，然而速度更快，力度更强，最让郗夜霆感到恐惧的是他的力量变化，看似平平无奇的一掌，却掌力惊人。

郗夜霆勉强躲开了卫子辰一掌，再一看卫子辰刚才掌风过处，居然将木桩削去了半边。

台下的观众都看傻了眼，不知道发生了什么事。

只有一名老者倒吸了一口凉气，喃喃道："是霍逐影！他是霍逐影！"

众人都大吃一惊，昔日武林传说中的天纵奇才霍逐影居然是卫子辰！

被封闭的内功在颜月翎倒下的那一刻彻底解开，卫子辰终于再次成为霍逐影。

他疯狂地向郗夜霆进攻，一心只想要了郗夜霆的命。

郗夜霆哪有还手之力，只能发动轻功，不停地躲开卫子辰强有力的攻击。

卫子辰冷冷道："若非我武功刚刚恢复，早就要了你的命。"

郗夜霆无暇回应，眼前的男人宛如从地狱里来的死神，无情而冷血，强大的压迫力令他动弹不得。

台下无极宗的众人也都摩拳擦掌，准备上台救下郗夜霆。

两人僵持之际，就听到郗夜莲大喊："月翎没事！"

原本剑拔弩张的两人，好像被放了气的皮球一样，双双奔向颜月翎。

颜月翎长长舒了口气，她刚才闭过气去，幸亏郗夜莲救了她，她才终于醒来。

"月翎，你哪里痛？"卫子辰异常担忧。

"还好。"颜月翎不知晓他的武功已经恢复，非常担忧，"我们回去吧，别再打了，武林第四也可以。"

卫子辰抱紧了她，喃喃道："好，你说什么就是什么，只要你没事，怎么样都行。"

颜月翎伏在他的怀中，紧紧抱着他，泪水滑落，声音模糊地说道："师父，我们回家。"

卫子辰抱着她一步步踏出了武林大会，只留下一脸震惊的众人。

秦鏊走到了郗夜莲面前，刚要开口，郗夜莲却冷冷说道："我看错你了。"

秦鏊大惊，谢慕容急忙拉琴，郗夜莲接着道："你别让他弹了，也不必解释什么，事情我已经了解了，我最恨在背后搞小动作的人，你的所作所为实在令我感到不齿。"

"我……我是想帮……帮郗公子。"秦鏊不等谢慕容拉琴，在没有伴奏的情况下开了口。

"我无极宗能有今天，靠的不是耍这些小手段，而是诚意经营和勤奋，可你怎么能利用别人的感情呢？"郗夜莲冷冷地望着她，"我以为你人美心善，看来是我错了，原来美貌与人心还是不对等的，从今天开始，你离开无极宗吧。"

秦鏊面色如土，想要拉住郗夜莲，郗夜莲却转头离开了。

秦颦颓然倒地,她的人生刚刚开始,又被自己毁了。

谢慕容蹲在地上扶着她,安慰她道:"秦姑娘,你别难过,你还有我呢。"

秦颦看着眼前的男人,不禁悲从中来:"滚!"

谢慕容从未见过她如此模样,面容狰狞,满眼怨毒,不禁心头一惊慌忙跑开。

秦颦望着他远去的背影,心中更加凄凉,又喊了一声:"回来!"

谢慕容却越跑越快,再也没有回头。

郗夜霆躺在地上,许久没有动静,按照规则他赢了,但他清楚地知道自己输了。

原以为卫子辰只是个花瓶,只是嘴上逞强罢了,可是那一刻他才知道卫子辰说的是真的。

他真的会为了颜月翎舍去自己的性命。

从小到大,郗夜霆一直努力习武,郗家的未来在他的手中,他不觉得自己在武学上面会输给任何人,而今天他才知道自己和当年传闻中那个惊才绝艳的天才之间的差距有多大。

"起来。"郗夜莲走到了他面前,"你想躺到什么时候?郗家人可以被打败,但不能被打倒。"

郗夜霆默然起身,这是他的职责所在,他要继续战斗,武林第一必须是无极宗。

卫子辰抱着颜月翎径直跑到了药铺,坐堂的大夫正在打瞌睡,突然被闯进来的翩翩公子惊醒,半晌没缓过神来。

"大夫,麻烦你看看她怎么样了?"卫子辰小心翼翼地将怀中的颜月翎放了下来。

大夫看了一眼颜月翎,只是脸上有些不正常的红晕,看起来并无大碍。他又替颜月翎号了脉,对他道:"她没有事。"

"怎么会没事呢？"卫子辰根本不信，他目睹了颜月翎挨了一掌昏倒，"大夫你看仔细点。"

大夫看他苍白的面容，也不禁紧张起来，再次给颜月翎号脉，仔细检查半天后点点头："是有点问题。"

"什么问题？"卫子辰的心都提起来了。

"吃多了，有点积食。"大夫正色道。

卫子辰面无表情地看着大夫："大夫，你觉得我是在开玩笑吗？"

大夫见他转眼变了脸，心生恐惧，哆哆嗦嗦地说："要不我再看看？"

颜月翎再也忍不住，嗔道："我都说了我真的没事。"

"郗夜霆那一掌打中了你，怎么可能没事？"卫子辰压根儿不信。

大夫见状，悄悄往门外退去。

"卫子辰，我不是小孩子，你能不能别一直把我当孩子？"颜月翎扁嘴说道。

"孩子？"卫子辰这才明白这么久以来她到底在想什么，不禁轻笑一声，轻轻撩起她的头发，指尖掠过她的脸颊，"你觉得我该如何才不把你当孩子？"

颜月翎脸颊上一热，她知道他在乎自己，他们相依为命，宛如亲人。

正是因为太熟了，反而不敢确定对方对自己到底是什么样的感情。

是爱情还是亲情，她分辨不清。

"我对你来说到底是什么人？"颜月翎望着他问，"是亲人吗？"

"你不是喜欢话本子里面仗剑江湖的侠侣吗？"卫子辰噙着笑意，"以后我们就是了。"

颜月翎抱住了他，嘴角止不住地上扬："我一直以为你把我当孩子，我怕成为你的负担，我怕……"

卫子辰环住她，垂眸低头，轻轻吻住了她的唇。

颜月翎眼睛瞪得老大，一时间不知所措。

287

"闭眼。"卫子辰道。

颜月翎老老实实地闭上了眼睛,感受他温软的唇,极尽温柔。

片刻工夫之后,卫子辰在她耳畔轻声说:"看来以后要教你的东西还有很多。"

颜月翎的脸红得更厉害了,一头埋进了卫子辰的怀中。门外的大夫刚要进门,却见屋子里面风光旖旎,连忙退了出去,合上了门。

"他关门干吗?"颜月翎看见了,奇怪地问道。

卫子辰无奈,关键时刻她总是能打岔。他一把抱起颜月翎大步往门外走去。

"我们去哪里?"颜月翎问道。

"回家。"卫子辰答得响亮。

夜半时分,霁月镇。

无数武林人士齐聚在一起,焦急地等待着新一轮的武林门派排行榜。

颜月翎拉着卫子辰也一起来到了这里,刚到这里就引起了一阵骚动。

卫子辰很困惑:"你不是知道我们第几吗?干吗要等榜单?"

"你看看今天晚上这里这么多摊子,正是挣钱的好时候啊。"颜月翎指着街市上。

因为来等榜单的人很多,各家店铺的老板们趁着这个机会摆起了夜市,空气里弥漫着各种美食的香气。

颜月翎拉着卫子辰挨家挨户去谈生意,各家老板虽然知道卫子辰的市价,但是毕竟霁月镇很小,付得起钱的人很少,最后只有一家烧烤摊子同意给他们二十文钱。

"二十文就二十文。"颜月翎不嫌弃,蚊子再小也是肉嘛。

两人刚坐下,送榜的人就已经到了。

众人一拥而上,争相看榜。

卫子辰问颜月翎道:"你想看吗?"

颜月翎想了想，说："去看看吧。"

人山人海，根本挤不进去，颜月翎卷起衣袖准备钻进去，冷不防被卫子辰一把抱起，一个纵身越过众人，直接到了榜单面前。

颜月翎大吃一惊："你什么时候有这么高的轻功了？"

卫子辰轻描淡写地说道："我武功恢复了。"

"什么时候的事？"颜月翎大惊。

"你受伤那天。"卫子辰说，"哦，如果那天你没阻止我继续揍郗夜霆的话，我们应该是武林第一了。"

"什么！"颜月翎瞪大了眼睛，"武林第一？"

"对啊，不过你说江湖第四就可以了，我就没继续出手了。"卫子辰看向了榜单，"果然我们是第四，无极宗第一。"

颜月翎郁闷不已："我们的武林第一啊！"

卫子辰揉了揉她的头发，柔声说道："我不在乎做不做武林第一，只要在你心里是第一就行了。"

一轮圆月浮于天际，天上人间两团圆。

(全文完)

当咸鱼卷卷